Olaf Thumann

Die Saga der vergessenen Stadt

Teil – 4
Licht und Schatten

© 2025 Olaf Thumann
Verlag: BoD · Books on Demand GmbH, Überseering 33,
22297 Hamburg, bod@bod.de
Druck: Libri Plureos GmbH, Friedensallee 273,
22763 Hamburg
ISBN: 978-3-8192-2825-4

Gewidmet all jenen Menschen, die bereit sind völlig neue Wege zu gehen, über sich hinaus zu wachsen und Dinge zu tun, von denen andere nur träumen.

Speziell in der Liebe, der Lust und der Leidenschaft trauen viele sich nicht, ihre Wünsche Wirklichkeit werden zu lassen … Warum eigentlich?
Was habt ihr zu verlieren?

Es liegt an jedem selbst dann abzuwägen, ob es sich lohnt, sich auf neue Dinge und Umstände einzulassen... Erfolg, Erfüllung oder aber bittere Erkenntnis liegen manchmal sehr eng beisammen.

Jeder Mensch möge selbst urteilen, was er oder sie, als erstrebenswert ansehen mag.

Die Zeiten und Umstände haben sich oft geändert.
Unverändert geblieben ist jedoch das Verlangen, nach Liebe, Lust und Leidenschaft.
Die Dinge, die schon immer unser aller Leben beeinflussen und lenken … und es für uns wirklich lebenswert machen.

Covergestaltung, Karten und Illustrationen: Olaf Thumann

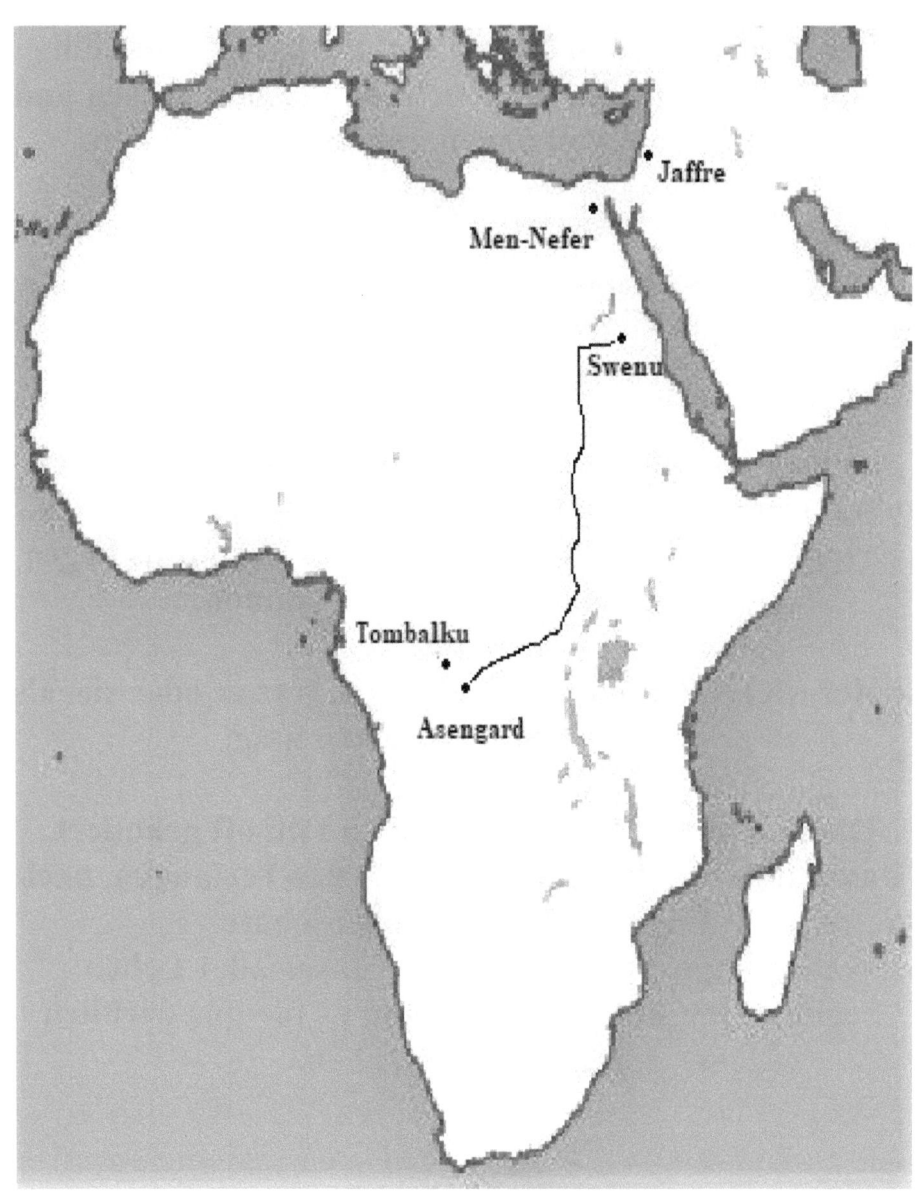

Die Handelsroute, von Asengard nach Swenu

Vorwort

Die frühen Nordmänner hatten nur sehr vage Vorstellungen bis gar keine Kenntnis, von den sagenhaften Reichen und Städten, die weiter im Süden existierten. Zumeist wurden derartige Geschichten als Aufschneiderei betrachtet und belächelt. Doch wie in den rauen Tälern und Siedlungen Skandinaviens so erzählte man sich auch in anderen Teilen der Welt von sagenhaften Städten und großen Reichen, die irgendwo in der weiten Ferne existierten. Afrika, der mystische Kontinent im Süden, beherbergte seine eigenen Geheimnisse und Zivilisationen, die Wissenschaftlern bis heute noch Rätsel aufgeben. Unter den Geschichten über die sagenhaften Reichtümer und untergegangenen Städte sind jene über das Reich von Ophir und die Minen von König Salomon wohl die bekanntesten.

In den Schriften, Überlieferungen und Erzählungen ist Ophir ein Land, das von unermesslichem Reichtum gesegnet war. Ein Ort, der Gold im Überfluss hatte und exotische Schätze beherbergte, die bis ins Heilige Land und zu König Salomon gebracht wurden. König Salomon, der weise Herrscher des biblischen Israels, soll Gold und edle Hölzer aus Ophir bezogen haben, und es wurde sogar gesagt, dass sein Tempel mit diesem kostbaren Material errichtet wurde. Diese Minen, ein Quell von Mythen und Spekulationen, liegen angeblich irgendwo in finstersten Teil von Afrika. Manche Historiker und Abenteurer vermuten, dass sie irgendwo im südöstlichen Teil Afrikas existierten. In Regionen, die heute in Zimbabwe liegen könnten, in der Nähe der großen Steinstrukturen von Groß-Simbabwe.

Doch das Reich von Ophir ist nur eines von vielen Mysterien. Manche Theorien deuten auf die Möglichkeit einer bisher unentdeckten Stadt tief im Dschungel des heutigen Kongo hin. Diese unzugängliche Region, geprägt von undurchdringlichem Wald, von gewaltigen Flüssen und dichten Baumriesen, könnte dereinst möglicherweise die Heimat einer verlorenen Zivilisation gewesen sein, deren Hinterlassenschaften einfach von heutigen Forschern und Wissenschaftlern noch nicht entdeckt wurden.

Der Kongo, ein Gebiet von unbeschreiblicher Wildheit und Isolation, hat bis heute seine Geheimnisse vor der Welt bewahrt. Seine dichten

Urwälder, die kaum vom Menschen erschlossen sind, bergen die Erinnerung an uralte Stämme und vergessene Reiche. Vielleicht, so wird spekuliert, könnten hier in den Tiefen des Waldes Ruinen verborgen liegen. Überreste eines Reiches, das einst Handel trieb, Kriege führte und sich selbst als Mittelpunkt der Welt ansah … Oder aber von den umgebenden Stämmen und Völkern als solcher angesehen wurde.

Die Vorstellung einer vergessenen Stadt inmitten des Kongo-Dschungels, die jetzt schon seit Jahrtausenden unter den dichten Baumwipfeln verborgen liegt, ist faszinierend. Solch ein Ort wäre unter anderem auch ein Zentrum des Handels gewesen, in dem Gold, Elfenbein und exotische Schätze ausgetauscht wurden. Vielleicht gab es prächtige Tempel und Paläste, die vielleicht mit den bunten Federn seltener Vögel, Gold und glänzenden Edelsteinen geschmückt waren, während ihre Bewohner von den Ressourcen des Urwalds lebten und eine Kultur schufen, die so komplex und kunstvoll war, dass sie die Geschichtsbücher hätte füllen können.

Vielleicht waren diese Menschen aber auch Händler oder Krieger … Wir können es nur vermuten und unsere eigene Fantasie spielen lassen.

Die meisten dieser Theorien sind natürlich reine Spekulation, doch es ist nicht auszuschließen, dass der dichte Wald des Kongos Spuren einer Zivilisation birgt, die einst blühte und später unterging, verschlungen von der unerbittlichen Natur oder zerstört durch Kriege mit den benachbarten Stämmen und Völkern. So wie es einst der lange vergessenen Stadt Angkor Wat erging, die erst vor relativ kurzer Zeit wieder entdeckt wurde und uns heute vor Rätsel stellt.

Ähnlich ist es im tiefen Herzen von Afrika, der Wiege der Menschheit. Es gibt viele Berichte und Legenden über Händler und Entdecker, die Hinweise auf eine lange verlorene und vergessene Stadt gesehen haben wollen, von Eingeborenen geführt, die das Geheimnis ihrer Vorfahren hüteten. In diesen Geschichten erzählen die Alten stets von einem Ort, wo einst ein mächtiges Reich existierte, dessen Bewohner anders waren als die umgebenden Völker und sich zum Herrscher über Mensch und Natur aufgeschwungen hatten. Menschen, die über geheimes Wissen verfügt haben sollen und nicht aus Afrika stammten sondern aus weiter Ferne.

Selbst der Kongo-Fluss, der wie eine lebensspendende Schlange durch das Herz Afrikas fließt, könnte in dieser Erzählung eine Rolle spielen. Inmitten des dichten Waldes, wo die Flüsse stets als Lebensadern dienen, könnten Städte entstanden sein, deren Bewohner die Kraft der Ströme zu nutzen wussten und in friedlicher Koexistenz mit dem üppigen Grün lebten.

Doch wie bei vielen untergegangenen Zivilisationen stellt sich auch hier die Frage: Warum sind diese Städte irgendwann untergegangen und was hat sie letztlich in die totale Vergessenheit gerissen? War es der Einfluss äußerer Eroberer, waren es Naturkatastrophen, oder lag der Untergang in der Kultur selbst? Vielleicht lieferte sich die Stadt einen Kampf mit der unerbittlichen Natur und verlor diesen dann irgendwann gegen den unaufhaltsamen Vormarsch des Dschungels. Der Regen, der über die Jahrtausende hinweg das Land überschwemmte und fruchtbar machte, könnte zugleich die Mauern der Stadt geschliffen und die Zeichen der Zivilisation verwischt haben, bis nichts mehr als die Wurzeln und Stämme der Bäume übrig blieben, unter denen heute die uralten Ruinen verborgen sind.

Die Frage, ob diese Zivilisation jemals gefunden wird, bleibt eines der großen Geheimnisse der Geschichte. Doch solange die Dschungel des Kongos noch weitestgehend unberührt und unerkundet bleiben, besteht auch die Hoffnung, dass eines Tages die Ruinen einer vergessenen Stadt ans Licht kommen. Eine Stadt, die vielleicht auch über Jahrhunderte hinweg Handel mit dem sagenhaften Ophir trieb, die an die Minen von König Salomon reichte und die den goldenen Glanz Afrikas weit in die Welt hinaus trug.

In den Jahren zwischen 1000 v. Chr. und 500 n. Chr. entstand in Afrika eine Vielzahl hochentwickelter Kulturen und Städte, die heute oft nur als Ruinen oder durch historische Berichte existieren. Diese Zivilisationen prägten teils entscheidend die Geschichte Afrikas und entwickelten florierende Handelsnetze, beeindruckende Architektur und tiefgründige kulturelle Errungenschaften.

In Nubien beispielsweise, südlich von Ägypten, blühte das Königreich von Kusch, dessen Einfluss vom 10. Jahrhundert v. Chr. bis ins 4. Jahrhundert n. Chr. reichte. Die Hauptstadt Meroë, bekannt für ihre

Pyramiden und Tempel, wurde damals ein bedeutendes Handelszentrum und erlebte eine eigene kulturelle Entwicklung, die sich von Ägypten unterschied. Die Kuschiten verehrten den Gott Amun und pflegten eine verblüffende Schriftkultur, die auch noch heute in Form von Inschriften überliefert ist. Sie kontrollierten den Handel entlang des Nils und verarbeiteten Eisen, was sie technologisch auf eine Stufe mit anderen Hochkulturen der damaligen Zeit stellte.

Karthago, an der Küste des heutigen Tunesiens gelegen, wurde um das 9. Jahrhundert v. Chr. von phönizischen Siedlern gegründet und entwickelte sich zu einer der mächtigsten Städte des Mittelmeerraums. Zwischen dem 6. und 3. Jahrhundert v. Chr. wurde Karthago zu einer Handelsmacht und rivalisierte schließlich erbittert mit Rom. Die Karthager kontrollierten Handelsrouten, die sich über das Mittelmeer bis an die Westküste Afrikas erstreckten und betrieben Handel mit Gold, Silber, Zinn und anderen wertvollen Ressourcen. Nach den Punischen Kriegen wurde Karthago 146 v. Chr. von den Römern völlig zerstört. Doch die Legende und der Einfluss der Stadt leben weiter. Die Ruinen von Karthago sind heute eine touristische Attraktion, die jedes Jahr von zehntausenden Menschen besucht werden

Im Herzen der Sahara, in der Region des heutigen Libyen, lebten die Garamanten, ein Volk, das etwa im 5. Jahrhundert v. Chr. bis zum 5. Jahrhundert n. Chr. bekannt war und ihre Region dominierte. Sie entwickelten ein komplexes Bewässerungssystem, das ihnen ermöglichte, in der Wüste Landwirtschaft zu betreiben und Städte wie Garama zu errichten. Die Garamanten handelten umfangreich mit dem relativ nahen Mittelmeerraum und trieben Karawanenhandel durch die Sahara, was sie zu einer einflussreichen Kultur in dieser Region machte.

Diese Zivilisationen und Städte waren und sind Zeugnisse von Afrikas Reichtum und Vielfalt und belegen den Einfluss, den der Kontinent über Handelsrouten und kulturellen Austausch hinaus auf die Weltgeschichte hatte. Jede dieser Städte und Kulturen erzählt von einem besonderen Umgang mit den natürlichen Herausforderungen und den Ressourcen, die in einer Zeit der Blüte führten und danach in die Vergessenheit gerieten.

Unsere Geschichte basiert auf der Spekulation, ein Volk aus einer fernen Region sei in das finstere Herz von Afrika eingewandert und habe sich dort eine neue Heimat erschaffen. Dies wird sicherlich nicht immer nur friedlich geschehen sein. Die Kernelemente der Menschheit selbst jedoch sind seit Urzeiten vorhanden und wir finden sie auch heute.

Liebe, Lust und Leidenschaft !

Man sollte beim lesen dieses Romans jedoch nicht außer Acht lassen, dass zu den damaligen Zeiten völlig andere Vorstellungen von Moral existierten, als dies heute für uns geläufig ist. Ein Menschenleben war damals deutlich weniger Wert, in den Augen vieler Menschen.

Für diejenigen, die sich für diese geschichtliche Zeitepoche interessieren sei gesagt, wir bewegen uns in diesem Roman kurz vor der Zeit, als Alexander der Große gegen das Weltreich der Perser marschierte und es letztlich eroberte. Die Folgen dessen waren auch im Land der Pharaonen spürbar, welches damals unter der Herrschaft der Perser stand.

Doch die Zeiten waren im steten Wechsel. Als Alexander der Eroberer gegen das machtvolle Reich der Perser zog und es schließlich eroberte endete damit eine Epoche … und eine völlig neue nahm ihren Anfang.

Wer mag erahnen, wo überall die Nachbeben des Untergangs eines einst übermächtigen Reiches ihre Spuren hinterlassen haben? Oder welche Auswirkungen der Aufstieg eines neuen Großreiches schon damals hatten?

Mit Sicherheit jedoch spürten die Menschen der Antike dies am eigenen Leib und versuchten das beste für sich selbst daraus zu machen, wenn sie die Möglichkeiten dazu besaßen oder bekamen.

1.

Entwicklungen in Asengard

Die flackernden Flammen der großen Feuerschale in der Mitte der Halle warfen tanzende Schatten auf die dunklen Holzbalken und die sauber verputzten Steinwände. Das Aroma von gebratenem Fleisch und kräftigem Met lag in der Luft, während das Abendessen in vollem Gange war. König Baldur saß an der Stirnseite der langen Tafel, neben ihm Omoru, seine Gefährtin, Mutter von Matumba und Anschi. Einst war sie die Fürstin der Gomuna. Jetzt war sie die Königin der Asen. Nur noch selten dachte Omoru an ihre untergegangene Stadt, aus der sie und der klägliche Rest ihres Volkes von den Asen gerettet worden waren.

Um sie herum saßen Skald, Matumba und Anschi. Man nutzte diesen Abend, um zusammen zu speisen und sich zu unterhalten … den Tag mit frohem Lachen und Gesprächen ausklingen ließen.

Anschi saß weiter unten an der Tafel, ihr Becher mit Met war unberührt, ihr Teller kaum angerührt. Seit drei Monden war Liv nun verschwunden, und niemand schien zu wissen, wo sie war. Anschi konnte sich des zunehmenden Gefühls nicht erwehren, von Liv völlig verraten worden zu sein, obwohl sie versuchte, sich selbst zu beruhigen. Schon seit gut einem Mond hatte Anschi ein ein ungutes Gefühl, welches immer stärker wurde.

"Kind, du isst kaum", bemerkte Omoru leise neben ihr.

Anschi riss sich aus ihren Gedanken und zwang sich zu einem Lächeln. "Ich bin nicht sehr hungrig."

Omoru musterte ihre Tochter, sagte jedoch nichts weiter.

Als sich das Gespräch in der Runde wieder auf alltägliche Themen verlagerte, nahm Anschi einen Schluck aus ihrem Becher und ließ ihre Stimme beiläufig klingen. "Hat jemand in letzter Zeit Liv gesehen?"

Die leise gesprochenen Worte brachten keine unmittelbare Reaktion. Erst nach einem Moment drehte sich König Baldur langsam zu ihr. Seine breiten Schultern waren entspannt, doch seine hellen Augen funkelten mit gewohntem Misstrauen, wie stets, wenn er das Gefühl hatte etwas würde sich seiner Aufmerksamkeit entziehen.

"Liv?" Er lehnte sich zurück. "Warum fragst du?"

Anschi zuckte mit den Schultern. "Ich habe nur ein Gerücht gehört, dass sie für Euch einen geheimen Sonderauftrag übernommen hat."

Die Reaktion war unerwartet. Baldur brach in schallendes Gelächter aus, so laut, dass einige der anderen fragend aufblickten. Als er sich beruhigt hatte, schüttelte er den Kopf.

"Ich?" Er zeigte auf sich. "Einen geheimen Auftrag? Ausgerechnet an Liv? Das würde ich niemals tun! Nicht einmal dann, wenn ich völlig haltlos betrunken wäre."

"Warum nicht?" fragte Anschi, ihr Herz begann schneller zu schlagen.

Baldur nahm einen Schluck Met und sah sie dann mit einem amüsierten Ausdruck an. "Weil ich ihr nicht traue. Liv ist eine kluge Frau, ja. Aber sie ist auch egoistisch, berechnend, triebhaft und sprunghaft. Sie nutzt andere Menschen hemmungslos aus, um das zu erreichen, was sie will. Sie denkt nur an sich. Ich würde niemals etwas Wichtiges in ihre Hände legen."

Die Worte trafen Anschi wie ein Faustschlag. Liv hatte sie belogen. Das bedeutete, dass sie aus irgendeinem Grund Asengard heimlich verlassen hatte.

Anschi zwang sich, ihre Enttäuschung zu verbergen. "Ich verstehe. Dann ist das wohl nur ein Gerücht, welches sie gestreut hat … Aber warum sollte sie das tun?"

Baldur zuckte nur mit seinen Schultern. Er schaute nachdenklich auf den Tisch. "Ganz alleine im Urwald hat sie nur sehr geringe Chancen zu überleben. Vor allem nicht, wenn sie länger unterwegs ist. Ich denke, sie ist längst gestorben und dient nun bereits seit einiger Zeit wilden Tieren als Futter. So ist das Leben nun einmal."

Omoru musterte Anschi erneut, dieses Mal mit einem durchdringenden Blick, als könne sie spüren, dass Anschi tief in Gedanken versunken war. Doch Anschi setzte ihr bestes unschuldiges Lächeln auf und wandte sich

13

dem Essen zu, während ihr Geist raste. Sie fühlte sich verraten, von Liv. Verraten und erniedrigt, denn jetzt erkannte sie die ernüchternde Realität in aller Deutlichkeit. Eine Erkenntnis, die Anschi tief ins Herz traf.

Anschis Gedanken drehten sich nun um einen einzigen Punkt. Sie wollte sich an Liv rächen, wollte es ihr heimzahlen. Gleichzeitig jedoch war sie sich bewusst, dass sie Liv wohl niemals wiedersehen würde, ihr die Genugtuung verwehrt blieb, dass Liv jemals davon erfuhr. Ein Gedanke formte sich in ihrem Kopf. Livs Haus stand leer. Es wäre eine Schande, es ungenutzt zu lassen ... und für Anschi wäre es eine Gelegenheit, endlich ein eigenes Heim zu haben.

Sie blickte Baldur an. "Da Liv nicht mehr da ist und wohl auch kaum zu uns zurückkehren wird ... darf ich ihr Haus übernehmen?"

Baldur hob überrascht eine Braue. "Ihr Haus? Warum?"

Anschi zuckte mit den Schultern. "Jemand sollte sich darum kümmern. Außerdem wäre es schön, einen eigenen Platz zu haben, anstatt immer in der Festung zu leben. Ich denke, ich würde dort gerne wohnen. Ich habe gehört, das Haus soll sehr schön sein."

Baldur musterte sie lange, dann winkte er ab. "Wenn du willst. Es ist mir egal und du hast nicht ganz unrecht. Es wäre schade, ein Haus verfallen zu lassen."

Damit war die Entscheidung gefallen. Am nächsten Morgen brach Anschi früh auf. Die Luft war frisch und ein dünner Nebel hing über den Straßen Asengards, als sie mit wenigen Habseligkeiten in der Hand vor Livs Haus stand.

Das Gebäude war groß, fast schon prunkvoll für die Verhältnisse der Stadt. Liv hatte es sich einst so eingerichtet, wie es ihr gefiel. Großzügig bemessen, mit dunklen Hölzern, schweren Stoffen und fremdartigen Verzierungen, die aus der Mythologie der Asen stammten. Doch Liv hatte das Haus nicht selbst erbaut, wie Anschi mittlerweile erfahren hatte. Andere hatten das Haus erbaut. Andere Menschen, die von Liv wohl ebenfalls ausgenutzt und belogen worden waren. Anschi hatte das Haus immer gemocht. Niemand außer Liv und ihr wussten, dass Anschi hier mehrfach gewesen war. Zusammen mit Liv hatte sie ungezügelt ihre Lust und Leidenschaft geteilt. Das erschien ihr nun sehr lange zurück zu liegen und Anschi sah es als ihre ganz persönliche Rache an, jetzt hier einzuziehen und das Haus selber in Besitz zu nehmen.

Anschi drückte langsam die schwere Holztür auf. Sie quietschte leise in den Angeln. Im Inneren roch es nach kalter Asche und trockener Luft. Sie trat ein und ließ ihren Blick schweifen.

Die große Haupthalle war dominiert von einem steinernen Kamin, in dem noch die letzten Reste verkohlter Holzscheite lagen. Felle und geflochtene Matten bedeckten den Boden. Einige Waffen hingen an den Wänden und auf einem niedrigen Tisch standen noch Reste von getrockneten Kräutern und ein Stück altes Brot. Alles sah aus, als wäre Liv fortgegangen, ohne sich im geringsten darum zu kümmern, was sie zurückließ.

Langsam ging Anschi weiter, ihre Finger glitten über die Lehnen der Stühle. In der einen Ecke stand ein Schrank, leicht geöffnet. Neugierig zog sie ihn weiter auf. Darin lagen Gewänder, sorgfältig gefaltet, einige aus feinstem Stoff, andere schlicht und praktisch. Anschi biss sich auf die Lippe. Sie fühlte Zorn in sich aufwallen, weil sie sich von Liv hatte benutzen lassen … und es nicht bemerkt hatte.

Sie hatte Liv immer bewundert. Sie war stark, so umwerfend schön, selbstbewusst und von einer geradezu verstörenden Intelligenz. Eine Frau, die wusste, was sie wollte. Aber jetzt wurde ihr bewusst, wie wenig sie eigentlich über Livs Gedanken wusste.

Warum war sie gegangen? Was hatte sie dazu bewegt, Asengard heimlich zu verlassen? Anschi seufzte und fuhr sich zerstreut durch das Haar. Voraussichtlich würde sie nie eine Antwort darauf bekommen.

Langsam begann sie, sich einzurichten. Sie brachte ihre wenigen Habseligkeiten in eine der Kammern, legte ihre Kleidung in eine Truhe und begann, den Staub aus den Räumen zu wischen. Das Wasser in dem Badebecken musste ebenfalls gewechselt werden. Viel Arbeit aber Anschi tat dies für sich selbst. Für ihr eigenes Zuhause. Ihr wurde beim Putzen bewusst, das Liv niemals wieder nach Asengard kommen würde. Anschi beschloss, dieses Haus als das Vermächtnis von Liv anzusehen. Ein Vermächtnis, welches nur ihr zustand. Als Ausgleich für den Verrat, den Liv an ihr begangen hatte und der sie jetzt noch immer schmerzte. Sie hatte Liv geliebt. Doch ihr wurde beim Aufräumen und Putzen deutlich, dass Liv mit ihrer Liebe nur gespielt hatte … So wie Liv mit allen anderen Menschen stets nur gespielt hatte.

Als die Sonne ihren höchsten Punkt erreicht hatte, trat sie vor die Tür, streckte sich und blickte über die Stadt. Sie war zufrieden. Dies war jetzt ihr Zuhause. Anschi genoss es, das Haus für sich herzurichten. Endlich hatte sie einen Ort, an dem sie sich gänzlich zuhause fühlen konnte. Da im Krankenhaus ihre Arbeit derzeit nicht wirklich benötigt wurde hatte sie nun auch die Zeit dafür. Orm hatte das Krankenhaus endlich verlassen können und die zwei Heilerin und der junge Bedienstete sorgten dafür, dass immer jemand vor Ort war, wenn irgendwer plötzlich Hilfe benötigen sollte. Im Zweifelsfall könnte Anschi schnell benachrichtigt werden und dann ihr Wissen einsetzen. Da sich derzeit aber keine Patienten dort dauerhaft aufhalten mussten hatte sie nun endlich Zeit für sich selbst.

Fünf Tage brauchte Anschi, um endlich alles derart herzurichten, wie sie es gerne haben wollte. Der letzte Schritt, den sie dabei anging, war das einpflanzen von Blumen, die sie am Rande des Urwaldes ausgegraben hatte. Zwei der Jäger hatten sie dabei unterstützt und bewacht. Man konnte nie wissen, wann ein Raubtier dort in der Nähe war und ein Risiko einzugehen wäre mehr als töricht gewesen.

Die warme Frühlingssonne ließ das Wasser des Baches silbrig glänzen, während Skald und Matumba sich mit leichten Schritten dem Ufer näherten. Der schmale Bach schlängelte sich seitlich des Plateaus entlang, auf dem Asengard erbaut war, und glitzerte im Licht, während kleine Wellen sanft gegen die Steine plätscherten.

Skald trug ein Bündel aus biegsamen Zweigen, die er mit dünnen Sehnen zusammengebunden hatte. Das Grundgerüst für die Fischreusen, die er aufstellen wollte. Matumba lief barfuß neben ihm, das leuchtende Rot ihrer Gewandung hob sich von dem satten Grün der Wiesen ab.

"Ich habe das früher oft mit meinem Bruder Olov gemacht", erzählte Skald, während er einen passenden Platz am Ufer suchte. "Wir haben ganze Körbe voller Fische gefangen, besonders im Frühjahr. Derartiges war für unseren Clan überlebenswichtig … Zudem haben Olov und ich immer viel Spaß dabei gehabt." Beim Gedanken an diese Zeit lächelte Skald.

Matumba lächelte. "Dann hoffe ich, dass du noch nichts verlernt hast. Ich vertraue deinem Können."

Sie setzten sich ans Ufer und Skald begann, eine der Reusen zu verankern. Matumba beobachtete ihn aufmerksam, während sie die Hände im kühlen Wasser wusch.

Sie musterte ihn lächelnd. "Es ist erstaunlich, wie viel Wissen du über das Jagen und Fischen hast. Ich bin mehr an das Leben in der Stadt gewöhnt."

Skald lachte leise. "Ich bin ein Kind des Waldes und der Wildnis. Ich kenne diese Dinge, seit ich denken kann. Allerdings habe ich das alles weit von hier entfernt gelernt. Ich bin mir nicht sicher, ob du meine alte Heimat mögen würdest. Das Leben dort ist völlig anders, als hier. Nicht nur die Pflanzen, sondern auch das Wetter und das gesamte Land."

Er legte die erste Reuse ins Wasser und befestigte sie an einer großen Wurzel. Dann machte er sich daran, die nächste vorzubereiten. Matumba stand auf, um das Wasser ein Stück flussabwärts zu erkunden.

Ihr Blick fiel auf Skald, seinen muskulösen Körper, dessen Haut in der Sonne schimmerte. Matumba grinste, als sie an ihre gemeinsamen Nächte dachte. Sie konnte kaum genug bekommen von ihm und er gab ihr, mit Begeisterung, wonach sie verlangte. Sie blickte sich um. Weit und breit war niemand zu sehen, was auch nicht verwunderlich war. Hierher verirrte sich nahezu niemals jemand. Nochmals blickte sie zu Skald und kicherte dann unhörbar. Sie griff unter ihre kurze Tunika und löste ihr Lendentuch, welches sie dann an das Ufer warf. Danach drehte sie Skald den Rücken zu und stellte sich breitbeinig in das flache Wasser. Sie blickte über ihre Schulter zu ihm und leckte sich voller Vorfreude ihre Lippen. "Skald … Ich glaube, ich bräuchte dich hier."

Er blickte zu ihr und sah, wie sie ihre Tunika emporzog und sich nach vorne beugte. Ihr blanker Hintern reckte sich ihm entgegen und sie wackelte lockend damit. Ein Grinsen zog über sein Gesicht, als er nun eilig aufstand und zu ihr hinüber watete, wobei er bereits sein eigenes Lendentuch löste.

Matumba verlagerte ihr Gewicht und erwartete ihn voller Vorfreude. Plötzlich gab sie ein erschrockenes Keuchen von sich. Skald sah, wie sie auf einem rutschigen Stein ausglitt und mit einem dumpfen Platschen ins seichte Wasser fiel.

Skald konnte sich nur mit Mühe ein Lachen verkneifen. "Matumba!" Er eilte zu ihr. Sie setzte sich hustend auf und wischte sich das nasse Haar aus dem Gesicht. Dabei musste sie nun über sich selbst lachen. Skald konnte nicht anders, er stimmte in das lachen mit ein. "Mir geht es gut", sagte sie grinsend. "Nur mein Stolz ist ein wenig angeschlagen."

Skald reichte ihr die Hand, um ihr aufzuhelfen. Doch in dem Moment, als ihre Finger sich trafen, fiel sein Blick unverhofft auf etwas unter der Wasseroberfläche. Ein schimmernder, goldgelber Stein.

Sein Herz schlug schneller. Er kniff die Augen zusammen, trat näher an das Wasser heran und bückte sich. Mit den Fingern tastete er nach dem Fundstück und hob es vorsichtig an. "Matumba … sieh dir das an."

Die junge Frau kam näher und betrachtete den kleinen Stein, der nun in seiner Hand lag. Ihr Atem stockte. "Das… ist Gold." Der Fund ließ sie beide für einen Moment sprachlos werden. Skald drehte den Stein in den Händen, betrachtete, wie das Sonnenlicht sich auf der Oberfläche spiegelte. Es bestand kein Zweifel. Er hielt pures Gold in den Händen.

Matumba fasste sich als Erste. "Wenn hier Gold im Flussbett liegt, könnte es noch mehr davon geben. Vielleicht kann man hier sogar Gold waschen. Meine Mutter weis, wie man das macht."

Skald nickte. Sein Verstand arbeitete bereits. Gold war nicht nur wertvoll, es war in vieler Hinsicht wichtig für Asengard. Die Asen brauchten Reichtum, um ihre Stadt weiter auszubauen denn dafür mussten Waren im fernen Swenu gekauft werden. Irgendwann würden die Schätze verbraucht sein die Omoru, auf der Flucht aus ihrer alten Heimat, gerettet hatte.

"Wir müssen Baldur und Omoru davon berichten", entschied er.

Der Goldbrocken

Matumba schob sich eine nasse Locke aus dem Gesicht. "Dann lass uns keine Zeit verlieren."

Mit schnellen Schritten machten sie sich auf den Weg zurück in die Stadt. Ihre Kleider waren noch feucht, doch die Aufregung ließ sie dies kaum spüren.

Als sie, völlig außer Atem, die Festung erreichten, trafen sie auf einige Krieger und Bedienstete, die ihnen nur verwundert nachblickten, als die beiden mit entschlossenen Schritten durch den Hauptgang eilten.

In der großen Halle saßen Baldur und Omoru über Pergamenten gebeugt, vermutlich mit Plänen für Asengard beschäftigt. "Baldur! Großvater!" rief Skald.

Baldur hob den Kopf. Seine Augen verengten sich leicht. "Skald? Was bringt dich so eilig hierher?"

Omoru sah von ihrem Platz aus auf. Matumba trat neben Skald, der nicht lange zögerte.

"Wir haben Gold gefunden."

Ein Moment der Stille trat ein. Dann lehnte sich Baldur langsam zurück, ein skeptisches Lächeln auf den Lippen. Omoru hob nur wortlos ihre Augenbrauen. "Gold?" Baldur musterte Skald mit scharfem Blick.

"Ja", bestätigte Skald und trat näher, um den Stein auf den Tisch zu legen. "Wir wollten Fischreusen aussetzen und haben dieses Stück im Bach entdeckt. Es war einfach da ... auf dem Grund des Wassers."

Omoru nahm das Goldstück in die Hand, drehte es prüfend hin und her. Dann sah sie Baldur an. "Es ist echt. Das ist wirklich Gold."

Der König schwieg für einen Moment. Dann begann sich ein grimmiges Lächeln auf seinen Lippen auszubreiten. "Wenn es mehr davon gibt, könnte das unser größter Schatz sein … und zugleich die Lösung vieler Probleme."

Omoru nickte. "Wenn sich eine Goldader dort oben verbirgt, können wir es abbauen oder den Fluss durchsieben. Ich weis, wie so etwas gemacht wird."

Baldur stand auf. Sein Blick war entschlossen aber er lächelte. "Zeigt uns den Ort, ihr Beiden. Wir brechen sofort auf."

Die Sonne stand schon sehr hoch am Himmel, als Baldur gemeinsam mit Omoru, Skald und Matumba den Pfad hinunter zum Bach folgte. Der schmale, von Felsen gesäumte Wasserlauf schlängelte sich am Rand des Plateaus entlang. Es war ein Ort, den nur wenige der Asen überhaupt aufsuchten. Doch heute versprach dieser unscheinbare Bach eine neue Zukunft für Asengard.

Skald führte die kleine Gruppe zu der Stelle, an der Matumba ins Wasser gestürzt war. Noch immer konnte er das Bild vor sich sehen. Matumba, pitschnass, lachend, während das Sonnenlicht auf dem goldenen Stein funkelte, den sie aus dem Bachbett gehoben hatten. Jetzt kniete er sich an genau diese Stelle, streckte die Hand ins kühle Wasser und zog vorsichtig ein paar Steine beiseite. "Hier war es", sagte er. "Genau hier haben wir den Goldbrocken gefunden."

Baldur trat näher, sein Blick lauernd, abschätzend. Omoru hingegen ließ sich neben Skald nieder, steckte die Hand ins Wasser und zog mit der Fingerspitze etwas Kies zur Seite. Ihre dunklen Augen verengten sich einen Moment, dann streckte sie die Hand aus. "Da!" rief sie erregt.

Zwischen den dunklen Steinen schimmerte etwas. Omoru griff hinein und hob einen kleinen Brocken heraus, drehte ihn in der Sonne hin und her. Es war Gold ... nicht viel, aber unverkennbar. Ein weiteres Mal tastete sie durch das Bachbett und zog noch einen Stein hervor, an dem sich feine goldene Adern entlangzogen.

"Das ist kein Zufall", sagte sie und erhob sich. Ihre Stimme war ruhig, doch ihre Miene zeigte ihre Spannung. "Hier gibt es mehr."

Baldur nahm ihr den Goldbrocken ab, drehte ihn prüfend in den Fingern. Dann sah er auf den Bach hinaus, folgte seinem Lauf mit den Augen.

"Wenn das Wasser das Gold hierhergetragen hat, dann liegt es irgendwo weiter oben im Gestein", sagte er. "Aber selbst wenn wir die Quelle nicht finden sollten ... hier im Bach gibt es anscheinend genug Gold, um unsere Bedürfnisse zu stillen ... Das hoffe ich zumindest. zu waschen."

Skald und Matumba sahen sich an. Sie wussten, was das bedeutete.

"Wir brauchen Werkzeuge", sagte Matumba nachdenklich. "Schüsseln, Siebe ... alles, womit wir das Gestein durchspülen können."

Baldur nickte. "Wir beginnen sofort mit den Vorbereitungen. In drei Tagen will ich zehn Leute hier haben, die das Gold aus dem Wasser holen."

Asengard summte vor Aktivität. Schon am nächsten Morgen begannen die Vorbereitungen. Männer und Frauen arbeiteten an Holzgestellen, mit denen man das Bachwasser umlenken konnte, andere fertigten flache Holzschalen und feine Siebe aus Flechtwerk an. Besonders wichtig war die Herstellung von Rinnen, die mit Schafwolle ausgelegt wurden. Die feinen Fasern würden das schwerere Gold auffangen, während Sand und Stein fortgespült wurden. Baldur hatte seine Hände gerungen. Die vierzehn Schaffelle waren alles, was sie noch aus ihrer alten Heimat, an Schaffellen, besaßen. Hier hatten sie keine Schafe aber Omoru war der Ansicht, diese vierzehn Felle sollten ausreichen.

Omoru ließ es sich nicht nehmen, selbst mitzuhelfen. Sie beaufsichtigte die Auswahl der besten Materialien, wies die Arbeiter an, und in den Pausen saß sie mit Skald und Matumba zusammen, um ihre eigenen Gedanken über den Fund auszutauschen.

Baldur hingegen dachte weiter. Er ließ zwei Männer aufbrechen, um in den Felsen oberhalb des Baches nach weiteren Goldvorkommen zu suchen. Die beiden kehrten jedoch kopfschüttelnd zurück. Sie hatten nichts finden können. Als die Sonne am dritten Tag aufging, war alles bereit.

Die zehn Männer und Frauen, die sich für die Arbeit gemeldet hatten, trafen am Bach ein. Sie waren erfahrene Arbeiter. Keine Krieger, sondern Handwerker, Feldarbeiter, Männer und Frauen, die sich bereits in der Gemeinschaft bewährt hatten. Unter ihnen war auch Ulf, ein älterer Mann mit einer breiten Brust und wettergegerbtem Gesicht, der früher oft an Flüssen Gold gewaschen hatte. Damals, als sie noch in der alten Heimat gewesen waren.

"Es braucht Geduld", erklärte er den anderen. "Das Gold ist schwer, es setzt sich zwischen den Steinen fest. Wir nehmen die oberen Schichten des Bachbetts auf und lassen das Wasser den Rest erledigen."

Mit gezielten Bewegungen schaufelten sie Sand und Kies in die vorbereiteten Rinnen. Das Wasser spülte den leichten Schlamm hinweg, während die schwere, goldhaltige Erde in den mit Wolle ausgekleideten Rinnen hängen blieb. Danach wurde das Material in die Holzschalen gefüllt und mit kreisenden Bewegungen geschwenkt. Das leichtere Gestein wurde ausgeschwemmt, bis nur noch das schwerere, glänzende Metall zurückblieb.

Es war eine mühsame Arbeit, doch schon nach wenigen Stunden hielt der erste Arbeiter einen winzigen Goldsplitter in die Höhe. Ein lauter Jubel ging durch die Gruppe.

Omoru beobachtete alles mit scharfem Blick. Sie sah, wie die Arbeiter lernten, ihre Bewegungen zu perfektionieren, wie der Bach zu einem Ort der Konzentration und des Hoffens wurde. Selbst Baldur, der mit verschränkten Armen dastand, schien zufrieden.

"Es ist nicht viel", sagte Matumba leise zu Skald, während sie einen kleinen Goldbrocken in den Händen hielt.

"Noch nicht", erwiderte Skald. "Aber es ist ein Anfang."

Mit jeder Schale, die geschwenkt wurde, mit jedem Sandkorn, das fortgespült wurde, wuchs die Hoffnung. Am Abend des ersten Tages betrug die Ausbeute nicht mehr als eine Handvoll Goldsplitter, doch das genügte, um den Eifer zu entfachen.

"Wir machen weiter", entschied Baldur, zuversichtlich und entschlossen, der sich mit Omoru beriet. "Jeden Tag."

Und so wurde der Bach zu einem neuen Zentrum des Reichtums in der Stadt Asengard. Männer und Frauen kamen und gingen und mit jedem Sonnenaufgang wurde etwas mehr Gold aus dem Wasser gewaschen.

Omoru stand oft am Rand und beobachtete die Arbeit. Sie dachte an die Zukunft. An das, was dieses Gold für ihr Volk, für Asengard, bedeuten konnte. Vielleicht war es nur eine kleine Ader, vielleicht versiegte sie bald ... doch wenn nicht? Wenn sie hier eine Quelle gefunden hatten, die lange reichte?

Baldur hatte ihr bereits seine Meinung dazu gesagt. Egal, wieviel man letztlich finden würde, es half Asengard und seiner Bevölkerung ungemein dabei, auch in der Zukunft weiterhin Waren in Swenu kaufen zu können ... Denn Asengard war noch lange darauf angewiesen Rohstoffe von außerhalb in die Stadt zu bringen. Vor allem mangelte es an Erz. Eisen und Kupfer waren für sie überlebenswichtig. Auch wollte man ungern auf Stoffe, Öle und andere Dinge verzichten, die es in Swenu zu erwerben gab ... und Swenu, das weit entfernt lag war ihre einzige Quelle für derartiges.

2.

Die Sonne hing tief über der weiten Savanne. Ihr Licht tauchte das schier endlose Grasland in ein warmes Gold Nur vereinzelt waren Bäume zu sehen, die zumeist in kleinen Gruppen wuchsen. Die Reisenden hatten die Wüste hinter sich gelassen, doch die Strapazen der letzten Wochen lagen noch schwer auf ihnen. Staub klebte an ihren Gewändern, ihre Gesichter waren von der Sonne gebräunt und die Nahrungsvorräte gingen zur Neige.

Die kleine Wasserstelle, die sie gefunden hatten, war kaum mehr als eine Senke mit schlammigem Grund, die bald versiegt sein würde. Dünnes Schilf wuchs am Rand und Spuren zahlreicher Tiere zeigten, dass sie nicht die Einzigen waren, die hier ihren Durst stillten.

"Wir sollten hier lagern", sagte Ephimos und ließ seinen Wasserschlauch in die Tiefe sinken. "Wir haben kaum noch Vorräte. Es bleibt uns nichts anderes übrig, als zu jagen und zu sammeln. Wasser ist jetzt nicht mehr das Problem, sondern etwas zu essen. Wir haben uns bei den von uns benötigten Lebensmitteln verkalkuliert."

Die anderen nickten. Jasamin wischte sich mit dem Handrücken den Schweiß von der Stirn und sah zu Hela, die das Wasser musterte. "Es scheint sauber genug zu sein, aber wir sollten es abkochen. Zumindest für uns Menschen. Es hat wohl niemand das Bedürfnis, sich den Magen zu verderben."

"Jagd bedeutet frisches Fleisch", sagte Olov grinsend. "Das ist besser als das trockene Zeug, das wir noch in den Satteltaschen haben. Wir alle sehnen uns nach einem frisch gerösteten Braten."

Während die Gruppe ihre Lagerplätze einrichtete, fiel Ephimos Blick in die Ferne. Am Horizont bewegten sich mächtige Schatten. Eine kleine Elefantenherde, die langsam durch das hohe Gras zog. Die riesigen Tiere wirkten friedlich, ihre langen Rüssel streckten sich nach Ästen und Blättern aus, während sie sich kaum von der Stelle bewegten.

"Elefanten", murmelte er nachdenklich. Balu, der in seinem früheren Leben einstmals in einem Land voller Elefanten gelebt hatte, trat an seine Seite und folgte seinem Blick. "Eine beeindruckende Herde", sagte er.

Ephimos sah ihn an. "Glaubst du, wir könnten einige fangen? Arbeitstiere für Asengard? Dann würden wir bereits welche mitbringen können und sofort mit der Ausbildung der tiere beginnen können."

Balu lachte leise. "Du kannst keinen erwachsenen Elefanten einfangen und erwarten, dass er dir gehorcht. Sie sind klug, eigenwillig, stärker als zehn Männer zusammen und würden sich niemals brechen lassen. Aber ein Jungtier ... ja, ein Jungtier kann man lehren ein Arbeitselefant zu werden."

Ephimos verschränkte die Arme und sah ihn fragend an. "Wie macht man das?"

"Mit viel Geduld und Zeit", erklärte Balu. "Man muss sie von klein auf aufziehen, füttern, sie an den Menschen gewöhnen. Das dauert Jahre, aber wenn es gelingt, können sie unglaubliche Arbeit leisten."

Ephimos Blick kehrte zur Herde zurück. "Dann versuchen wir es."

Hela, die das Gespräch mitgehört hatte, trat näher. "Und wie willst du das anstellen?"

"Wir werden Gruppen bilden", entschied Ephimos. "Die Jäger und die Krieger gehen los, um für unsere Vorräte zu sorgen ... und gleichzeitig suchen wir nach Jungtieren, die vielleicht von ihrer Herde getrennt wurden oder wir versuchen sie von den älteren Tieren zu trennen. Wenn sich eine Gelegenheit ergibt, nutzen wir sie."

Jasamin nickte langsam. "Es ist einen Versuch wert, Hela. Ephimos hat Recht. Zu verlieren haben wir nichts dabei."

Die Sonne stand hoch am Himmel, als Olov und Skadi sich auf den Weg machten. Sie waren jung, aber geschickt und trugen leichte Waffen, die für die Jagd bestimmt waren. Speere, einen Bogen mit einem Köcher voller Pfeile, dazu Dolche an ihren Gürteln. Ihre Aufgabe war es, kleinere Tiere zu jagen, vielleicht Antilopen oder Warzenschweine, die sich in der Savanne oft an Wasserstellen oder aber in deren Umgebung aufhielten.

"Wir sollten uns nicht zu weit entfernen", sagte Skadi und zog ein hohes Grasbüschel zur Seite, um in die Weite zu spähen.

Olov grinste. "Angst?"

Skadi schnaubte. "Nein. Aber wir sind nur zu zweit. Wenn wir in einen Löwen oder eine Hyäne laufen, haben wir ein Problem. Ich habe gehört, die Biester treten meist in Rudeln auf … Wie die Wölfe in meiner alten Heimat."

Olov nickte zustimmend. Vorsicht war klug und Skadi hatte durchaus Recht. Sie bewegten sich geduckt durch das goldene Gras, das an einigen Stellen teils fast ihre Köpfe erreichte und lauschten auf jedes Geräusch. Vögel kreischten über ihnen, Insekten summten in der Hitze, und in der Ferne vernahm man das gelegentliche Brüllen eines großen Tieres.

Nach einer Stunde entdeckten sie Spuren im trockenen Boden. "Sind das Spuren von Antilopen? Oder von etwas anderem? Ich kenne die Spuren der hiesigen Tiere nicht", flüsterte Skadi.

Olov ging in die Hocke, prüfte die Abdrücke sorgsam mit seinen Fingern. "Antilopen … und nicht alt. Vielleicht eine Stunde."

Sie folgten der Spur geduldig, wichen Dornensträuchern aus und hielten ihre Waffen bereit. Der Wind brachte den trockenen Geruch der Savanne mit sich. Erde, Gras und der leichte, warme Duft von Tieren.

Plötzlich blieb Skadi stehen. "Hörst du das?" Ein leises, fast klagendes Trompeten lag in der Luft. Ein Laut, der weder zu einer Antilope noch zu einer Raubkatze passte.

"Elefanten?" fragte Olov. Sein Blick huschte umher. Wenn sie einem ausgewachsenen Elefanten begegneten, der sich durch sie bedroht fühlte, so konnte die Situation schnell sehr über werden.

Skadi nickte, ihre Augen funkelten. "Lass uns nachsehen."

Sie schlichen weiter und nach einigen Minuten erreichten sie eine kleine Senke, die von teils kahlen, vereinzelten Bäumen gesäumt wurde. Dort, halb verborgen, zwischen umgestürzten Ästen und hohem Gras, standen zwei junge Elefanten. Sie waren noch klein, vielleicht sechs Monde der neun Monde alt … und sie wirkten verwirrt und ängstlich.

Olovs Herz schlug schneller. Seine Augen huschten umher, prüften die Umgebung. "Sie sind allein." Skadi kniff die Augen zusammen. "Wo ist ihre Herde?"

Die Jungtiere trompeteten leise, blieben aber an Ort und Stelle. Ihre Ohren schlugen nervös, ihre kleinen Rüssel tasteten suchend durch die Luft.

"Sie sind getrennt worden", stellte Olov fest. "Wodurch auch immer. Es sind keine älteren Elefanten in der Nähe. Die würden sich sonst um die jungen Tiere kümmern."

Skadi trat langsam einen Schritt näher. Die Elefanten witterten sie, hoben die Köpfe, aber flohen nicht. "Wenn wir sie einfangen wollen, müssen wir vorsichtig sein", flüsterte sie.

Olov beobachtete nicht nur die Tiere sondern auch Skadi. Die junge Frau war eine Augenweide, für jeden Mann. Seit sie aus Swenu abgereist waren hielten Jasamin und Hela sich von ihm ferne. Sie schienen ihn zu meiden und er wusste nicht warum. Das traf ihn mehr, als er sich eingestehen wollte und er hatte es deshalb dankbar akzeptiert, dass Skadi auf der reise seine Nähe gesucht hatte. Er nickte. "Wir brauchen Seile. Ich habe einige geflochtene Lederschnüre in meinem Tragebeutel. Wenn wir Glück haben, dann geht das auch damit."

Sie zogen sich zurück, um ihre Vorräte zu durchwühlen, dann kehrten sie mit mehreren Lederriemen zurück. Die Elefanten standen noch immer dort, unschlüssig, wohin sie gehen sollten.

"Lass mich zuerst ran", sagte Skadi leise. Sie grinste ihn an. "Ich wirke weitaus weniger bedrohlich als ein Asenkrieger, wie du, Olov."

Sie bewegte sich langsam, sprach mit sanfter Stimme. Die Tiere schienen ihre Nervosität zu spüren, aber sie rannten nicht davon.

"Gut", murmelte Olov. "Jetzt binde langsam und sehr vorsichtig die Lederriemen um ihre Vorderbeine."

Es dauerte eine Weile, doch mit Geduld und geschickten Bewegungen gelang es ihnen schließlich, die Jungtiere zu sichern.Als die Sonne sich dem Horizont näherte, standen Olov und Skadi mit den beiden Elefanten allein in der Savanne.

"Es wird dunkel", sagte Skadi. „Wir können nicht mehr zurück. Der Weg ist zu weit und in der Dunkelheit durch die Savanne gehen zu wollen ist mir zu riskant ... zumal wir die beiden Tiere dabei haben, die uns aufhalten."

Olov nickte nachdenklich aber zustimmend. "Dann bleiben wir hier. Ich sehe auch keine bessere Lösung. Davon abgesehen ist dieser Platz gut zum Übernachten. Wir können dort oben auf den Felsen schlafen, dort sind wir sicher vor einem überraschenden Angriff durch Raubtiere. Das ist die beste Lösung, die ich sehe."

Skadi sah sich um. Am Rande der Senke befanden sich einige Felsen, die mehrfach mannshoch waren. Sie erklomm die Felsen und stellte fest, dass sich dort eine Mulde befand. Moos und niedriges Gras wuchs dort. Sie winkte Olov begeistert zu und rief ihm zu, was sie vorgefunden hatte.

Die Sonne versank hinter dem Horizont und mit ihr schwand die flirrende Hitze des Tages. Ein kühler Wind zog durch das hohe Gras, und der Himmel verwandelte sich in ein dunkles Purpur, durchzogen von den ersten silbernen Sternen.

Olov und Skadi standen inmitten der weiten Savanne, allein mit den beiden jungen Elefanten. Die Tiere waren nervös, ihre kleinen Rüssel tasteten unruhig durch die Luft, während ihre großen Ohren immer wieder zuckten.

"Wir müssen ein Feuer machen", sagte Olov. "Sonst haben wir Raubtiere am Hals. Uns beiden kann auf den Felsen nichts geschehen aber ich mache mir Sorgen, um die beiden kleinen Elefanten." Er blickte sich um. An der einen Seite bildeten die Felsen so etwas, wie eine Einbuchtung. Ein abgestorbener Baum wuch am Rand der Einbuchtung. Olov deutete darauf. "Wenn wir die Tiere dort hinein bringen und davor ein kleines Feuer entfachen, dann sollten sie sicher sein, vor Raubtieren. Morgen gehen wir dann zu den anderen zurück."

Skadi nickte. "Ich sammle Holz."

Während sie trockene Äste suchte, hielt Olov die Elefanten im Blick. Die Tiere waren noch nicht an Menschen gewöhnt, doch sie schienen erschöpft und wagten keinen Fluchtversuch. Vielleicht spürten sie, dass die beiden jungen Menschen ihnen nichts Böses wollten, zumal Skadi ihnen saftiges Gras gegeben hatte, welches die beiden Jungtiere gerne angenommen hatten.

Als Skadi mit einem Arm voll Holz zurückkehrte, entzündete Olov mit geübten Handgriffen ein Feuer. Geschickt schlug er mit einem Stück Stahl und Feuerstein Funken, Es dauerte nicht lange und er hatte Erfolg. Die Flammen züngelten auf, warfen lange Schatten über das Gras und tauchten die Umgebung in ein flackerndes Licht.

Die Nacht brachte eine ungewohnte Stille. Kein Stimmengewirr, kein Geräusch von Waffen oder anderen Menschen ... nur die Geräusche der Savanne. Das entfernte Brüllen eines Löwen ließ Skadi kurz erstarren, doch Olov beruhigte sie mit einem Lächeln. "Er ist weit genug weg."

Die Elefanten legten sich schließlich nieder, ihre Körper wirkten hilflos und fast zerbrechlich. Skadi schaute über den Rand der Mulde auf die schlafenden Tiere und beobachtete sie fasziniert. "Ich hätte nie gedacht, dass wir jemals so nah bei diesen Tieren schlafen würden."

Olov legte ihre Decken auf dem Boden aus und gähnte leise. "Morgen bringen wir sie zurück zu den anderen."

Skadi nickte, zog ihren Umhang enger um sich und lehnte sich gegen den Felsrand. "Schlaf ein wenig, Skadi", murmelte Olov. "Ich halte die erste Wache."

Die Nacht hatte die Savanne in eine silberne Welt verwandelt. Die beiden jungen Leute saßen schweigend einander gegenüber, die Knie fast berührend, während die Elefanten in unmittelbarer Nähe schliefen.

Skadi konnte ihren Blick nicht von Olov lösen. Er wirkte so ruhig, so stark ... und doch war da in seinen Augen eine Wärme, die sie in ihren Bann zog. Die Erlebnisse des Tages hatten sie enger zusammengebracht, und die Abgeschiedenheit dieser Nacht machte ihr plötzlich bewusst, wie sehr sie sich nach ihm sehnte.

Sie wusste, dass es kein Zufall war, dass sie sich in Olov verliebt hatte. Schon lange hatte sie ihn bewundert. Seine Entschlossenheit, seine Loyalität, seine Kraft. Doch erst auf diesem Jagdzug war ihr klar geworden, dass es mehr war als bloße Bewunderung. Es war ein brennendes Verlangen, eine tiefe Zuneigung, die sie nicht länger leugnen konnte. Skadi zog die Beine an und legte ihr Kinn auf die Knie. "Olov?"

Er hob den Kopf, sah sie an. "Hm?" Sie zögerte. Die Worte lagen ihr auf der Zunge, doch noch kämpfte sie mit ihrer Unsicherheit. Dann fasste sie sich ein Herz.

"Hast du jemals darüber nachgedacht, was nach dieser Reise sein wird? Was mit uns sein wird?"

Olov runzelte die Stirn. "Was meinst du? … Wir ziehen nach Asengard. Dort wartet eine neue Heimat auf dich und alle von deinem Clan. Ich kenne Asengard bereits, denn es ist meine Heimat … Es wird dir gefallen dort."

Skadi seufzte leise, blickte in die flackernden Flammen. Sie rang mit den Worten. "Ich weiß nicht … Ich denke, wir haben uns verändert. Du und ich. Die anderen natürlich ebenfalls. Ihr habt uns aus der Sklaverei befreit und gebt uns neue Hoffnung."

Er betrachtete sie nachdenklich. "Ja. Das haben wir. Das liegt im Wesen der Asen. Wir konnten nicht anders handeln, das ist eine Frage der Ehre. Ihr seid von unserem Blut, wenn auch von einem gänzlich anderen Clan."

Ein Schauer lief ihr über den Rücken, aber nicht wegen der Kühle der Nacht. Sondern wegen der Art, wie er sie ansah. Als hätte er verstanden, was sie sagen wollte, ohne dass sie es aussprechen musste.

Olov sah sie nur schweigend an. Seine Gedanken waren in diesem Moment bei Hela und Jasamin, die sich die ganze Reise über, zusammen mit Ephimos und der jungen Mailin etwas abseits gehalten hatten. Er ahnte nicht, dass diese Haltung darauf beruhte, dass die beiden Frauen zusammen mit Mailin in einem Zelt übernachteten um diese von den übrigen Reisegefährten abzuschirmen. Weder Hela noch Jasamin waren ihm wegen irgend etwas böse oder verärgert, sondern folgten lediglich den Anweisungen von Ephimos. Das ahnte Olov jedoch nicht.

Skadi sah ihn erneut an, studierte sein Gesicht und lächelte dann. Sie schluckte schwer. "Ich glaube … ich habe bisher etwas noch nicht getan, was bei meinem Clan Brauch ist. Ich habe mich bei dir für meine Rettung noch nicht so bedankt, wie es eine Schildmaid tut, wenn ein Krieger, den sie sehr schätzt aus der Not befreit. Es war noch nicht die Gelegenheit dazu ... oder die Abgeschiedenheit dafür. Das will ich jetzt nachholen. Ich weis, ich bin dir nicht völlig gleichgültig und du bist mir auch nicht gleichgültig. Was hier und Heute geschehen kann, wird außer uns beiden niemals jemand erfahren ... Komm zu mir und lasse mir dir danken, wie eine Frau einem Krieger dankt. Komm zu mir, Olov, ich brauche dich in dieser Nacht."

Ihr Herz schlug heftig, während sie auf eine Reaktion wartete. Olov blinzelte, als wäre er überrascht, doch dann huschte ein sanftes Lächeln über sein Gesicht.

"Skadi ..." Seine Stimme war leise, fast ehrfürchtig.

Sie konnte es nicht länger ertragen. Sie musste wissen, ob er genauso empfand. Also beugte sie sich vor, ganz langsam, gab ihm damit die Möglichkeit, sich zurückzuziehen ... doch er tat es nicht.

Seine Hand fand die ihre, seine Finger schlossen sich darum. Langsam und zärtlich. Er erwiderte ihre Bewegung, kam ihr ebenfalls entgegen und als ihre Lippen sich schließlich berührten, fühlte es sich an, als würde die ganze Welt um sie herum verschwinden.

Skadis Lippen waren warm und weich, ihr Atem mischte sich mit Olovs, als sie sich einander näherten. Zunächst war es nur eine vorsichtige Berührung, ein sanftes Ertasten, doch dann wurde der Kuss tiefer, inniger. Ihre Finger krallten sich in seine Tunika, als hätte sie Angst, er könnte sich zurückziehen. Doch Olov tat das Gegenteil. Er zog sie näher, spürte die Hitze ihres Körpers und den leichten Schauer, der sie durchlief.

Olov legte eine Hand an Skadis Wange legte. Sie schmiegte sich in seine Berührung, ihre Haut fühlte sich unter seinen Fingern heiß an. Ihr Herz hämmerte so laut, dass sie glaubte, er müsse es hören können.

"Olov ...", hauchte sie, als sie kurz Luft holte.

Er sah sie an, seine Augen glühten leicht im Licht der Sterne und des Mondes. "Bist du dir dabei wirklich sicher?" Skadi nickte, ohne zu zögern. "Ich wollte das schon so lange ... Ich habe nur nie den Mut gehabt, es dir zu sagen."

Sie strich ihm über seine Stirn, sah ihn an und lächelte. "Ich will dich. Ich will dich jetzt und hier. Mein Körper schreit danach und meine Seele brennt vor Verlangen. Ich will diese Nacht nicht ungenutzt verstreichen lassen."

Er lächelte leicht. "Ich auch nicht."

Ein warmer Schauer lief ihr über den Rücken, als er seine Arme um sie legte. Sie ließ sich gegen ihn sinken, genoss das Gefühl seiner Nähe, seiner Stärke. Sein Duft ... eine Mischung aus Erde, Leder und etwas, das nur nach ihm roch ... umfing sie, ließ sie den Rest der Welt vergessen.

Ihre Finger strichen über seine Arme, erkundeten vorsichtig seine Haut. Olov zog scharf die Luft ein, als sie mit den Fingerspitzen über seinen Nacken fuhr und Skadi spürte ein triumphierendes Kribbeln in ihrem Inneren.

"Du bist wunderschön", murmelte er, während er mit den Lippen über ihre Stirn, ihre Wange und schließlich ihren Hals wanderte.

Sie schloss die Augen, gab sich dem Moment hin. Der Wind trug den Duft der Savanne heran, das entfernte Rufen eines Nachtvogels mischte sich mit den leisen Geräuschen der Nacht. Er drückte sie sanft in das weiche Gras, und für einen Moment verharrte er, als wolle er sich ihren Anblick einprägen. Dann beugte er sich über sie, und Skadi wusste, dass nichts sie mehr aufhalten konnte. Sie lächelte ihn an. Die Nacht gehörte ihnen ... Endlich.

Sie spürte, wie ihre Wangen sich röteten. Er lächelte sie an, ein warmes, einladendes Lächeln. "Skadi," begann er leise, "du bist so schön. Ich begehre dich ... Du bringst mein Blut zum kochen."

Seine Worte waren wie ein Balsam für ihre Seele. Sie lehnte ihren Kopf an seine Schulter. "Und du, Olov, bist mein Krieger, mein Retter ... und mein Gefährte in dieser Nacht."

Sie spürte, wie ihre Blicke sich suchten. In seinen Augen las sie eine Sehnsucht, die sie selbst nur zu gut kannte. Eine Sehnsucht nach Nähe, nach Berührung.

Das Licht des Feuers tanzte auf ihrem Körper, der von den Strapazen der Reise gezeichnet war. Sie war sich der weiblichen Rundungen durchaus bewusst, die im Kontrast zu Olovs muskulöser Gestalt standen. Olov verschlang sie fast mit seinen Augen, als Skadi aufstand, ihr Gewand abstreifte und dann völlig nackt vor ihm stand. Skadi lächelte, als Olov nun schon fast hastig seine Kleidung abstreifte und achtlos auf den Boden warf. Er kam auf sie zu und schloss sie in seine muskulösen Arme. Seine Hände glitten über ihre Haut, so sanft wie Sommerregen. Skadi schloss die Augen und ließ sich von ihm auf das weiche Gras legen.

Skadi und Olov, die Nacht in der Savanne

Ihre Augen wanderten über seinen Körper und blieben dann an seiner aufgerichteten Männlichkeit hängen. Skadis Augen weiteten sich. Derart groß hätte sie sich seinen Penis nicht vorgestellt. Voller Vorfreude leckte sie sich ihre Lippen. Sie würde zweifellos von ihm erhalten, wonach sie sich sehnte.

Seine Lippen fanden die ihren und sie küssten sich leidenschaftlich. Seine Zunge erkundete behutsam ihre Mundhöhle, während seine Hände ihren Körper umfassten. Sie spürte, wie sich ihre Muskeln entspannten, wie sich alle Anspannung löste. Ihre Körper verschmolzen fast schon zu einem. Seine Hände wanderten über ihren Körper, erkundete jede Kurve und jede Rundung. Skadi seufzte auf und krümmte sich lustvoll unter ihm. Die Nacht war warm und feucht. Der Duft von Olovs Körper vermischte sich mit dem Geruch des Waldes. Hela spürte, wie ihre Sinne sich verschärften. Jedes Geräusch, jeder Hauch von Wind schien verstärkt zu werden.

Olov küsste ihren Hals, seine Lippen hinterließen feuchte Spuren auf ihrer Haut. Sie stöhnte wohlig auf und zog ihn näher zu sich. Seine Hände fanden ihren Weg zu ihren Brüsten und er begann sanft daran zu reiben. Seine Finger umkreisten ihre harten Brustwarzen. Dann beugte er sich vor und küsste diese, saugte sanft daran.

Sie stöhnte und genoss seine Lippen auf ihren Brüsten, Fühlte wohlige Wellen durch ihren Körper fließen. Er ließ sich Zeit, erregte sie immer mehr und Skadi spürte, wie ihr Verlangen beständig anstieg. Ihr ganzer Körper schien nur noch aus Lust zu bestehen. Sie gierte förmlich dem Moment entgegen, an dem er sie endlich bestieg. Sie wollte ihn in sich haben, sich ihm hingeben und das erhalten, wonach sie sich sehnte. Doch Olov hatte es nicht eilig. Vielmehr schien er es zu genießen, sie mit seinen Lippen und seiner Zunge zu verwöhnen, ihre Körper zu streichen und zu liebkosen.

Skadi hatte die Zweisamkeit noch nie so intensiv empfunden. Es war eine Mischung aus Lust und Zärtlichkeit, die sie nun völlig überwältigte. Sie wollte mehr, immer mehr von ihm. Skadi ließ ihre Hände über seinen Körper wandern. Zwischen seinen Beinen fand sie, was sie suchte. Sie schloss ihre Hand um sein Glied und fing an, es sanft zu reiben. Olov stöhnte lustvoll. Seine Finger glitten über ihren Bauch, über ihre Hüfte. Sie spürte, wie sich seine Muskeln anspannten, wie er sich ihr noch weiter näherte. In diesem Moment fühlte Skadi sich behütet, vollkommen geborgen, vollkommen sicher. Seine Lippen wanderten weiter hinunter zu ihrem Körper, er küsste jede Stelle, bis er schließlich zwischen ihren Beinen ankam. Skadi spürte, wie sich Ihr Körper anspannte, wie sich eine Welle der Lust durch sie bewegte. Eine Welle, die an Intensität zunahm. Sie stöhnte ihre Lust laut heraus und wand sich unter ihm.

Olov wusste wonach es Skadi nun verlangte und ahnte was sie besonders mochte. Seine Berührungen waren so zart, so achtsam. Er nahm sich Zeit für sie, für ihren Körper und auch für ihre Seele. Sie schloss die Augen stöhnte ungehemmt und lustvoll, während sie seine Hände und seine Lippen auf ihrem Körper spürte und sich ihm hingab. Seine Finger glitten sanft über die Innenseiten ihrer Beine, jede Berührung ließ sie jetzt sichtlich erzittern. Er küsste sie sanft auf den Bauch, seine Lippen hinterließen eine feuchte Spur. Mit jedem Zentimeter, den er sich ihrem Schoß näherte, stieg die Spannung in ihr. Als er schließlich zwischen ihren weit geöffneten Beinen ankam, war es für sie wie ein prickelnder sanfter Schlag. Skadi drückte seinen Kopf zwischen ihre Beine und ließ ihn dort mit seiner Zunge das Werk verrichten, das er begonnen hatte. Seine Zunge glitt durch ihre nassen Schamlippen und züngelte über ihre Lustperle. Sie atmete keuchend, wand sich unter ihm, vor Lust und Verlangen. Endlich hielt sie es nicht mehr aus und zog ihn empor, zu sich.

Seine Berührungen waren so sanft und liebevoll und doch so intensiv. Er nahm sich Zeit für jeden Zentimeter ihrer Haut, für jede Kurve ihres Körpers. Skadi seufzte zufrieden. Sie wollte nun nicht mehr länger warten. Sie griff nach unten und zog sein hartes Glied zwischen ihre Beine, zum Zentrum ihrer Lust. Kehlig stöhnte sie auf, als er endlich in sie eindrang, wobei ihm ein leises Stöhnen entwich.

Skadi riss ihre Augen weit auf, als er nun langsam gänzlich in sie eindrang. Nie zuvor hatte sie ein derartiges Gefühl der Ausgefülltheit verspürt. Sehr langsam und vorsichtig begann er sich zu bewegen. Zuerst genoss Skadi es nur. Aber schon bald schob sie sich seinen Bewegungen entgegen und klammerte sich an seine Schultern. Mit jedem Stoß, den er machte, erfüllte sie ein Gefühl der vollkommenen Zufriedenheit. Sie spürte, wie sich ihr Körper zusammenzog, wie sich eine Welle der Lust durch sie bewegte. Es war ein Gefühl, das sie noch nie zuvor derart intensiv erlebt hatte, so intensiv, so überwältigend. Sie spürte, wie sie sich schnell einem Höhepunkt näherte und sein Atem kündete davon, dass auch er diesen Punkt bald erreichen würde. Als sie ihren Höhepunkt dann erreichte und ihn laut heraus schrie kam auch Olov, mit einem erstickenden Schrei, der nur unwesentlich leiser war. Sie bäumte sich auf, als sie tief in sich spürte, wie er zuckend seinen Samen in sie verspritze. Zitternd klammerte sie sich an ihn und hielt ihn fest an sich gedrückt.

In diesem Moment waren die beiden eins. Körper und Seele. Die Welt um sie herum verschwand, es gab nur noch sie beide. Schwer atmend lagen sie nebeneinander, küssten sich, während er noch immer in ihr steckte. Skadi lächelte ihn glücklich an. Langsam glitt er aus ihr heraus. Sie seufzte und legte ihren Kopf an seine Schulter. Skadi schloss ihre Augen. Sie fühlte sich wohl, geborgen und zutiefst befriedigt.

Der erste Lichtstreif der Morgensonne tauchte die Savanne in ein sanftes Gold. Der Himmel leuchtete in blassen Rosatönen, und ein kühler Windhauch strich über das hohe Gras. Olov und Skadi erwachten beinahe gleichzeitig, ihre Körper noch eng aneinandergeschmiegt.

Für einen Moment blieb Skadi einfach liegen, genoss die Wärme, die von Olov ausging, und den leichten Duft nach Erde und Leder, der ihn umgab. Doch dann erinnerte sie sich daran, dass sie nicht ewig hierbleiben konnten.

"Wir sollten zurückkehren", sagte sie leise.

Olov öffnete die Augen, blinzelte träge. Ein Lächeln huschte über sein Gesicht. "Ja … die anderen warten sicher schon."

Skadi grinste ihn verschwörerisch an. "Ein ganz klein wenig Zeit haben wir doch sicherlich noch … Oder?" Mit diesen Worten beugte sie sich vor und küsste ihn verlangend. Er erwiderte ihre Küsse, mit der selben Leidenschaft und in ihnen beiden stieg erneut das pure Verlangen empor. Skadi blickte zum Horizont und entschied, dass sie sich beeilen mussten. Eigentlich hätte sie lieber den ganzen Tag mit ihm hier verbracht. Sie lächelte, wälzte ihn auf den Rücken und schwang sich über seinen Schoß. Mit einer Hand griff sie nach unten, dirigierte seine harte Männlichkeit in die richtige Position und ließ sich dann langsam auf ihn herab sinken. Langsam begann sie ihren Unterkörper auf und ab zu bewegen. Mit jeder

Bewegung von ihr glitt er tiefer in sie hinein, bis er endlich zur Gänze in ihr war. Einen Moment verharrte sie, atmete tief und genoss dieses Gefühl. Dann begann sie mit langsamen Reitbewegungen, die ihn dazu brachten leise Geräusche der Lust von sich zu geben. Olov konnte sich nicht erinnern jemals mit einer Frau zusammen gewesen zu sein, die ihn derart eng umschlang. Doch es war ihm nicht unangenehm. Ganz im Gegenteil. Es war vielmehr ein erregendes, feuchtes, warmes, festes und doch fast unglaublich samtiges Gefühl, das seine Männlichkeit nun eng umschlang. Er legte seine Hände auf ihren Po, hielt sich dort fest, während sie sich immer schneller auf ihm bewegte und keuchend atmete. Skadi sah ihn mit weit offenen Augen an. Ihre Lippen waren geöffnet und ein leiser Ton entkam ihrem Mund, der von Verlangen und ungezügelter Lust zeugte.

Er spürte, dass er schon bald seinen Orgasmus erreichen würde und sie auch nur noch kurz vor dem Höhepunkt war. Olov erwiderte ihre nahezu hektischen Reitbewegungen nun mit festen Stößen von unter, was ihr leise Lustschreie entlockte. Dann konnte er es nicht länger zurückhalten. Stöhnend ergoss er sich tief in ihr. Skadi bewegte sich nun noch schneller auf ihm. Dann lief ein Zittern durch ihren Körper. Sie bäumte sich auf, stieß einen leisen Schrei aus und sank dann auf ihm zusammen.

Sanft streichelte er ihren schweißnassen Rücken und hielt sie dabei zärtlich umschlungen. Sie hob ihren Kopf, küsste ihn und grinste dann zufrieden. "Das war gut, Olov … Ich könnte sicherlich mich an so etwas gewöhnen." Ihr Blick wanderte zum fernen Horizont und sie seufzte mit Bedauern. "Es hilft nichts, wir müssen aufbrechen, mein starker Krieger."

Sie richteten sich langsam auf, lösten sich widerstrebend voneinander. Schnell kleideten sie sich an, überprüften mit Blicken die Umgebung und stiegen dann von ihrem Felsennest herab. Die beiden jungen Elefanten, die sie am Tag zuvor eingefangen hatten, standen unweit von ihnen, am Fuß der Felsen und schienen sich an ihre Gegenwart gewöhnt zu haben. Olov betrachtete die Tiere nachdenklich. "Wir müssen sie sanft führen, sonst geraten sie in Panik", sagte er nachdenklich.

Skadi nickte, während die beiden Tiere sich an sie drängten und leise Laute von sich gaben. Olov grinste. "Die beiden scheinen dich zu mögen. Das könnte durchaus von Vorteil sein. Sie sehen dich scheinbar als ihre

Ersatzmutter an." Als er Skadis eisigen Blick sah wurde er schamrot und murmelte leise etwas was sie nicht verstand … Zumindest jedoch klang es wie eine Entschuldigung, was sie besänftigte.

Sie machten sich daran, die Seile zu überprüfen, mit denen sie die kleinen Elefanten gesichert hatten. Dann brachen sie auf. Der Rückweg war lang, aber die frische Morgenluft machte das Laufen angenehm. Etwa um die Tagesmitte erreichten sie das Lager und wurden aufgeregt begrüßt.

"Olov! Skadi!" Jasamin war die Erste, die auf sie zulief, dicht gefolgt von Ephimos. Doch bevor jemand die beiden direkt begrüßte, blieben ihre Blicke an den zwei Elefantenjungen hängen.

"Bei den Göttern", murmelte Ephimos erstaunt und zugleich erfreut. "Ihr habt zwei junge Elefanten gefangen? Das ist großartig."

Skadi grinste stolz. "Eigentlich sind wir fast über die beiden gestolpert, als wir einen Platz für ein Nachtlager suchten. Es war Zufall. Die Götter sind uns wohlgesonnen."

Die Stimmung im Lager war ausgelassen. Auch die anderen waren erfolgreich gewesen. Vier weitere Elefantenjunge, die etwa zwischen sechs und neun Monde alt sein mussten, waren in ihrer Abwesenheit gefangen worden. Es war ein unglaublicher Erfolg, der ihre Rückkehr nach Asengard umso bedeutungsvoller machte. Balu war begeistert und kümmerte sich um die Tiere. Da die jungen Elefanten jedes mal klagende Laute von sich gaben, wenn Skadi sich von ihnen entfernte, blieb sie nun bei den Tieren und Balu, der sie mit einigen Grundlager des Umgangs mit Elefanten vertraut machte. Zwei weitere der jungen Krieger, die man in Swenu freigekauft hatte schlossen sich an und von nun an hatte Balu mehr als genug zu tun, um den drei jungen und wissbegierigen Leuten, die Grundlagen der Elefantenausbildung beizubringen.

Einen Tag später hatten die Jäger genug Fleisch beschafft, um sie wieder zu versorgen. Das Fleisch wurde größtenteils in kleine Streifen geschnitten und am Feuer getrocknet. So konnte es für eine gewisse zeit haltbar gemacht werden. Drei Tage erholten sie sich, bereiteten sich vor und brachen dann auf. Ihre nächste Etappe sollte sie zu dem Dorf am Fluss führen, wo sie von den dortigen Bewohnern dann Lebensmittel erwerben wollten, die ihnen auf dem letzten Rest ihrer Reise als Nahrung dienen würden. Im Dschungel, mit der dortigen Tiervielfalt sollte es auch kein Problem werden sich bis nach Asengard zu versorgen.

Ungefähr einen halben Mond später, als die Hitze des Tages beinahe unerträglich war, erreichten sie das kleine Dorf. Es lag an einem Fluss, umgeben von hohen Bäumen, und war von einfachen, aber stabilen Hütten aus Lehm und Holz geprägt. Die Dorfbewohner empfingen sie freundlich, nahezu begeistert, denn es war für sie stets von Vorteil, wenn die Asen sie aufsuchten. Man bot ihnen Wasser, Früchte und Fleisch an, und die Reisenden genossen es, sich nach der langen Wanderung zu erholen.

Olov und Skadi nutzten die Zeit, um sich unter einen großen Baum zu setzen und das Treiben zu beobachten. "Bald sind wir wieder zu Hause", murmelte Skadi. Olov nickte. "Ja. Aber es fühlt sich an, als wären wir völlig andere Menschen geworden."

Sie sahen sich an, und in diesem Blick lag all das unausgesprochene Wissen um das, was sie auf dieser Reise erlebt hatten ... was sie beide miteinander erlebt hatten. Es bedurfte keiner Worte. Sie würden sich auch in Asengard treffen, wenn die Zeit dafür war und das Verlangen sie packte. Olov hatte Skadi viel von seiner Heimatstadt erzählt. Sie hatte zugehört, konnte es sich jedoch kaum vorstellen. Olov hatte nur leicht geschmunzelt. "Warte es ab, bis du Asengard siehst."

Der Aufbruch verlief schon fast routiniert. Die Dorfbewohner winkten ihnen noch lange hinterher. Dann verschluckte der Dschungel die Reisegruppe, die nun ihre letzte Etappe antrat. Die Heimat war nahe und keiner der Asen oder der sie begleitenden Frauen der Gomuna konnte seine Begeisterung darüber verbergen. Bald schon würde man endlich wieder daheim sein. Vor allem die Frauen der Gomuna sehnten sich nach Asengard, das nun auch ihre Heimat war. Auch sie fühlten sich als Asen, als das Volk, welches in Asengard lebte. Egal, woher man ursprünglich stammte, man war ein gemeinsames Volk geworden.

3.

Neue Horizonte

Das Haus, das einst Liv gehörte, war nun Anschis neues Zuhause. Es war eines der größeren Wohngebäude in Asengard, gelegen am entfernten Rand der inneren Stadt, wo die breiten Straßen den Siedlungskern durchzogen. Doch trotz seiner Größe wirkte es von außen unscheinbar. Die Mauern bestanden aus festem Lehmstein, dick und sorgsam verputzt, mit einer glatten Oberfläche, die in der Mittagssonne fast weißlich schimmerte. Das Dach war flach und mit einer dicken Lehmschicht überzogen, um die Hitze fernzuhalten. Nur wenige Fensteröffnungen waren nach außen hin sichtbar und sie waren alle schmal und hoch gelegen, gerade breit genug, um Luft hindurchzulassen, aber nicht, um neugierige Blicke einzuladen, denn das hatte Liv vermeiden wollen. Die größeren Fensteröffnungen wiesen alle zum Innenhof hin.

Der wahre Kern des Hauses lag im Inneren. Ein Innenhof, verborgen hinter hohen Mauern, abgeschirmt von den Geräuschen der Stadt. Sobald man die Schwelle überschritt, durch den breiten, nahezu rechteckigen Durchgang, gelangte man in eine andere Welt. Der Innenhof maß fünfzehn Schritt in der Breite und zwanzig in der Länge, ein beinahe rechteckiges Areal, umgeben von einem Arkadengang, dessen schlanke Säulen das Dach trugen. Dieser Säulengang war drei Schritt breit und bot Schatten, wo sich die Hitze des Tages sammelte.

Der Boden war mit sorgfältig verlegten Steinplatten gepflastert, deren Oberfläche durch Wind und Wetter geglättet war. Einige Platten waren dunkler als andere, von der Zeit gezeichnet und in den Fugen sprossen hier und da kleine Pflanzen, die sich ihren Weg durch die Ritzen suchten.

Über dem Hof selbst spannte sich der Himmel, offen und weit. Nachts leuchteten hier die Sterne in voller Pracht, ohne dass Mauern oder Dächer den Blick trübten. In einer Ecke stand ein schlichter Steinbrunnen, nicht groß, aber mit klarem Wasser gefüllt, das sich in einem flachen Becken sammelte. Seine Präsenz brachte eine leise, konstante Geräuschkulisse. Das leise Tropfen und Plätschern, das die

Stille des Hofes belebte. An einer der langen Seiten des Hofes befanden sich zwei Räume, beide etwa acht Schritt lang und sieben Schritt breit. Ihre Außenwände waren massiv, und die einzigen Öffnungen waren kleine, quadratische Fenster, die in Richtung des Hofes zeigten. Man konnte sie mit hölzernen Läden verschließen, doch selbst wenn sie geöffnet waren, ließen sie nur wenig Licht in das Innere. Diese Räume waren derzeit leer, ihre glatten Wände nur vom Kerzenschein beschienen, wenn sich jemand in ihnen aufhielt.

Die Räume gingen ineinander über. Der eine war nur durch eine breite Türöffnung mit dem anderen verbunden. Wer hier stand, spürte die Stille noch deutlicher als im Hof. Kein Windzug drang herein, keine Geräusche von außen. Es waren abgeschiedene Räume, verborgene Kammern, deren Zweck noch ungewiss war. Vielleicht würden sie eines Tages, für Anschi, als Lagerräume dienen oder als Werkstätten, vielleicht aber auch als Schlafräume oder ein Ort der Zuflucht.

Die Luft hier war kühl, gespeist von den dicken Mauern, die die Hitze des Tages abhielten. Es roch nach trockenem Stein und Lehm, nach dem Hauch von altem Holz, das in den Türrahmen und den Deckenbalken verarbeitet war. Anschi hatte noch keine Pläne für diese Räume. Sie standen leer, still und wartend. Wie ein unbeschriebenes Blatt, das darauf wartete, mit Leben gefüllt zu werden. Anschi fühlte sich wohl in dem Haus. Eines jedoch störte sie … Sie empfand ein Gefühl der Einsamkeit. Hier war außer ihr niemand und sie hätte nicht erwartet, dass sie dieses Gefühl verspüren würde.

Der scharfe Klang eines Horns durchschnitt die ruhige Abendluft von Asengard. Anschi, die gerade im Innenhof ihres neuen Hauses stand, erstarrte für einen Moment. Das Signal kam von einem der Wachposten. Ein Zeichen, dass etwas Bedeutendes geschah. Ohne zu zögern wandte sie sich um und eilte hinaus, auf die Straßen der Stadt.

Schon auf dem Weg spürte sie die wachsende Unruhe. Menschen traten aus ihren Häusern, lehnten sich über Brüstungen oder eilten, genau wie sie, in Richtung des großen Platzes vor der Festung. Stimmen erfüllten die Luft, gespanntes Murmeln mischte sich mit aufgeregtem Rufen.

Als Anschi den weiten Platz erreichte, sah sie sofort den Grund für die

Aufregung. Die Reisegruppe aus Swenu war zurückgekehrt ... und sie war weit größer, als sie es hätte sein sollen.

Pferde, Karren und Rinder, allesamt schwer beladen, drängten durch das große Stadttor, ihre Umrisse in das letzte Licht des Tages getaucht. Die Asen, die vor vielen Monden aufgebrochen waren, waren nicht nur wohlbehalten zurückgekehrt, sondern hatten ihre Anzahl mehr als verdoppelt. Ungewohnte Gesichter, Männer und Frauen, teils hellhäutig, wie die Asen, andere mit dunklerer Haut, viele in schlichte, aber feste Gewänder gehüllt. Sklaven, dachte Anschi mit einem kurzen Anflug von Überraschung. Oder besser gesagt, ehemalige Sklaven. Denn die Asen verabscheuten die Sklaverei und würden derartiges niemals in ihrer Stadt dulden.

Die ersten Krieger der Reisegruppe gingen voran, ihre Mienen von Stolz und Erschöpfung gezeichnet. Ephimos führte die Gruppe an, an seiner Seite Hela, Olov und Jasamin. Ihre Kleidung war verschmutzt und zeugte von der langen Reise, doch ihre Augen leuchteten.

Dann brach ein erstauntes Raunen unter den Umstehenden aus, als jetzt mehrere unerwartete Gestalten durch das Tor traten. Elefanten. Noch jung, wie man sofort erkannte aber trotzdem ein völlig unerwarteter Anblick. Ihre Rüssel tasteten gelegentlich nach dem Boden, während sie gemächlich in die Stadt schritten. Ihre Haut war von Reisespuren gezeichnet, an manchen Stellen mit getrocknetem Schlamm bedeckt, doch sie strahlten eine urtümliche Kraft aus, die alle Anwesenden in Staunen versetzte.

“Bei den Göttern ...“, flüsterte jemand in der Menge, dicht neben Anschi, während andere laut ihre Verwunderung äußerten. Anschi trat näher, ihre Augen wanderten von den Elefanten zu den Menschen, die hinter ihnen folgten. Es waren Dutzende, möglicherweise sogar mehr als hundert. Überwiegend Männer, aber auch Frauen. Sie waren erschöpft, das sah man ihnen an, aber sie gingen mit erhobenen Köpfen.

Einige der Stadtbewohner tauschten verwirrte Blicke, während andere bereits Fragen stellten. “Wer sind diese Leute? Was ist geschehen?“

Ephimos richtete sich im Sattel auf und hob eine Hand. Sofort wurde es stiller. Seine Stimme hallte weithin über den Platz. “Diese Menschen waren Sklaven in Swenu. Wir haben sie befreit." Ein aufgeregtes Murmeln ging durch die Menge. Anschi sah, wie einige der neuen Ankömmlinge sich vorsichtig umsahen, als fürchteten sie noch immer, jemand könnte ihnen die gewonnene Freiheit wieder nehmen. Sie spürte, dass diese Rückkehr viel verändern würde. Ephimos wandte sich Baldur zu, der zusammen mit Omoru auf ihn zukam und dabei erleichtert lachte. Man sah Baldur die Neugierde an. Ephimos würde ihm heute viel von der Reise erzählen müssen.

Ephimos wandte sich an Olov, Jasamin und Hela, die mit ihm zusammen die Gruppe geführt hatten. "Hela, Jasamin … Bitte sorgt dafür, dass die Waren gelagert werden und unsere neuen Gefährten einen Platz erhalten, wo sie ihre Zelte aufschlagen können. Olov, du kommst mit mir. Wir beiden werden Baldur und Omoru berichten, was sich auf der Reise alles ereignet hat."

Lange an diesem Abend saßen Baldur und Omoru mit Ephimos und Olov zusammen. Man diskutierte darüber, was nun notwendig war, um die neuen Herausforderungen zu meistern, die mit dem Eintreffen der vielen neuen Menschen auftraten. Letztlich entschied man, als erstes mit dem Bau neuer Häuser zu beginnen. Sie sollten am hinteren Stadtrand entstehen, wo noch viel freier Platz vorhanden war. Die Ställe für die Elefanten sollten, laut der Planung von Ephimos, nahe des dortigen Tores entstehen.

Dann kam Ephimos auf Mailin zu sprechen. Eine geschulte und wirklich gut ausgebildete Heilerin war natürlich immer willkommen. Er erzählte dem staunenden Baldur, dass er Jasamin und Hela für deren Gesellschaft abgestellt hatte, um sie somit etwas von den rauen Nordmännern zu isolieren. Mailin war sehr behütet aufgewachsen und hatte etwa die Hälfte ihres Lebens nahezu keinen echten Kontakt zu anderen bekommen, da ihr Vater, Shadrach, dies immer vermieden hatte. Jetzt angekommen in Asengard sollte sich dies ändern und sowohl Jasamin als auch Hela hatten auf der Reise Mailin darauf vorbereitet. Auch das Geheimnis, welches Mailin umgab lüftete er nun. Olov hörte schweigend zu. Jetzt wurde ihm klar, warum Hela und Jasamin sich von ihm ferngehalten hatten. Kurz verspürte er ein schlechtes Gewissen, weil er mit Skadi etwas begonnen hatte, was wohl auch auf der Ablehnung seiner beiden Freundin beruhen mochte. Er unterdrückte ein Grinsen. Skadi war eine Frau, die einen genauso starken Willen besaß, wie auch Hela oder Jasamin. In der Zukunft würde er irgendwann eine Entscheidung treffen müssen. Aber bis es soweit war, würden Skadi und er sich wohl noch das eine oder andere mal treffen und das fortsetzen, was in der Savanne einen Anfang genommen hatte. Er hatte diese Nacht und den darauf folgenden Morgen genossen ... Skadi hatte es nicht weniger genossen und sie waren beide übereingekommen, dass dies nicht das letzte mal gewesen sein sollte.

Jasamin führte Mailin durch die staubigen Gassen von Asengard, vorbei an Handwerkern, die ihre Waren feilboten und Kriegern, die sich auf dem Übungsplatz versammelten. Mailin fühlte sich noch fremd in dieser Stadt, aber sie hatte bereits begonnen, sich an den Rhythmus des neuen Lebens zu gewöhnen, der so ganz anders war als in Swenu.

Der gestrige Abend bei Jasamin war ruhig gewesen, doch Mailin wusste, dass sie dort nicht lange bleiben konnte. Jasamin war freundlich, aber in ihrer Haltung lag ein unterschwelliger Druck, als wolle sie Mailin nun schnellstmöglich an einen anderen Ort weiterreichen. Jasamin hatte sie zwar über die Nacht hinweg bei sich aufgenommen, damit Mailin ein Dach für die Nacht besaß, aber ihr Wunsch war es, bald wieder ihr Haus so bewohnen zu können, wie zuvor. Ungestört und alleine, damit sie sich mit Hela und Olov dort treffen und mit einem oder beiden dann ihre Lust ungestört ausleben konnte. Zudem war geplant, dass hela bei ihr einziehen sollte. In der vergangenen Nacht hatte Hela bei Olov übernachtet und Jasamin konnte sich gut vorstellen, was die beiden getan hatten.

Das Krankenhaus lag im westlichen Teil der Stadt, nahe der großen Mauer. Ein schlichtes Gebäude aus hellen Steinen, umgeben von einer überdachten Säulenreihe. Als Mailin und Jasamin durch den Eingang traten, umfing sie sofort der Duft von Kräutern. Es herrschte eine ruhige Ordnung, keine chaotische Hast, wie Mailin sie aus anderen Städten kannte, die sie an der Seite von Shadrach besucht hatte.

Eine fremde Gestalt trat aus einem der Räume in den überdachten Gang. Hochgewachsen, dunkelhäutig, anmutig, schlank, mit langem, dunklem Haar und einem konzentrierten Ausdruck im Gesicht. Mailins Atem stockte. Die Frau war schön, doch das war es nicht allein, was Mailin den Boden unter den Füßen zu entziehen schien. Als sich ihre Blicke trafen, war es, als würde eine unsichtbare Macht sie zusammenziehen. Anschi hielt inne, ihre Augen weiteten sich einen Moment, dann trat sie näher.

"Jasamin?" fragte sie mit einem Hauch von Überraschung in der Stimme, ehe ihr Blick sich auf Mailin richtete. "Wer ist das?"

"Das ist Mailin. Wir haben sie in Swenu freigekauft", antwortete Jasamin mit einem Lächeln. "Sie ist eine ausgebildete Heilerin und wird ab heute hier arbeiten und uns unterstützen … Ich glaube, sie wird dir und mir eine große Hilfe werden."

Anschi musterte Mailin eingehend. Mailin fühlte, wie ihr Puls raste. Etwas an dieser Frau zog sie auf eine Weise an, die ihr fast Angst machte. Sie konnte kaum den Blick abwenden und es war offensichtlich, dass es Anschi nicht anders erging. Die Spannung zwischen ihnen war beinahe greifbar, als würde eine unsichtbare Kraft sie zueinander drängen.

"Dann bist du also eine von den Sklaven, die in Swenu befreit wurden?" Anschis Stimme war sanft, aber ihr Blick blieb durchdringend.

Mailin nickte. Ihre Kehle war trocken, sie konnte kaum sprechen.

"Ich bin Anschi", sagte die dunkelhäutige Frau schließlich und streckte die Hand aus. Zögernd ergriff Mailin sie. Die Berührung sandte einen elektrischen Schlag durch ihren Körper.

"Willkommen im Krankenhaus … und willkommen in Asengard."

Mailin spürte die Wärme von Anschis Hand noch lange, nachdem sie sie losgelassen hatte. Während Jasamin sich verabschiedete, um anderen Verpflichtungen nachzugehen, führte Anschi sie jetzt langsam durch die Räumlichkeiten des Krankenhauses. Ihre Stimme war ruhig, sachlich, aber in ihren Bewegungen lag eine unbewusste Nervosität. Mailin bemerkte, wie Anschis Blick immer wieder zu ihr huschte, als wollte sie sich vergewissern, dass sie noch da war.

"Hier bereiten wir die Heilmittel zu", erklärte Anschi und öffnete die Tür zu einem kleinen Raum, dessen Regale gefüllt waren mit getrockneten Kräutern, Mörsern und Tonkrügen. Der Duft von Lavendel und Thymian mischte sich mit dem schärferen Geruch von Kampfer. Mailin trat näher, ihr Blick glitt automatisch über die Vorräte, und ein Funken Begeisterung entflammte in ihren Augen.

"Ihr habt eine gute Auswahl", bemerkte sie. „Aber das Fingerkraut fehlt. Es ist wichtig zur Wundheilung." Anschi zog überrascht eine Braue hoch. "Du kennst dich aus." Mailin lächelte schüchtern und errötete. "Es ist meine Aufgabe. Dafür bin ich ausgebildet worden."

Etwas in Anschis Miene veränderte sich, fast unmerklich. Sie war es gewohnt, mit Menschen zu arbeiten, die Heilkunde als eine reine Notwendigkeit betrachteten ... aber Mailin schien eine Leidenschaft dafür zu haben.

Der Tag verging in Arbeit. Sie behandelten einen der Jäger, mit einer klaffenden Wunde am Oberschenkel, halfen einem Kind mit hohem Fieber und stellten eine neue Mischung gegen Entzündungen her. Immer wieder streiften sich ihre Blicke und jedes Mal war es, als würde ein unsichtbares Band zwischen ihnen enger gezogen.

Mailin spürte, wie sich eine Wärme in ihr ausbreitete, die nichts mit der Arbeit zu tun hatte. Anschi war anders als alle Menschen, die sie bisher getroffen hatte ... ihr Lächeln, ihr ruhiger Ernst, die Art, wie sie mit den Kranken sprach. Aber mit jeder wachsenden Zuneigung wurde auch ihre Angst größer. Was würde Anschi wohl sagen, wenn sie wüsste, wer sie wirklich war? Was sie wirklich war?

Mailin wusste, dass der gefürchtete Moment unausweichlich irgendwann einmal kommen würde. Und sie fürchtete ihn mehr als alles andere. Wie würden die Menschen reagieren, die von ihrem Geheimnis erfuhren?

Die Sonne neigte sich bereits dem Horizont, als Mailin und Anschi die letzten Arbeiten im Krankenhaus erledigten. Der Tag war fordernd gewesen, doch Mailin hatte sich noch nie so lebendig gefühlt. Es lag nicht nur an der Tätigkeit, sondern vor allem an der Gesellschaft, in der sie sich befand. Zudem hatte sie das Gefühl hier akzeptiert zu werden und endlich das, was sie gelernt hatte so einzusetzen, wie es wirklich gefordert wurde.

Anschi war eine Frau, die Mailin mit ihrer bloßen Präsenz fesselte. Mailin beobachtete sie, wenn sie es für unauffällig hielt. Wie sich ihre schlanken Hände bewegten, wie eine feine Falte ihre Stirn zierte, wenn sie konzentriert war. Doch am meisten faszinierten sie Anschis Augen. Tief und dunkel, wie ein verborgener See, in dem sich Lichter spiegelten, die Mailin nicht deuten konnte.

Mailin fühlte sich zu dieser Frau hingezogen, viel stärker als jemals zu jemandem zuvor. Und das machte ihr Angst. Zugleich jedoch konnte sie nicht umhin, den geschmeidigen Körper von Anschi immer wieder anzusehen. Das lange Haar, das hübsche Gesicht, die dunkle Haut, die fast zu schimmern schien … und die unübersehbaren Rundungen, die bei Mailin einen Gefühlssturm auslösten. Was jedoch, wenn Anschi erkannte, was sie, Mailin, war? Wie würde Anschi dann reagieren? Mit Spott? Mit Ablehnung oder mit Verachtung?

Als sie das Krankenhaus verließen, atmete Mailin tief durch. Die frische Luft half ihr nicht, das Kribbeln in ihrem Bauch zu vertreiben. Nun würde Mailin den Weg zum Haus von Jasamin einschlagen … Irgendwo musste sie schließlich wohnen, solange sie hier war.

"Du hast dich gut geschlagen", sagte Anschi schließlich und lächelte leicht. "Ich glaube, du wirst eine Bereicherung für das Krankenhaus sein."

Mailin spürte, wie ihr Herzschlag schneller wurde. Sie wollte etwas sagen, doch ihre Kehle war trocken. Stattdessen nickte sie nur, und Anschi musterte sie einen Moment nachdenklich.

"Du hast noch keinen festen Schlafplatz, oder? Jasamin hat mir erzählt, du hättest in der vergangenen Nacht bei ihr übernachtet."

Mailin schüttelte stumm den Kopf. Sie hatte befürchtet, dass diese Frage kommen würde und schämte sich dessen.

"Dann wohnst du bei mir." Anschi sagte es mit einer völligen und tiefen Selbstverständlichkeit, die keine Widerrede zuließ. "Mein Haus hat zwei leere Räume. Du kannst dort bleiben, solange du willst." Sie lächelte. "Ich habe bereits mit Jasamin darüber gesprochen und sie ist damit einverstanden. Sie meinte, wir beiden würden vom Wesen her gut zusammen passen und so könntest du dich erst einmal gänzlich bei uns einleben. Sobald es möglich ist errichten wir dir ein eigenes Haus. Ist dir

47

das recht so? Es ist ja nur vorübergehend … Ich habe wirklich genug Platz, bei mir und fühle mich momentan etwas einsam."

Mailins Lippen öffneten sich, doch kein Wort kam über sie. Ihr Innerstes war in Aufruhr. Eine Nacht unter demselben Dach mit Anschi? Vielleicht sogar für länger? Die Vorstellung war berauschend ... und zugleich beängstigend. Aber sie konnte nicht ablehnen. Nicht ohne sich verdächtig zu machen. "Danke", sagte sie schließlich leise.

Anschi nickte, als wäre es die selbstverständlichste Sache der Welt. Doch in ihren Augen lag etwas, das Mailin nicht ganz deuten konnte. Anschi hatte am Tag immer wieder Mailin beobachtet, wenn diese es nicht bemerkte. Sie war fasziniert, von ihr. Das fremdartige Gesicht, mit den feinen Zügen, die geschmeidigen Bewegungen und der wohlgerundete Körper, der einen Gefühlssturm des Verlangens in Anschi entfachte.

Die beiden Frauen gingen Seite an Seite durch die Straßen von Asengard. Die Stadt war ruhig, nur vereinzelt sah man Krieger, Handwerker oder Frauen, die sich noch in Gespräche vertieft hatten. Die Festung erhob sich im Hintergrund, mächtig und schützend.

Mailin fühlte sich merkwürdig sicher neben Anschi. Doch zugleich wurde ihr jede Sekunde bewusst, dass sie sich auf dünnem Eis bewegte. Ihr Geheimnis lastete schwer auf ihr. Niemand außer Jasamin, Hela und Ephimos wusste davon ... und sie hatten geschworen, zu schweigen. Doch was, wenn Anschi es herausfand? Mailin konnte es sich nicht leisten, sich zu verlieben. Und doch war genau das dabei zu geschehen. Das machte ihr mehr Angst, als sie je zuvor erlebt hatte.

Als sie Anschis Haus erreichten, war Mailin überrascht von der Größe des Innenhofs. Die hohen Mauern schirmten ihn von der Außenwelt ab, und in der Mitte lag ein offener Platz, über dem die Sterne funkelten.

Anschi führte sie in einen der leeren Räume.

„Hier kannst du schlafen", sagte sie. „Ich hole dir eine Decke und dann tragen wir zusammen eine Liege hierher, damit du ein Bett hast."

Mailin wollte protestieren, doch sie konnte nicht. Sie durfte nicht. "Ich brauche nur eine Decke", sagte sie hastig. "Ich schlafe auf dem Boden."

Anschi runzelte die Stirn. "Warum?"

Mailin wich ihrem Blick aus. "Ich bin es gewohnt ... und möchte keine Umstände machen. Ich bin dir sehr dankbar, dass ich vorerst hier bleiben darf."

Es war eine halbe Lüge ... eine ungeschickte noch dazu. Doch Anschi stellte keine weiteren Fragen. Sie hatte erkannt, dass Mailin damit zufrieden war, hier schlafen zu können.

Die Nacht in Asengard war tief und still. Nur das lautlose Funkeln der Sterne und der leuchtende Mond unterbrach die Dunkelheit, während eine milde Brise durch die offenen Fenster strich. Anschi lag auf ihrem Lager, doch der Schlaf wollte nicht kommen.

Sie warf einen Blick zur Decke, aber das Halbdunkel um sie herum konnte die Unruhe in ihr nicht dämpfen ... Mailin ... seit sie ihr an diesem Morgen begegnet war, hatte sie das Gefühl, in einen Strudel gezogen zu werden. Die junge Heilerin war anders als alle, die sie je getroffen hatte. Ihre Augen hatten einen seltsamen Ausdruck, eine Mischung aus Neugier und Zurückhaltung, aus Vorsicht, tiefer Angst und Sehnsucht.

Sehnsucht ... Anschi ertappte sich dabei, wie ihre Gedanken immer wieder zu Mailin zurückkehrten. Ihre Hände hatten heute oft nahe beieinander geruht, fast berührt, und jedes Mal war ein Schauer über Anschis Haut gelaufen, obwohl sie es sich nicht eingestehen wollte. Ihr eigener Körper verriet sie.

Sie hatte immer gedacht, sie sei aus Stein. Nichts konnte sie rühren. Vor allem nicht, nachdem Liv sie derart verraten hatte. Nicht die groben Berührungen der Männer, die ihr einst nahegekommen waren, nicht die Flüstereien, die sie als kalt bezeichneten. Aber Mailin ...

Mailin hatte sie nur angesehen, und plötzlich war in Anschi eine Wärme entstanden, die sie nicht verstand. Ihre Haut prickelte, ihre Hände zitterten, als sie sie zur Faust ballte. Es war lächerlich. Sie lag in ihrem eigenen Bett, sicher in ihrem Haus ... und doch war sie so aufgewühlt wie nie zuvor.

Und Mailin schlief nur eine Wand entfernt. Oder schlief sie überhaupt Anschi drehte sich auf die Seite, lauschte. Da war etwas. Ein leises, ungleichmäßiges Atmen. Ein Geräusch, das nach unterdrückten Gefühlen klang. Es war nur leise aber durch die Fensteröffnung des Schlafraumes deutlich zu vernehmen, wenn man in der Stille der Nacht darauf achtete

Ein leises Schluchzen. Es schnürte ihr das Herz zusammen. Ohne lange nachzudenken, setzte sie sich auf, ließ die Füße über den kühlen Boden gleiten überquerte die wenigen Schritte des Innenhofes und ging langsam zur Tür des kleine Seitenraumes am Innenhof, aus deren Fensteröffnung das Geräusch drang. Ihre Finger zitterten leicht, als sie sie berührte.

"Mailin?" Ihre Stimme war leise, fast vorsichtig. Es dauerte einen kurzen Moment, dann hörte sie Bewegung. "Ich bin wach", kam es erstickt zurück. Ein weiterer Herzschlag verging, bevor Anschi sich traute, zu fragen: "Darf ich reinkommen?" Zögern. Dann die leise Antwort. "Ja."

Als Anschi eintrat, fiel der sanfte Schein des Mondlichts auf Mailins Gesicht. Sie saß aufrecht auf dem Boden, die Arme um sich geschlungen.

Und trotz der Dunkelheit sah Anschi die Röte auf Mailins Wangen. Ihre Brust hob und senkte sich schneller als normal, als hätte sie einen inneren Kampf ausgefochten.

Anschi setzte sich langsam neben sie, spürte die Wärme ihrer Haut, obwohl sie sie nicht berührte. Die Luft zwischen ihnen schien zu vibrieren. Anschi zwang sich, ruhig zu atmen, doch ihr Herz schlug zu laut.

Und dann bemerkte sie es. Mailins Blick glitt für einen Moment an ihrem Hals hinab, verweilte auf ihren Schlüsselbeinen, ihrer Haut. Es war kaum mehr als ein Augenblick, doch Anschi spürte, wie sich ihr Körper anspannte. Ihr Mund wurde trocken. Zum ersten Mal nach langer Zeit wurde ihr bewusst, dass nicht nur ihr Herz, sondern auch ihr Körper reagierte.

Mailins Körper war ein Käfig. Ein Käfig, aus dem sie nie entkommen konnte. Sie hatte gelernt, ihre Bewegungen zu kontrollieren, ihren Blick zu verbergen, ihre Worte vorsichtig zu wählen. Jeder Moment ihres Lebens war eine Lüge … eine sorgfältig gewobene Illusion, um nicht entdeckt zu werden. Doch in Anschis Nähe wurde alles schwieriger.

Sie konnte nicht verhindern, dass ihr Herz schneller schlug. Konnte nicht verhindern, dass ihre Haut heiß wurde, wenn Anschi zu nah war. Und jetzt saß Anschi nur eine Handbreit von ihr entfernt, in dieser dunklen Nacht und Mailin wusste, dass sie in Gefahr war. Nicht durch Anschi, sondern durch sich selbst.

Anschi legte ihr beruhigend die Hand auf die Schulter. Diese Berührung ließ einen warme Welle durch den Körper von Mailin fluten. Ihr Körper reagierte auf eine Art und Weise, die sie nicht kontrollieren konnte. Ihr Atem ging zu schnell. Ihre Finger verkrampften sich in der Decke, als sie versuchte, die Erregung zu unterdrücken, die sich in ihr ausbreitete. Sie bemerkte, wie ihr Penis anschwoll und zugleich warme Wellen von ihrem Schoß aus durch ihren Körper liefen und ihre Brustwarzen sich verhärteten. Götter, das durfte nicht passieren.

Sie durfte nicht wollen, durfte nicht fühlen oder empfinden. Anschi konnte nicht wissen, was sie war … Durfte es nicht wissen. Mailin hatte Angst, sich zu bewegen, aus Furcht, dass sich etwas verraten könnte. Sie saß da, spürte den Blick der Frau auf sich, fühlte die Hitze, die von ihr ausging. Wenn Anschi sie berühren würde … Mailin unterdrückte ein Zittern und zugleich ein leises Stöhnen.

"Warum kannst du nicht schlafen?" Anschis Stimme war tief, fast rau aber trotzdem so unendlich sanft.

Mailin zwang sich zu einem Lächeln. "Ich bin es nicht gewohnt, an fremden Orten zu sein. Ich muss mich erst daran gewöhnen. So vieles ist neu."

Eine halbe Lüge. Halb nur deswegen, weil sie Anschi jetzt verheimlichte, warum sie eine derartige Angst hatte.

Anschi schien es zu merken, aber sie drängte nicht weiter. Stattdessen saßen sie nur da, während die Nacht um sie herum still blieb.

Mailins Hände waren kalt, obwohl ihr Körper brannte. Sie konnte nicht zulassen, dass das hier weiterging. "Ich sollte mich hinlegen", flüsterte sie. "Morgen werden wir sicher viel zu tun haben."

Anschi nickte langsam, stand auf. Doch sie blieb einen Moment länger als nötig stehen, bevor sie sich schließlich umdrehte. Mailin sah ihr nach.

Sie wusste, dass es falsch war, sich jetzt Wünschen hinzugeben, die sich nie erfüllen konnten. Aber sie konnte nicht aufhören, zu fühlen, zu hoffen und sich weiter in sich selbst zurück zu ziehen. Sie konnte nicht verhindern, dass sie sich wünschte, Anschi würde eines Tages über die Wahrheit hinwegsehen ... und sie diese Gefühle, die in Mailin tobten vielleicht nicht mit Spott, Hohn und Ablehnung zu beantworten.

Die Nacht lag über Asengard wie ein dunkler Mantel. Anschi lag in ihrem Schlaflager, doch an Schlaf war nicht zu denken. Ihr Blick war auf das niedrige Fenster gerichtet, durch das sie den klaren Nachthimmel sehen konnte. Doch es waren nicht die Sterne, die ihre Gedanken gefangen hielten. Es war Mailin.

Die junge Heilerin lag nur wenige Schritte entfernt ... getrennt durch eine Wand aus Stein und eine Mauer aus Ungewissheit. Anschi hatte sich schon oft gefragt, was mit ihr nicht stimmte. Andere Frauen in Asengard suchten die Nähe von Männern, fanden Gefallen an ihren Blicken, an ihrer Berührung. Sie taten es mit selbstverständlicher Freude oder zumindest mit der Akzeptanz, dass es so sein musste.

Doch für Anschi war es nie so gewesen. Die Männer riefen in ihr nur Widerwillen hervor. Sie erinnerte sich an ihre Erfahrung mit Männern, die sie gemacht hatte, als sie noch in ihrer alten Heimat lebte. An die rauen Hände, an die groben Worte, an das Gefühl, benutzt zu werden, ohne dass es etwas in ihr berührte. Es war, als wäre sie aus Stein, unempfänglich für das, was sie empfinden sollte.

Doch mit Frauen ... Mit Frauen war es anders. Sie wusste es, seit sie zum ersten Mal den Drang verspürt hatte, länger in der Nähe einer anderen Frau zu bleiben. Seit sie die Wärme gespürt hatte, die ihr Herz schneller schlagen ließ ... nicht vor Angst, sondern vor etwas anderem. Etwas, das sie nicht benennen konnte.

Und dann war Liv gekommen. Liv, die ihr so viel bedeutet hatte, von der sie aber nur ausgenutzt worden war. Liv, die mit Anschi nur ein Spiel getrieben hatte. Ein Spiel, welches Anschi nicht erkannt hatte. Aber Liv hatte ihr auch etwas gegeben. Wärme Zärtlichkeit und Momente der schier ungezügelten Lust, von einer Intensität, dass Anschi es noch immer kaum glauben konnte ... und dann war Liv verschwunden. Ohne ein echtes Wort des Lebewohl.

Und nun war Mailin in ihr Haus eingezogen. Mailin, deren Lächeln sie durcheinanderbrachte. Mailin, deren sanfte Stimme in ihr etwas berührte, das sie nicht unterdrücken konnte. Mailin, die so zerbrechlich wirkte und doch eine Stärke in sich trug, die Anschi bewunderte.

Aber … was, wenn Mailin es merkte? Was, wenn Mailin erkannte, dass Anschi so gänzlich anders war, als andere Frauenß das Anschi sich zu Frauen hingezogen fühlte und nicht zu Männern? Was, wenn sie sich mit Abscheu abwandte?

Der bloße Gedanke ließ ihr Herz schmerzen. Also blieb ihr nichts anderes übrig, als es zu verbergen. Ihre Gefühle einzusperren, wie sie es immer getan hatte. In der Dunkelheit drehte sie sich auf die Seite und versuchte, nicht an Mailin zu denken. Doch es war unmöglich. Sie dachte an Mailin und ihre Hände machten sich selbstständig. Glitten über ihren Körper und brachten ihr schließlich die Erlösung eines Orgasmus, den Anschi in ihr Kissen stöhnte.

Der Morgen war noch jung, als Mailin und Anschi das Haus verließen und sich auf den Weg zum Krankenhaus machten. Ein leichter Nebelschleier lag über den Straßen Asengards, während die ersten Sonnenstrahlen vorsichtig durch die Wolken brachen und das Pflaster in goldenes Licht tauchten.

Mailin zog ihren Umhang enger um die Schultern und warf einen kurzen Blick zur Seite. Anschi ging ruhig neben ihr, die Hände hinter dem Rücken verschränkt, den Blick nach vorn gerichtet. Doch Mailin erkannte die kleine Veränderung in ihrem Gang ... dieses fast unmerkliche Zögern, als wolle sie etwas sagen, es aber doch nicht auszusprechen wagte.

"Du bist heute so still", bemerkte Mailin leise. Anschi schnaubte etwas amüsiert und schüttelte leicht den Kopf. "Ich überlege nur etwas. Etwas, was mir sehr wichtig ist und worüber ich gestern noch nachgedacht habe, bevor ich eingeschlafen bin."

"Und was überlegst du?" Die Stimme von Mailin zeugte von Angst und Unsicherheit. Würde Anschi sie nun aus ihrem Haus verbannen?

Anschi sah sie kurz von der Seite an und für einen Moment verschlug es

Mailin den Atem. In diesen dunklen Augen lag eine Wärme, die sie noch nie bei jemandem gespürt hatte. Als würde sie in ihnen versinken können, wenn sie nur lange genug hineinblickte.

"Ich dachte daran, ein paar Dinge für dein Zimmer zu besorgen." Anschi wandte den Blick wieder nach vorn, schien unsicher zu sein. "Ein Bett, einen Tisch, einen Hocker. Und vielleicht eine Kleidertruhe … Nur wenn du es mir erlaubst, selbstverständlich … Es würde mir Freude bereiten."

Mailin blieb stehen. Anschi merkte es erst nach ein paar Schritten und drehte sich zu ihr um. "Was ist? Habe ich etwas falsches gesagt?"

"Du willst das für mich tun? Einfach so? … Für mich?" Mailins Stimme war kaum mehr als ein Flüstern.

"Natürlich." Anschi errötete etwas, aber überspielte dies schnell. Sie zuckte mit den Schultern, als wäre es die selbstverständlichste Sache der Welt. "Du kannst nicht für immer auf dem Boden schlafen."

Mailin spürte, wie ihr Herz schneller schlug. Nicht nur, weil sie sich über die Geste freute. Sondern weil Anschi sie in diesem Moment akzeptierte. Nicht als eine Fremde, nicht als eine Last. Sondern als jemand, dem sie ein Zuhause geben wollte.

Mailin kämpfte mit den Worten, wollte sich bedanken, wollte sagen, wie viel es ihr bedeutete. Doch bevor sie eine Antwort finden konnte, hatte Anschi sich bereits wieder in Bewegung gesetzt. "Komm", sagte sie über die Schulter. "Sonst kommen wir zu spät."

Mailin lächelte und eilte ihr nach, während in ihrer Brust eine neue Wärme aufstieg.

Der Tag verging wie im Flug. Im Krankenhaus gab es heute keine ruhige Minute. Die Räume waren erfüllt von Stimmen, von den leisen Klagen der wenigen Patienten, dem leisen Rufen der Heiler, dem Hämmern von Schüsseln und Kesseln.

Doch trotz der Hektik fühlte sich Mailin seltsam leicht. Jedes Mal, wenn sie und Anschi sich begegneten ... sei es beim Anreichen einer Tasse mit Medizin oder beim Wechseln von Verbänden ... trafen sich ihre Blicke, hielten einen Moment zu lange. Und jedes Mal ging ein prickelndes Ziehen durch Mailins Körper. Anschi erging es nicht anders.

Einmal strich Anschi mit der Hand an Mailins Arm entlang, als sie sich gleichzeitig nach einer Schüssel beugten. Der Hauch einer Berührung, kaum spürbar ... und doch durchzuckte Mailin ein wohliger Schauer. Als sie zu Anschi aufblickte, sah sie, dass es ihr genauso erging.

Die Art, wie Anschis Lippen einen Moment leicht geöffnet waren. Wie sich ihre Brust unter der dünnen Tunika hob und senkte. Wie sie für einen Herzschlag lang wie gebannt dastand, bevor sie sich schnell wieder abwandte.

Mailin musste sich an die Lippen beißen, um ihr aufkeimendes Lächeln des Glücks zu unterdrücken. War es möglich, dass Anschi ebenso fühlte wie sie? Der Gedanke machte ihr Angst. Aber er ließ sie auch nicht los. Die Sonne neigte sich bereits dem Horizont zu, als sie erschöpft zum Haus zurückkehrten.

"Ich hoffe, du hast noch ein wenig Kraft übrig", sagte Anschi mit einem schelmischen Lächeln. "Wir haben Besuch." Mailin runzelte die Stirn, doch dann sah sie ihn ... den Handwerker, der mit einem kleinen Karren voller Möbelstücke vor dem Haus wartete. "Ah, da seid ihr ja!", rief der Mann und klopfte mit der flachen Hand auf den Wagen. "Ich habe alles, was du bestellt hast, Anschi. Über die Bezahlung brauchst du dir keine Gedanken machen. Du hast ohnehin noch etwas gut bei mir, weil du meiner Frau bei der letzten Geburt so sehr geholfen hast."

Mailin blieb wie angewurzelt stehen. Da waren sie ... ein wunderschönes hölzernes Bettgestell mit einer Matratze, die scheinbar mit Stroh gefüllt war, ein schlichter Tisch mit einem passenden Hocker und eine sorgfältig verzierte Kleidertruhe. Der Handwerker trug die Dinge in den Raum, den Mailin derzeit bewohnte, verabschiedete sich fröhlich und zog mit seinem Karren davon

Mailin hatte Tränen in ihren Augen. Ihr Herz wurde schwer. Es war zu viel. "Das ... das hast du wirklich für mich besorgt?", fragte sie mit belegter Stimme.

Anschi sah sie an und nickte. "Ja. Ich will, dass du dich wohlfühlst. Das ist mir sehr wichtig ... Bitte nehme diese Dinge an, du würdest mir damit eine große Freude bereiten." Etwas tief in Mailin zog sich schmerzhaft zusammen.

Sie wusste nicht, wie sie es erklären sollte. Diese Geste bedeutete ihr mehr, als Anschi vielleicht ahnte. Niemand hatte je etwas für sie getan. Außer ihrem verstorbenen Vater und dessen Geschenke waren im Grunde meist Dinge gewesen, auf die Mailin gut verzichten konnte. Trotz aller Zuneigung hatte Shadrach sie niemals völlig verstanden. Niemand hatte ihr je einen Ort gegeben, an dem sie sich wirklich sicher fühlen konnte.

Doch jetzt stand sie hier ... vor einem Haus, das ihr ein Zuhause werden konnte, wenn auch nur zeitweise ... vor Möbeln, die wirklich die ihren waren.

Und vor einer Frau, die ihr all das gegeben hatte. Mailin konnte nicht sprechen. Sie nickte nur, und schluckte den Kloß in ihrem Hals hinunter. Sie bereiteten zusammen ein einfaches Abendessen vor. Brot, Käse, etwas geräuchertes Fleisch ... Jedes Mal, wenn ihre Finger die von Anschi streiften, fuhr ein neues Kribbeln durch ihren Körper.

Am Abend saßen sie nebeneinander auf der kleinen Bank vor dem Haus und sahen der untergehenden Sonne zu. Mailin konnte es nicht lassen, immer wieder zu Anschi hinüberzusehen. Wie das Licht auf ihrer Haut lag. Wie sich ihr Haar in sanften Wellen um ihr Gesicht schmiegte. Wie ihre Finger leicht auf ihrem Oberschenkel trommelten, als wäre auch sie unruhig.

"Danke", sagte Mailin schließlich leise. Anschi drehte den Kopf zu ihr. "Wofür, Mailin?" Einen Augenblick herrschte Stille. Dann sah Mailin sie an. Mit einem Blick, der in Anschi einen Gefühlssturm auslöste.

"Für alles ... Für das Bett. Für das Zuhause. Für das Gefühl, dass ich nun endlich irgendwo hingehörte ... Du kanst dir nicht vorstellen, was mir das bedeutet, Anschi." Mailin seufzte leise und in ihren Augenwinkeln schimmerten Tränen.

Anschi hielt ihrem Blick stand. Einen Moment lang war da nichts außer der Stille zwischen ihnen. Und dann lächelte sie. Ein weiches, ehrliches Lächeln, das Mailins Herz stolpern ließ. Sie fühlte, wie sich ihre Finger in ihrem Schoß verkrampften, um nicht nach Anschis Hand zu greifen. Sie konnte es nicht tun, obwohl alles in ihr danach schrie. Nicht jetzt, wohl niemals. Auf jeden Fall nicht, solange ihr Geheimnis zwischen ihnen stand.

Aber vielleicht ... nur vielleicht ... würde es eines Tages einen Moment geben, in dem sie all das aussprechen konnte. Einen Moment, in dem sie keine Angst mehr haben musste. Mailin schloss kurz die Augen und spürte den sanften Wind auf ihrer Haut. Ja. Vielleicht würde dieser Tag kommen. Irgendwann. Und bis dahin würde sie jeden Moment mit Anschi in sich aufnehmen. Jeden Blick. Jede Berührung. Jedes Lächeln. Denn in diesem Augenblick ... nur in diesem ... gehörte sie ihr.

Sechs Tage. Sechs Tage, in denen Mailin und Anschi nun schon in dem Haus zusammenlebten. Sechs Tage voller unausgesprochener Worte, verstohlener Blicke und Berührungen, die zu lange dauerten, um noch zufällig zu sein ... und doch niemals weitergingen. Für Anschi war es die reinste Folter.

Nie zuvor hatte sie jemanden so sehr begehrt, wie sie Mailin begehrte. Es war nicht nur ihr Lächeln oder die Art, wie sie sich bewegte. Geschmeidig, mit einer fast katzenhaften Eleganz. Es war ihr ganzes Wesen, das Anschi gefangen nahm. Ihre Stimme, wenn sie am Morgen noch leicht verschlafen war. Der konzentrierte Ausdruck in ihren Augen, wenn sie sich um die Verletzten im Krankenhaus kümmerte. Die Art, wie sie sich nachdenklich über die Lippen fuhr, wenn sie las, was in die gebrannten Tontafeln geritzt worden war.

Jeder einzelne Moment mit Mailin ließ ihr Herz schneller schlagen. Und jede Nacht, die sie in getrennten Räumen verbrachten, wurde zur Qual. Anschi lag stundenlang wach und hörte Mailins Atem aus dem angrenzenden und doch so weit entfernten Raum am Innenhof. Sie fragte sich, ob Mailin ebenfalls wach war. Ob sie vielleicht auch mit der gleichen Rastlosigkeit kämpfte, mit dem gleichen Verlangen.

Doch sie wagte nicht, es zu hinterfragen. Sie wagte es nicht, sich ihr gegenüber zu offenbaren. Was, wenn Mailin sie dafür verachtete? Was, wenn sie mit Abscheu reagierte? Diese Gedanken hielten Anschi zurück. Und sie zwangen sie, die Sehnsucht in ihrem Herzen niederzukämpfen, so gut es eben ging. Ein schier hoffnungsloser Kampf.

Es war Abend. Die Öllampen warfen ein sanftes Licht über den kleinen Holztisch, an dem sie saßen. Draußen war die Nacht längst hereingebrochen und durch das offene Fenster wehte die frische Brise des

Abends. Anschi und Mailin hatten den Tag im Krankenhaus verbracht und waren erschöpft zurückgekehrt. Doch nun saßen sie hier, das einfache Mahl vor sich, den Becher Met in der Hand ... und doch konnten beide kaum essen. Mailin warf immer wieder verstohlene Blicke zu Anschi.

Sie sah wunderschön aus im Schein der flackernden Flammen. Ihr Haar fiel ihr locker über die Schultern, und bei jeder Bewegung fing das Licht goldene Reflexe darin ein. Ihre Lippen waren leicht gerötet vom Trinken des Mets, und Mailin musste sich zwingen, nicht darauf zu starren. Sie wusste, dass sie aufhören sollte. Sie wusste, dass es gefährlich war. Und doch konnte sie nicht anders. Denn wenn sie ehrlich war, hatte sie in den letzten Tagen an kaum etwas anderes gedacht als an Anschi.

An ihre Stimme, an ihr Lächeln, an ihre Berührungen ... und an das, was wäre, wenn diese Berührungen nicht mehr nur zufällig wären. Mailin spürte, wie ihr Körper auf diese Gedanken reagierte, und schloss für einen Moment die Augen. Sie durfte das nicht zulassen. Sie durfte nicht schwach werden. Nicht, wenn sie wusste, dass ihr Geheimnis alles zerstören würde.

Anschi sah sie plötzlich an. "Alles in Ordnung?", fragte sie leise. Mailin nickte hastig, während sie ihren Becher an die Lippen führte. "Ja. Ich war nur in Gedanken."

Anschi sah sie fragend an. "Woran?"

Mailin schluckte den süßen Met hinunter und wagte ein Lächeln. "Das willst du nicht wissen." Anschi lachte leise, doch in ihren Augen lag eine Wärme, die Mailins Herz schneller schlagen ließ. "Vielleicht will ich es doch wissen", murmelte Anschi und trank ebenfalls einen Schluck.

Die Stille zwischen ihnen war geladen. Das Knistern in der Luft wurde mit jeder Sekunde unerträglicher. Mailin spürte, wie sich Anschis Blick immer wieder auf ihre Lippen senkte. Dieses endlose Verlangen. Diese Rastlosigkeit.Diese tiefe, alles verschlingende Sehnsucht.

Anschi wusste nicht, was sie noch tun sollte. Seit Tagen kämpfte sie gegen das, was sie für Mailin empfand. Doch heute Abend ... heute Abend war es schlimmer als jemals zuvor. Jede einzelne Bewegung von

Mailin ließ ihr Herz schneller schlagen. Die Art, wie sie den Becher hielt, die Art, wie sie sich über die Lippen leckte, nachdem sie getrunken hatte. Die Art, wie sie sie ansah ... als würde sie nach etwas suchen, was sie nicht aussprechen konnte.

Anschi konnte nicht mehr. Sie hielt die Ungewissheit nicht mehr aus. "Mailin …" Ihre Stimme war rau. Mailin hob den Kopf und sah sie an.

"Ja?"

Anschi wusste nicht, was sie sagen sollte. Sie wusste nur, dass sie diesen Moment nicht verstreichen lassen konnte. Ihre Finger umklammerten den Rand ihres Trinkbechers. "Ich …" Doch dann verstummte sie. Denn in Mailins Augen lag etwas … etwas, das sie nie erwartet hätte. Ein Ausdruck, den sie nur zu gut kannte. Verlangen. Sehnsucht. Und Angst.

Eine Angst, die so tief ging, dass sie Anschi den Atem nahm. Mailin sah sie an, als stünde sie kurz davor zu fliehen. Als würde sie sich wünschen, dieser Moment wäre niemals geschehen. Anschis Herz zog sich fast schmerzhaft zusammen. "Vergiss es", sagte sie schnell und zwang sich zu einem Lächeln. "Es war nichts."

Mailin wirkte erleichtert ... und doch zugleich auch unendlich traurig. Für einen Moment herrschte Schweigen. Dann griff Mailin nach der Kanne und schenkte ihnen beiden nach. "Trinken wir darauf", sagte sie leise. "Auf die Dinge, die besser unausgesprochen bleiben."

Anschi sah sie lange an. Und dann hob sie ihren Becher. "Ja", flüsterte sie. "Darauf trinken wir."

Doch während sie trank, wusste sie, dass sie nicht mehr lange schweigen konnte. Und Mailin wusste, dass die Zeit ihnen langsam davonlief. Denn was auch immer zwischen ihnen war ... es wurde stärker. Jeden Tag. Jede Nacht. Und irgendwann würden sie die Wahrheit nicht mehr verleugnen können. Egal, welche Konsequenzen es hatte.

Es war der achte Tag, an dem sie zusammenlebten. Und mit jedem dieser Tage wuchs der Druck. Die Last des unausgesprochenen Verlangens, das beide quälte. Es war, als ob die Luft selbst von dieser Spannung durchzogen war, so dicht und schwer, dass es beinahe unerträglich wurde.

Anschi hatte in den letzten Tagen alles gegeben, um sich zu beherrschen. Sie hatte sich auf die Arbeit im Krankenhaus konzentriert, auf das Gespräch mit den Patienten, die Wunden, die sie versorgte, den Schmerz, den sie linderte. Alles nur, um sich von diesem Verlangen abzulenken.

Doch es war unmöglich. Es war wie ein brennendes Feuer, das in ihr loderte, ein unaufhaltsames Pochen, das ihre Gedanken überwältigte und ihren Körper in einen Zustand ständiger Anspannung versetzte. Sie konnte sich nicht mehr auf die Arbeit konzentrieren. Jede noch so beiläufige Berührung von Mailin ließ ihren Puls schneller schlagen, ließ ihre Haut kribbeln und ihren Atem stocken. Das schlichte Streifen ihrer Hand beim Vorbeigehen, das gemeinsame Anheben von Bechern, das leise Rascheln von Mailins Haaren, wenn der Wind es durch das Fenster wehte ... all das ließ in ihr ein Verlangen entstehen, das sie kaum bändigen konnte.

Und doch hielt sie sich zurück. Denn sie wusste, dass sie, genau wie Mailin, ein Geheimnis trug. Anschi rätselte fortwährend, darüber nach, was Mailin derart verbissen zu verbergen versuchte. Es musste etwas sein, was tiefe Angst in Mailin auslöste.

Anschi rang mit sich, kämpfte einen verzweifelten, inneren Kampf. Sie wusste, dass, wenn sie sich diesem Verlangen hingab, die Ketten, die sie sich selbst auferlegt hatte, zerbrechen würden. Und dann gäbe es kein Zurück mehr. Mailin kämpfte einen ähnlichen inneren Krieg, jedoch aus anderen Gründen. Gründen, die sie Anschi nicht sagen konnte.

Jeder Blick von Anschi, jedes Lächeln, das sie ihr zuwarf, ließ ihren Körper zitternd reagieren. Die Nähe zu Anschi war wie ein Magnet, der sie unaufhaltsam anzog. Und doch konnte sie sich nicht erlauben, diesem Drang nachzugeben. Sie konnte nicht riskieren, dass ihre Ängste zur Wahrheit wurden ... dass Anschi sie als das sah, was sie war ... ein unvollständiges Wesen, ein Monster. Keine echte Frau und kein echter Mann. Etwas dazwischen und doch beides zugleich.

Die Gedanken an das, was sie war ... das, was sie verbarg ... schnürten ihr die Kehle zu. Sie spürte, wie sich ihr Herz zu einem harten Klumpen zusammenzog, jedes Mal, wenn sie an die Möglichkeit dachte, dass Anschi es herausfinden könnte. Was würde sie denken, wenn sie es wusste? Würde sie Mailin dann verachten? Würde sie sie mit Abscheu ansehen? Verspotten und verhöhnen?

Doch trotz all dieser Ängste und Zweifel konnte Mailin nicht leugnen, was sie für Anschi empfand. Sie fühlte sich zu ihr hingezogen, so sehr, dass es körperlich schmerzte. Es war ein zärtliches Verlangen, das sich tief in ihr verwurzelte und jede Zelle ihres Körpers ergriff. Es war, als ob ihr Herz mit jeder Bewegung von Anschi höher schlug, als ob die Luft um sie herum schwerer wurde, je näher sie sich kamen.

An diesem Abend war es jedoch anders. Die Stimmung war anders. Sie hatten gegessen, sie hatten miteinander gesprochen und jetzt saßen sie da, beide tranken sie Met, und die Dämmerung umhüllte das Haus wie ein sanfter Schleier. Doch in diesem Moment, im flimmernden Licht der Kerzen, waren es nicht die Worte, die ihre Verbindung stärkten. Es war der Blick.

Der Blick, den sie sich gegenseitig zuwarfen. Dieser Blick, der nicht länger versuchte, das Verlangen zu verbergen. Der Blick, der sagte, was ihre Worte nicht auszusprechen wagten.

Mailin konnte es nicht länger ertragen. Sie wusste, dass sie es nicht mehr länger aushielt. Aber wie würde Anschi reagieren? Ihre Hand zitterte, als sie ihren Becher absetzte. Ihre Finger trafen unbewusst die Hand von Anschi, die auf dem Tisch lag ... nur ein Hauch einer Berührung, aber es reichte aus, um eine Welle von Wärme durch Mailins Körper zu schicken.

Es war, als hätte jemand das Feuer entfacht, das sie so lange in sich eingesperrt hatte. "Anschi …" Ihre Stimme war kaum mehr als ein Flüstern, und doch trug sie eine Schwere in sich, die in diesem Moment alle unausgesprochenen Worte einhüllte.

Anschi starrte sie an. Ihr Atem ging schneller. Sie spürte die Wärme, die von Mailins Haut ausging, und ihre Finger zuckten unkontrollierbar, als wollten sie sich in Mailins Hand vergraben, sie festhalten. "Mailin …" Ihre Stimme war rauer, als sie es beabsichtigt hatte. "Du …"

Doch sie wusste nicht weiter. Die Worte wollten ihr einfach nicht über die Lippen kommen. Was, wenn Mailin sie ablehnte? Was, wenn sie sich zurückzog und sie in der Stille der Verachtung ließ? Mailin sah sie an, und es war, als ob ihre Augen tief in die Seele der anderen blickten. Sie spürte das Verlangen, das so stark und mächtig war, dass sie sich kaum noch zurückhalten konnte. Sie fühlte sich von Anschi angezogen wie von niemandem zuvor ... und doch war da immer dieses unerschütterliche, quälende Gefühl der Angst.

Ihre Hand zog sich langsam von Anschis Hand zurück und das brach Anschi das Herz. Sie spürte die Kälte, die die Lücke zwischen ihnen ausfüllte, als Mailin sich wieder in ihren Stuhl zurückzog. "Warum?" flüsterte Anschi, ihre Stimme war schwach. "Was ist denn?" Es war eine Frage, die sie sich selbst immer wieder stellte.

Doch Mailin schüttelte den Kopf. "Ich kann dir nicht alles erzählen", flüsterte sie. "Nicht jetzt, vielleicht nie ... obwohl alles in mir danach schreit, es zu tun."

An diesem Abend weinte Anschi sich lautlos in den Schlaf ... Genau wie auch Mailin und obwohl sie nur wenige Schritte von einander entfernt waren bemerkte die andere es nicht.

Der Duft von frischem Obst und Kräutern lag noch in der Luft, als Anschi den Marktplatz verließ. Ihr Korb war schwer, voll mit den Vorräten, die sie für das Abendessen brauchte. Der Wind wehte ihr leicht durchs Haar, und die Sonne stand tief am Himmel, malte das Land in goldene Töne. Doch trotz der schönen Außenwelt war in ihr ein ständiges Gefühl von Unruhe. In den letzten Tagen war sie kaum in der Lage gewesen, an etwas anderes zu denken als an Mailin ... an ihre Nähe, ihre Blicke, die Gespräche, die sie führten und die spürbare Spannung, die sich zwischen ihnen aufbaute.

Als sie durch die Straßen ging, spürte sie, wie ihr Herz schneller schlug. Sie hatte sich vorgenommen, Mailin nicht mehr so nahe zu kommen, doch ihre Gefühle wurden immer stärker. Die Zuneigung, die sie für die junge Heilerin empfand, war nicht zu ignorieren, und in den letzten Tagen war es fast so, als ob ihre eigenen Wünsche sie übermannten. Ihre Gedanken über die Ungeklärtheit der Situation ... über die Nähe, die sie zu Mailin suchte ... machten sie beinahe verrückt. Mailin jedoch schien eine geradezu übermächtige Angst in sich zu tragen und deshalb hatte

Anschi beschlossen zu warten. Darauf zu warten, dass der richtige Ort und der Richtige Moment kam. Der Moment, in dem sie Mailin ihre Gefühle offenbaren konnte ... und darauf hoffte, dass diese dann nicht in blinder Hast Abstand von Anschi suchte und sie alleine zurückließ.

Anschi kam schließlich zu ihrem Haus zurück, das ruhig und friedlich vor ihr lag. Sie seufzte, als sie die Tür öffnete und eintrat, wobei sie den Korb mit den Einkäufen beiseite stellte. Doch etwas war anders. Es war ruhig, viel ruhiger, als sie es gewohnt war. Kein Geräusch drang aus dem hinteren Teil des Hauses, und für einen Moment dachte sie, dass Mailin vielleicht noch draußen war. Doch anscheinend war Anschi alleine. Mailin schien derzeit nicht im Haus zu sein. Ihr Blick fiel auf den Zugang zum Baderaum und sie seufzte entsagungsvoll. Ein Bad wäre nun sicher gut und würde sie entspannen. Im Krankenhaus war es ruhig und Anschi und Mailin würden dort heute nicht gebraucht werden. Deshalb hatten sie am Vorabend beschlossen, an diesem Tag einmal die Ruhe und Erholung zu suchen.

Ohne groß nachzudenken, begann sie, ihre Kleidung zu entkleiden, eilig, fast wie im Reflex. Sie fühlte sich plötzlich unruhig, als ob sie etwas tun musste, um die aufgestauten Gefühle zu beruhigen. Sie wusste nicht genau, was sie suchte ... ob es das Bedürfnis war, sich selbst zu erfrischen oder etwas anderes, das tief in ihr brodelte. Aber als sie die letzten Kleidungsstücke ablegte und in den Baderaum trat, war es ein Moment der Ablenkung, den sie sich erhofft hatte. Sie seufzte lautlos und ging langsam zu dem Badebecken. Das Wasser würde ihr gut tun.

Das Wasser des Badebeckens war warm und duftete nach Kräutern. Die Kerzen, die um den Raum herum aufgestellt waren, warfen flackernde Schatten an die Wände, und der Raum war in ein sanftes, goldenes Licht gehüllt. Doch als sie in das Wasser stieg und ihre Füße die angenehme Wärme spürten, nahm sie plötzlich einen anderen, flimmernden Moment wahr.

Einen Moment, in dem sie Mailin noch nicht bemerkt hatte, die mit dem Rücken zu ihr im Wasser stand. Mailin hatte sich völlig in das Wasser eingetaucht, um ihre Haare zu waschen. Die junge Heilerin war so vertieft in ihre eigene Tätigkeit, dass sie nicht bemerkte, dass Anschi bereits im Becken war.

Es war ein Moment von purer Stille, ein Moment, in dem beide Frauen nichts weiter hörten als das leise Plätschern des Wassers und den rhythmischen Klang ihrer eigenen Atmung. Doch dann, als Mailin ihren Kopf aus dem Wasser erhob, um sich die Haarezu schütteln, drehte sie sich erschrocken um ... und sah direkt in Anschis Augen. Der Schock in Mailins Gesicht war sofort sichtbar. Ihre Wangen erröteten heftig und sie drehte sich hastig ab, versuchte, ihren Körper zu verbergen und tauchte wieder tiefer in das Wasser, welches Anschi und ihr bis zur Mitte der Oberschenkel reichte. Nur der Kopf von Mailin ragte aus dem Wasser empor. Ganz im Gegensatz zu Anschi, die ihr alles zeigte, was Mailin sich in ihren Träumen und Fantasien ausgemalt hatte.

Anschi stand regungslos da, das Herz raste in ihrer Brust. Ihre ersten Instinkte waren unklar ... sie fühlte sich zunächst schuldig, als hätte sie die Privatsphäre der anderen verletzt. Doch dann bemerkte sie die panische Verlegenheit und Angst in Mailins Reaktion und verstand, dass es mehr gab, als sie zunächst geglaubt hatte. Und in diesem Moment konnte sie nicht anders, als sich bewusst zu werden, wie nahe sie beiden einander standen.

"Es tut mir leid, Mailin", sagte Anschi, ihre Stimme leise und ein wenig verlegen. "Ich wusste nicht, dass du … Ich habe dich nicht gesehen, als ich in den Baderaum gekommen bin. Ich dachte, ich wäre alleine."

"Es ist in Ordnung," antwortete Mailin hastig, ihre Stimme zitterte leicht. Sie hielt den Blick abgewendet und versuchte weiterhin, sich im Wasser zu verbergen. Doch die Tränen, die ihren Wangen entlang liefen, verrieten mehr als ihre Worte.

Anschi trat vorsichtig näher, ihr Herz schlug noch schneller. Es war ein Moment des inneren Chaos ... der Anziehung, die sie für Mailin empfand, und die Sorge, dass sie etwas Unangemessenes getan hatte. Doch als sie Mailins Tränen sah, verstand sie sofort, dass es etwas anderes war. Etwas viel Tieferes. "Mailin, bitte, schau mich an", bat Anschi sanft, ihre Stimme weich. Sie wollte nicht, dass Mailin sich weiterhin versteckte.

Mailin drehte sich schließlich zu ihr, und ihre Augen glänzten vor den Tränen, die sie nicht verbergen konnte. "Es ist alles verloren, nicht wahr?" sagte sie in einem flüsternden Ton, fast unhörbar. "Alles, was ich fürchtete, ist jetzt Realität … Götter, warum habt ihr mich so gestraft? Was habe ich denn getan?"

Anschi trat näher und legte ihre Hand auf Mailins Schulter. Sie spürte das Zittern des Körpers, das von der jungen Heilerin ausging, und ihre eigene Hand ergriff sie fester. "Mailin, nichts ist verloren. Du musst mir vertrauen", sagte sie fest, ihre Stimme mit einer Wärme, die ihr die eigene Zuneigung zu Mailin offenbarte. "Willst du mir nicht endlich verraten, was dir eine derartige Angst bereitet? Es gibt wirklich nichts, was du verbergen müsstest. Nicht vor mir …" Sie holte tief Luft. "Ich würde wirklich alles für dich tun, Mailin … Ich kann nicht ohne dich sein und ich will auch nicht ohne dich sein. Ich … Ich … Bitte verstehe mich, Mailin, ich fühle mich nicht zu Männern hingezogen. Es drängt mich nach Dir … Bitte verzeih mir, aber ich musste es dir jetzt sagen. Ich halte es sonst nicht mehr aus … Nun habe ich es dir gesagt und ich hoffe, du verachtest mich dafür nicht. Aber sage doch, was verheimlichst du selbst. Was ist es, was du mir nicht sagen willst?"

Anschi stand nur eine Armlänge von Mailin entfernt, die wie gebannt auf den nackten Körper von Anschi blickte und hektisch atmete. Doch als Mailin sich weiter aus dem Wasser erhob, merkte Anschi, dass da etwas anderes war. Ein anderes Geheimnis, das Mailin so verzweifelt verbarg. Eine Offenbarung, die sich in Mailins Körper verriet ... ein Zeichen, das sie nicht mehr ignorieren konnte. Doch bevor sie etwas sagen konnte, drehte sich Mailin schnell ab und versuchte, sich in der Ecke des Badebeckens zu verstecken. Tränen liefen ihr weiterhin über das Gesicht.

Anschi stellte sich hinter sie und hielt sie sanft an der Schulter. Sie wusste, dass sie es nicht länger ignorieren konnte. "Mailin, was ist los? Was im Namen aller Götter ist das? Bist du ein Mann? Oder wie soll ich das deuten?" Nur einen kurzen Moment hatte sie die Vorderseite von Mailin gesehen … Aber das war ganz gewiss nicht der Anblick, den sie erwartet hatte.

Sie war überrascht. Trotzdem, so sagte sie sich war es Mailin. Die Mailin, der sie all ihre Liebe entgegenbrachte. Die Mailin, nach der sie sich mit jeder Faser ihrer Seele sehnte … und sie hatte das Gefühl, als wenn Mailin auch so empfand.

Anschi erkennt die wahre Natur von Mailin

Mailin schluckte schwer, dann sprach sie. "Ich… ich habe dir nie gesagt, was ich wirklich bin. Nur wenige wissen es … und nun hast du es gesehen." Sie zögerte, als ob die Worte sie ersticken würden. Doch dann sagte sie es: "Ich bin… ich bin eine Hermaphrodite, Anschi. Ich habe beides. Die Geschlechtsteile einer Frau und auch die eines Mannes, obwohl mir der Hodensack fehlt. Die weisen Männer in Babylon haben gesagt, meine Hoden würden irgendwo in meinem Körper sein … Wohl unter der Bauchdecke … Das ist mein Geheimnis. Ein Geheimnis, das niemand wissen darf. Ich bin nicht ganz Frau und ich bin nicht ganz Mann. Ich bin wie Licht und Schatten, gefangen in einem einzigen Körper. Ich bin wertlos."

Für einen Moment war es still. Anschi stand einfach da und wartete. Sie war im ersten Moment erschrocken gewesen. Doch nun rasten ihre Gedanken. Sie erinnerte sich an ein Gerücht, welches sie in ihrer alten Heimat gehört hatte … Diejenigen, die von den Göttern gekennzeichnet worden waren … Sie hatte es für eine unsinnige Geschichte gehalten. Doch nun hatte sie es selbst erblickt.

"Du bist nicht weniger wert, Mailin", sagte Anschi schließlich, ihre leisen Worte waren fest, obwohl ihr Herz gegen ihre Brust hämmerte. "Du bist perfekt, genauso wie du bist."

Anschi drehte Mailin langsam zu sich um. Sie nahm Mailins Gesicht in ihre Hände und beugte sich vor, ihre Lippen auf Mailins Wange drückend, um sie zu beruhigen ein zaghafter Kuss, der beiden Schauer durch den Körper rieseln ließ. In diesem Moment schwand die Angst, und beide spürten nur noch die Nähe, die Wärme und das Vertrauen, das sich zwischen ihnen aufbaute. Das Vertrauen, welches nun die Mauern der Angst langsam einstürzen ließ.

Die Wassertropfen, die von Mailins nassen Haaren plätscherten, mischten sich mit dem leisen Rauschen des Badebeckens, als es sich von Anschis Bewegungen leicht wellte. Ein unbehagliches Schweigen hing im Raum, als die beiden Frauen sich jetzt vorsichtig, beinahe wie in Zeitlupe, voneinander entfernten. Anschi hatte sich noch immer nicht vollständig von der Überraschung erholt, die Welle des Schocks, die sie ergriffen hatte, war längst in etwas anderes übergegangen. Die ersten Momente des Staunens, der Verwirrung, verschmolzen zu einer tiefen Faszination.

Sie blickte auf Mailin, die sich mit zittrigen Händen von ihr abwenden wollte. Sie bemerkte die Rötung, die Mailins Wangen überzog, den panischen Ausdruck in ihren Augen aber sie sah auch die unübersehbare Reaktion körperliche Reaktion von Mailin. Mailin, die es nicht verhindern konnte, dass ihre Augen über den Körper von Anschi wanderten und die sich auf ihre Lippe biss. Aus Scham darüber, dass sie hier mit hartem und aufgerichteten Penis vor der Frau stand, nach der sie sich so sehr sehnte. Der Moment war überwältigend ... für Beide. Der Raum fühlte sich plötzlich zu eng an. Doch trotz der inneren Unruhe, die sich in Anschi ausbreitete, war da auch ein starkes, fast schmerzliches Verlangen, das sie sich nicht erklären konnte ... oder wollte.

Sie spürte es in ihren Adern, wie es sich ausbreitete, diese Faszination für Mailin, die so ganz anders war, als erwartet ... und doch war es Mailin, die Frau, die sie mit jder Faser ihres Körpers begehrte. Sie hatte in ihrem Leben viele Menschen gesehen, viele Frauen und Männer. Doch Mailin war anders. Sie trat wieder näher zu Mailin. Ihre Hand glitt vorsichtig zu Mailins Rücken, ihre Finger streiften über die feuchte Haut, und die Berührung löste bei beiden Frauen eine ungeahnte Reaktion aus.

"Es tut mir leid", flüsterte Mailin, die sich nun mit gesenktem Kopf, die Augen geschlossen, vor ihr stand. Ihre Stimme war brüchig, die Scham fast greifbar. "Ich wollte nicht, dass du das siehst ... Du bedeutest mir so viel, Anschi." Sie schluchzte. "Ich muss Tag und Nacht an dich denken. Ich sehne mich nach deiner Nähe. Das Verlangen von dir berührt zu werden, vielleicht sogar dich zu berühren frisst mich auf ... Ich sehne mich so sehr nach dir. Du bist der erste Mensch in meinem Leben, den ich wirklich liebe. Bitte vergebe mir."

Anschi spürte, wie ihre Brust sich zusammenzog, als sie diese Worte hörte. "Mailin ..." Ihre Stimme war weich, fast zärtlich. "Du musst dich nicht entschuldigen. Ich ... Ich habe das nicht erwartet. Aber du musst wissen, dass du nicht allein bist. Ich verstehe ... Ich verstehe dich." Ihre Worte waren unbestimmt, schwankend zwischen der Erkenntnis und der Akzeptanz. Aber als ihre Hand Mailins Schulter berührte, da war keine Unsicherheit mehr in ihrer Bewegung, keine Verwirrung mehr in ihren Augen. Sie hatte verstanden. Und sie wollte verstehen ... und das Geständnis der Liebe hatte sie getroffen, wie ein Hammerschlag.

Anschi holte tief Luft, trat ganz dicht an Mailin heran und ihre Haut berührte sich. Sie legte ihre Lippen neben das Ohr von Mailin. Ihre Stimme war ein liebevolles Flüstern. "Ich liebe dich, Mailin … Von dem Moment an, als ich dich das erste mal gesehen habe."

Als Anschis Hand über ihre Schulter strich, konnte Mailin den Druck in ihrer Brust nicht mehr ertragen, sie war von der Empfindung überwältigt. Sie nahm all ihren Mut zusammen, um zu sprechen, die Worte, die ihr so schwer fielen: "Ich... Ich habe dir nie gesagt, was ich bin. Ich wollte, dass du mich... einfach als Mailin siehst. Und ich... habe solche Angst, dass du... mich verstoßen wirst, wenn du es weißt."

Die Luft schien plötzlich stillzustehen. Der Raum war wieder von diesem gleichen unbehaglichen Schweigen umhüllt, das alles, was gesagt werden konnte, erdrückte. Anschi spürte, wie der Schock, der sie noch immer ergriffen hielt, langsam von einer Wärme ersetzt wurde ... Wärme für die Frau vor ihr, die sich so lange in der Dunkelheit versteckt hatte. Sie hatte niemals gedacht, dass sie in einer solchen Situation landen würde, aber jetzt, wo sie hier war, in dieser Nähe zu Mailin, wusste sie eines ganz sicher … Nichts von dem, was sie gesehen hatte, würde ihre Zuneigung mindern. Sie konnte Mailin nicht verachten, sie wollte sie verstehen, sie wollte ihr helfen … und sie begehrte Mailin fast schmerzhaft.

"Mailin", sagte Anschi leise und ihre Stimme war ein beruhigendes Murmeln. "Ich kann dir nicht sagen, was du fühlst oder was du in deinem Leben durchgemacht hast. Aber ich kann dir sagen, dass du nicht alleine bist. Ich nehme dich an, wie du bist. Und ich will dich so sehr. Verstehst du das?"

In diesem Moment, als Mailin in den sicheren Griff von Anschis Blicken tauchte, die so sanft und gleichzeitig kraftvoll waren, begann sich etwas zu lösen. Der Druck in ihrer Brust, der sie erdrückte, begann zu weichen. Die Worte, die sie in sich verschlossen hatte, die Ängste, die sie so lange mit sich herumgetragen hatte, lösten sich langsam in der Zuneigung und der Akzeptanz, die sie spürte. Sie sah in Anschis Augen etwas, das sie seit Jahren vermisst hatte ... die Wärme, die Vertrautheit, die Fähigkeit, sich selbst zu akzeptieren. Und sie spürte es tief in sich, dass sie genau das in diesem Moment getan hatte.

"Ich ... ich habe Angst, aber ich ... will dich auch", flüsterte Mailin, und es war ein Bekenntnis, das sich tief aus ihrem Inneren löste. Es war die Wahrheit, die sie so lange verborgen hatte. Und in diesem Moment war sie bereit, sie anzunehmen. Die beiden streckten nahezu gleichzeitig ihre Arme aus und umarmten sich. Fest und doch zärtlich.

Anschi sah sie an, ihre Hand glitt zitternd aber sanft zu Mailins Wange, und ihre Finger strichen liebevoll über die weiche Haut. "Ich will dich, Mailin", flüsterte sie. "Und du bist mehr als genug. Du bist perfekt für mich, genauso wie du bist."

Das Lächeln, das sich langsam auf Mailins Lippen bildete, war nicht mehr von Unsicherheit oder Angst geprägt, sondern von einer tiefen Dankbarkeit und einer Freude, die sie kaum in Worte fassen konnte. Sie hatte ihren Platz gefunden und sie hatte jemanden gefunden, der ihre Gefühle erwiderte. In diesem Moment wussten sie beide, dass alles, was jetzt noch kam, aus diesem einen, klaren Bekenntnis wachsen würde, dass sie sich gemacht hatten.

Ein Stöhnen entrang sich den Lippen von Mailin, als Anschi sanft ihre Wange und dann ihre Stirn küsste, dann mit den Lippen herab wanderte und ihre Schulter küsste.

Anschi rückte ein Stück von ihr ab. Sie blickte Mailin liebevoll an. Dann wanderte ihr Blick an Mailin herab. Diese so unsagbar wunderschönen, vollen Brüste mit den jetzt harten und aufgerichteten Brustwarzen, der schlanke, geschmeidige Körper ... und der harte, Aufgerichtete Penis, den sie an ihrer Hüfte gespürt hatte. Eine Berührung, die Anschi nicht nur verwirrt sondern zutiefst erregt hatte. Unter dem Schaft waren die Schamlippen sichtbar ... Ein für Anschi etwas verwirrender Anblick.

Sie sah Mailin in die Augen. "Funktioniert das bei dir denn? Ich meine, kannst du ..." Sie verstummte schamvoll.

Mailin nickte, schüchtern. Dann kicherte sie leise. "Oh, ja ... Ich kann dir versichern, das funktioniert alles." Sie prustete jetzt erheitert los und lachte, mit heller Stimme. "Ich bin nicht anderes, als andere Frauen und habe auch meine Bedürfnisse. Ich habe in Swenu der einen Dienerin einen Elfenbeinpenis entwendet. Damit habe ich mir damals selbst meine Jungfäulichkeit genommen ... und der Rest ... nun ja, das funktioniert auch, wie ich schon früh festgestellt habe."

Anschi sah sie an und kicherte nun ebenfalls erheitert. Dann kniete sie sich vor Mailin ins Wasser und betrachtete die Schamlippen und den Schaft der jungen Hermaphrodite. Andachtsvoll sah sie auf den Schoß von Mailin, der nun nur wenige handbreit von ihr entfernt war. Anschi verspürte ein verräterisches, wohliges Kribbeln welches sich von ihrem Lustzentrum aus durch den Körper bewegte. Sie musste sich bremsen, um nicht die Hand auszustrecken und Mailin dort zu berühren.

Fast eilig stand sie wieder auf. Sie atmete ungleichmäßig. Dann schaute sie Mailin ins Gesicht, der das ganze immer noch sichtlich peinlich war. "Langsam wird mir kalt, im Wasser, Mailin … Wir sollten aus dem Badebecken heraus steigen und uns abtrocknen." Anschi zögerte. Sie suchte nach Worten. Ihre Stimme war nun schüchtern. "Ich würde mich am liebsten in mein Bett legen … und dich einfach nur in den Arm nehmen. Deine Nähe und Wärme spüren. Eine weiche Decke über uns ziehen und einfach endlich nur deine Haut an der meinen spüren. "

Mailin sah sie einen Moment erstaunt an. Dann glitt ein glückliches Lächeln über ihr Gesicht. Anschi hatte sie nicht von sich gestoßen. Ganz im Gegenteil, sie hatte ihr die selben Gefühle gestanden, die auch Mailin empfand. Dieser Moment war für Mailin unbezahlbar.

Mailin nickte schüchtern. "Das würde ich auch gerne … Aber …" Sie deutete auf ihren noch immer aufgerichteten Penis. "Stört dich das nicht? Ich kann nichts dafür. Es ist deine Nähe … Dein nackter Körper … Noch nie zuvor war ich derart erregt ... Es tut mir leid, Anschi, aber dein bloßer Anblick ist für mich wie ein Geschenk der Götter."

Anschi sah sie an und lächelte. "Das stört mich nicht. Es gehört zu dir." Sie sah an sich selbst herab und deutete dann auf ihre Brustwarzen, die steil aufgerichtet waren. "Davon abgesehen geht es mir nicht anderes, als dir … Abgesehen von deinem wirklich schönen Penis, Mailin. Du hast auf mich die selbe Wirkung." Sie kicherte verschämt.

Mailin fiel in das leise Kichern ein. Einen Moment sahen sie sich nur schweigend an. Dann machte Anschi einen Schritt auf Mailin zu, nahm deren Kopf sanft zwischen ihre Hände und küsste sie zart auf die Lippen. Anfangs schüchtern, dann jedoch zunehmend, mit wahrer Begeisterung, erwiderte Mailin den Kuss. Ihre Zungen berührten sich zwischen den offenen Lippen und schon bald vollführten sie einen Tanz der Zungen. Die Hände von Anschi glitten über den Rücken von Mailin, wanderten an den Seiten entlang um schließlich, fast zögernd, deren volle Brüste zu berühren. Mailin stöhnte leise, drängte sich Anschi entgegen und ließ ihre eigenen Hände über deren Körper streichen. Als sie die Brüste und Brustwarzen von Anschi berührte, mit ihren Fingern sanft über deren harte Brustwarzen strich, schnappte Anschi kurz nach Luft. Sie schloss für einen winzigen Moment ihre Augen, gab sich den Lustgefühlen hin, die sie durchströmten. Schier endlos küssten und streichelten sie sich. Dann machte Anschi einen kleinen Schritt zurück, sah Mailin voller Zuneigung an, die schwer atmend vor ihr stand. "Mailin … Komm, lass uns aus dem Wasser steigen. Ich halte es hier nicht mehr aus."

Fröhlich kichernd stiegen sie aus dem Badebecken und trockneten sich ab. Anschi ergriff die Hand von Mailin und zog diese hinter sich her, in das Schlafgemach. Beiden war klar, dass nun Mauern unwiderruflich gefallen waren. Was kommen würde, war ungewiss aber beide suchten nun die Nähe der Anderen.

Im Schlafgemach angelangt setzte Anschi sich auf den Bettrand und sah Mailin an, die dicht vor ihr stand. Der Penis war steil aufgerichtet und die Schamlippen schimmerten verdächtig feucht ... Nicht anders, als bei Anschi.

Anschi schluckte kurz, als ihr Blick auf dem aufgerichteten Penis verharrte, der jetzt so dich vor ihr aufragte. Im Krankenhaus hatte sie bereits oft die Geschlechtsorgane von Männern gesehen. Bei Mailin fehlten jedoch die Hoden. Dort baumelte nichts, was den Blick auf diese wunderschönen und nass glänzenden Schamlippen versperrte. Sie leckte sich langsam über ihre Lippen. Sie hob ihren Blick und sah Mailin in die Augen, die vor ihr stand und anscheinend zwischen Lust und Scham hin und her gerissen wurde. Mailins Stimme war nur ein Flüstern. "Verachtest du mich jetzt doch? Jetzt, wo du mich so dicht vor dir siehst? Siehst was ich bin? … Es tut mir leid, Anschi … Aber ich verstehe dich." Sie schluchzte leise.

Anschi lächelte. "Nein! Das ist so anders … So unerwartet … Aber es gehört zu dir … und damit ist es genauso schön, wie auch der Rest von dir. Es ist zwar etwas, womit ich keineswegs gerechnet habe … aber irgendwie ist es doch so, dass es mich berührt .... Mich fasziniert, mich erregt und dir einen ganz besonderen Reiz gibt. Ein Reiz, der mein Blut in Wallung bringt und mir den Atem raubt … Verstehst du was ich meine?

Eilig wandte Anschi sich um und krabbelte unter die, mit weichen Federn gefüllte, Decke. Dann sah sie Mailin an, die noch immer vor dem Bett stand. "Bitte komm zu mir … Hier ist mehr als genug Platz für uns beiden."

Fast schon hastig kam Mailin der Aufforderung nach. Sie zog einen Teil der Bettdecke über sich und streckte ihre Beine aus.Mit einem wohligen Seufzen streckte sie sich aus und räkelte sich einen kurzen Moment. So bequem hatte sie seit ihrer Verschleppung aus dem Haus von Shadrach nicht mehr gelegen. Sie wandte den Kopf zu Anschi und sah diese neben sich. Ein liebevolles Lächeln lag auf dem Gesicht von Anschi.

Anschi rückte ein Stück näher zu ihr. "Magst du in meinen Arm kommen, Mailin?" Diese nickte nur. Sie schmiegten sich aneinander und für beide schien die Welt in diesem Moment still zu stehen. Eine Weile lagen sie nur schweigend da. Mailin hatte ihre Augen geschlossen. Sie genoss die Nähe von Anschi. Dort, wo ihre Körper sich berührten schienen warme Wellen davon abzustrahlen. Sie öffnete ihre Augen und sah, dass Anschi ihr Gesicht studierte und dabei glücklich lächelte.

Mailin drehte ihren Kopf etwas und hauchte Anschi einen zarte Kuss auf deren Lippen. Anschi erwiderte den Kuss. Sie öffnete ihre Lippen und ließ ihre Zunge langsam über die Lippen von Mailin gleiten. Schon bald wurden die Küsse fordernder und ihre Zungen begannen miteinander zu tanzen. Anschi hätte schreien mögen, vor Glückseligkeit, als sie spürte, wie die Hände von Mailin nun sanft über ihren Bauch und ihre Seiten strichen. Augenblicke später erwiderte sie die Berührungen, die sanft, vorsichtig, und doch so voller Begierde waren.

Mailin ließ ein leises Stöhnen hören. Anschi wurde nun mutiger. Sie fuhr mit ihrer Zunge am Hals von Mailin entlang. Küsste deren Schulter und ließ die Zunge dann tiefer wandern. Als sie die harten Brustwarzen von Mailin, mit ihrer Zunge und den Lippen berührte schien ein Zittern durch deren Körper zu gehen und sie drückte den Kopf von Anschi an sich.

Anschi ließ nach einer Weile von den Brustwarzen ab, richtete auf und lächelte glücklich. Fast war es, als wenn Mailin darauf gewartet hatte. Sie bewegte schnell ihren Kopf vor, saugte an den Brüsten und Brustwarzen von Anschi, die einen leisen Laut der Lust von sich gab. Anschi fühlte wie die Lustgefühle durch ihre Körper strömten. Schier endlos schien die zeit, in der Mailin sich den Brüsten von Anschi widmete. Doch auch ihre Hände lagen nicht still. Sie erkundeten den Körper von Anschi, die sich den Berührungen hingab. Endlich tastete Mailin sich zum Schoß von Anschi vor. Diese spreizte ihre Beine und gewährte ihr damit Zugang zu ihrem Lustzentrum. Sachte, sanft und zärtlich waren die Berührungen von Mailin. Als diese langsam ihre Finger durch die Schamlippen von Anschi gleiten ließ und deren Lustperle umspielte keuchte Anschi voller Lust auf.

Mailin nahm dies als Aufforderung, Anschi nun noch mehr zu geben. Sie wanderte mit ihrer Zunge tiefer, umkreiste den Bauchnabel von Anschi, verharrte dort einen Moment und ließ die Zunge noch tiefer wandern. Anschi öffnete weit ihre Beine, als sich Mailin nun zwischen ihre Beine kniete. Mit der Zungenspitze leckte sie sanft über die Schamlippen von Anschi und ließ dann ihre Zunge über deren Lustperle tanzen. Anschi stieß leise laute der Lust aus, die schon bald in leise Schreie übergingen. Sie wand sich unter der Zunge und den geschickten Fingern von Mailin, gab sich ganz der Lust hin. Ihr Körper begann zu Zittern und sie drückte Mailin ihren Unterleib entgegen.

Mailins Zunge tanzte nun noch schneller über die Lustperle von Anschi. Dann schob sie einen Finger in deren nasse Luströhre, begann diesen vor und zurück zu bewegen, um dann bald einen zweiten Finger hinzu zu nehmen. Der Orgasmus überrollte Anschi wie eine unaufhaltsame Woge. Ihr Körper bäumte sich mehrfach auf, sie zitterte am ganzen Körper und schrie ihre Lust nun ungehemmt heraus. So lange hatte sie sehnsüchtig davon geträumt, von Mailin auf diese Art berührt zu werden. Nun war der Moment gekommen. Schier endlos erschien Anschi dieser Moment des Glücks. Immer wieder liefen Wellen der Lust durch ihren Körper, die nur langsam nachließen.

Mailin ließ von ihr ab, legte sich neben sie, küsste zärtlich ihre Stirn und streichelte ihr die Wangen. Schwer atmend und zutiefst befriedigt san Anschi sie an. "Mailin ... Das war unglaublich ... So schön, so voller Gefühl." Sie küsste Mailin auf deren Lippen, schmeckte dabei ihre eigenen Säfte die das ganze Gesicht von Mailin benetzt hatten. Sie sah in die Augen von Mailin und lächelte dankbar.

Es drängte sie, jetzt Mailin ebenfalls das Gefühl der Lust und der Erlösung zu geben. Während sie weiterhin Küsse tauschten wanderten die Hände von Anschi über den Körper ihrer Gespielin. Zart strich sie über die Brüste von Mailin, ertastete deren harte Brustwarzen und hörte ein leises Stöhnen, das von unerfüllter Lust zeugte. Sanft umkreiste sie mit den Fingern die Brustwarzen, streichelte sie und zwirbelte sie leicht.

Mailin wand sich unter den zarten Berührungen. Anschis Hände wanderten den Körper herab, über den Bauch und für einen winzigen Moment zögerte sie, als ihre Finger den harten Penis berührten. Dann glitten die Finger tiefer und fanden die nassen Schamlippen, strichen sanft durch sie hindurch, suchten und fanden die Lustperle.

Mailin keuchte, sah Anschi aus weit offenen Augen an. Während sie nun weiterhin gierige Küsse austauschten wurden die Fingerbewegungen von Anschi schneller. Der immer hektischer werdende Atem von Mailin kündete an, dass sie sich langsam aber sicher einem Höhepunkt näherte. Anschi ließ zwei Finger in die Luströhre von Mailin eindringen, was dieser einen leisen Lustlaut entlockte. Erst langsam, dann schneller glitten die Finger von Anschi ein und aus, in der nassen Luströhre von Mailin, die ihr nun stoßend mit dem Becken entgegenkam und immer schneller atmete. Anschi sah, wie die Augen von mailin sich plötzlich weiteten. Dann stieß Mailin einen leisen Schrei aus, bäumte sich auf und zitterte am ganzen Körper. Unbewusst nahm Anschi wahr, das der Penis oberhalb ihrer Finger zu zucken begann. Ihre Hand wurde nass, von der Samenflüssigkeit, die dort heraus spritzte. Mailin stöhnte. Ein tiefer und fast urzeitlicher Laut. Sie klammerte sich an die Schultern von Anschi, die nun ihre Fingerbewegungen einstellte und Mailin sanft umarmte.

Schwer atmend lagen die beiden beieinander, umarmten sich, fühlten die Nähe und Wärme des geliebten Menschen, nach dem sie sich so lange und verzweifelt gesehnt hatten. Anschi hatte ihre Augen geschlossen. Ein glückliches Lächeln umspielte ihre Lippen. Endlich war das wahr geworden, was sie sich in ihren Träumen vorgestellt hatte, seitdem sie Mailin das erste mal gesehen hatte. Wonach sie sich so verzehrt hatte. Sie öffnete ihre Augen und blickte zu Mailin, die ihre Augen ebenfalls geschlossen hatte und ihren Kopf an die Schulter von Anschi schmiegte. Auch sie lächelte glücklich und zufrieden.

Dösend lagen sie nebeneinander, hielten sich sanft umschlungen. Anschi sah zu Mailin hin und runzelte nachdenklich ihre Stirn. "Sage Mailin, wie ist das mit Kindern? Hast du jemals den Wunsch verspürt eigene Kinder zu bekommen? Ich selbst verspüre diesen Wunsch nicht. Anders als die meisten Frauen kann ich mir das nicht vorstellen. Mir ist der Gedanke eher ein Greuel."

Mailin öffnete ihre Augen. Sie lachte leise. "Ich werde ganz sicher niemals Kinder bekommen. Mein Vater, Shadrach, hat damals die weisen Männer in Babylon danach gefragt, ob dies möglich wäre. Sie waren aber der festen Überzeugung, dass derartiges noch nie zuvor geschehen sein. Ein Wesen wie ich kann keine Kinder empfangen … und ist auch unfähig selbst welche zu zeugen. Ich habe im Verlaufe der Zeit alles gelesen, was irgendwann über Wesen wie mich aufgezeichnet worden ist. Nirgends ist vermerkt, dass es so etwas zuvor schon einmal irgendwo gegeben haben soll … und die Aufzeichnungen stammen aus vielen Teilen der Welt, sind zudem schon teilweise sehr alt ... Nein, ich werde nie Kinder bekommen und ich will es auch nicht."

Anschi beugte sich zu ihr, küsste sie sanft auf die Stirn, ließ dann einen weiteren Kuss auf die Nasenspitze von Mailin folgen und küsste dann deren Lippen. Mailin erwiderte den Kuss, mit geöffneten Lippen. Ihre Zungen berührten sich dabei. Erst einmal, dann ein weiteres mal und schließlich küssten sie sich wild und voller Verlangen.

Anschi spürte die sanften Hände von Mailin über ihren Körper gleiten und drängte sich ihr entgegen … Voller Verlangen und mit einer erneut aufflammender Lust. Der keuchende Atem von Mailin zeigte ihr, dass es dieser ebenfalls so erging. Trotz ihres vorhandenen Penis betrachtete Anschi die junge Mailin als Frau. Als eine Frau, zu der sie sich magisch hingezogen fühlte und nach der es sie verlangte. Mit einer Intensität verlangte, die Anschi für kaum möglich gehalten hätte.

Ihre Hände wanderten zu den vollen Brüsten von Mailin, fanden deren Brustwarzen und sie stellte fest, dass diese genauso hart waren, wie die ihren. Unablässig wanderten die Hände der beiden über den Körper der anderen. Streichelten, berührten sanft und doch zugleich fordernd. Mailin beugte ihren Kopf zu den Brüsten von Anschi, begann mit ihrer Zunge an deren Brustwarzen zu lecken und daran sanft zu saugen.

Anschi hatte ihre Augen geschlossen, genoss das Zungenspiel. Fast beiläufig spürte sie, wie Mailin mit ihrer Zunge und ihren Lippen tiefer glitt. Ein leichtes Zittern lief durch den Körper von Anschi, als Mailin ihren Bauchnabel mit der Zunge umkreiste, dann langsam noch tiefer wanderte.

Voller Erwartung spreizte sie ihre Beine, konnte es kaum erwarten auch dort geküsst und liebkost zu werden. Mailin legte sich zwischen die weit geöffneten Schenkel von Anschi. Sie sah direkt vor ihren Augen die leicht geöffneten Schamlippen, die bereits feucht glänzten. Sie beugte ihren Kopf vor, leckte sanft über die Schamlippen und saugte zart an der hervorstehenden Lustperle. Anschi ließ einen leisen Ton der Verlangens und der Lust vernehmen, drängte ihr den Schoß entgegen.

Erst langsam und sanft, dann schneller werdend ließ sie ihre Zunge durch die leicht geöffneten Schamlippen gleiten. Dann widmete sie sich der Lustperle umzüngelte sie, saugte zart daran und schob dann zwei Finger in den Lustkanal von Anschi. Schnell fand sie, was sie suchte. Diesen einen Punkt, in Richtung der Bauchdecke, der etwas rauer erschien. Beständig glitten ihre Finger ein und aus, rieben dabei sanft aber doch fordernd an diesem magischen Punkt, den sie bei sich selbst vor langer Zeit entdeckt hatte und der ihr selber so viel Lust bereitete. Der Körper von Anschi bebte unter ihr. Leise Lustgeräusche kündeten davon, wie sehr es Anschi gefiel.

Für Anschi war dies ein neues Erleben. Mit Liv hatte sie vieles getan, große Lust empfunden und auch Lust gegeben. Mit Mailin jedoch war es viel intensiver. Sie spürte deren Finger, die so unsagbar zärtlich und doch so verheißungsvoll ihren inneren Lustpunkt stimulierten, ihr Gefühle brachten, die sie zuvor derart nie erlebt hatte. Schneller und schneller flossen die Wellen der Lust durch sie, steigerten sich langsam und kündeten davon, dass sie schon bald einen Höhepunkt erleben durfte, wie nie zuvor. Sie wand sich unter den Fingern und der Zunge, die von Mailin geschickt eingesetzt wurden. Ihr Atem kam stoßweise und endlich, fast wie eine Erlösung, schlugen die Wellen des Orgasmus über ihr zusammen. Sie schreie ihre Lust ungehemmt heraus, bäumte sich auf und sank dann zurück, während die Wellen nur langsam verebbten, bis sie endlich endeten und sie, zitternd vor Lust, zurückließen.

Mailin hatte sich aufgesetzt, legte sich nun neben Anschi und küsste diese zart auf die Schulter. Es dauerte eine Weile, bis Anschis Atem sich beruhigte. Dankbar sah sie Mailin an. Ein Blick, der von deren Augen mit einem Ausdruck von grenzenloser Zuneigung, tiefer Liebe und völligem Vertrauen erwidert wurde.

Eine Weile küssten sie sich nur. Dann wälzte Anschi ihre Gespielin auf den Rücken und sah sie lüstern an. "Jetzt bist du an der Reihe die Lust zu empfangen, Mailin."

Bevor Mailin etwas sagen konnte krabbelte Anschi zwischen deren Beine und hauchte einen Kuss auf deren Schamlippen. Dabei stellte sie fest, dass Mailin dort mehr als nur ein wenig feucht war. Mit Genuss ließ Anschi ihre Zunge durch die Schamlippen gleiten. Tippte dabei immer wieder, mit ihrer Zungenspitze, auf die Lustperle. Mailin hatte ihre Beine weit gespreizt, gab leise Töne des Wohlbefindens von sich.

Direkt vor den Augen von Anschi erhob sich der Penis von Mailin, den sie jetzt wie gebannt ansah, während sie ihre Gespielin mit der Zunge verwöhnte. Dann konnte sie nicht mehr anders. Als sie sich wieder der Lustperle widmete und nun einen Finger tief in Mailin gleiten ließ War der Drang einfach übermächtig. Sie leckte am unteren Schaft. Erst nur zaghaft, dann jedoch auf dessen ganzer Länge. Mailin stöhnte laut auf. So etwas hatte sie noch nie empfunden. Ein derartiges Gefühl, welches nun durch ihren Körper strömte. Mächtig und unaufhaltsam kündigte sich ihr Orgasmus an und Mailin stöhnte ihre Lust laut und ungehemmt heraus. Die Finger von Mailin fuhren ein und aus in ihrer Luströhre und zugleich wurden ihre Lustperle und ihr Penis durch die Zunge von Anschi verwöhnt. Wie aus weiter Ferne vernahm Anschi die Worte von Mailin. "Vorsicht, Anschi, Vorsicht… Ich komme gleich … Oh, ihr Götter, ich komme … JAAA!"

Mailins Körper erbebte. Ein dünnes Rinnsal klarer Flüssigkeit sickerte zwischen den Schamlippen hervor. Voller Faszination sah Anschi, wie nun mehrere kräftige Schübe von Samenflüssigkeit aus dem Penis heraus spritzten. Eine dieser Fontänen traf Anschi ins Gesicht. Anschi konnte nicht anders. Sie beugte ihren Kopf schnell über den zuckenden Penis, öffnete ihre Lippen und den Mund. Dann beugte sie sich herab, nahm den zuckenden Penis in ihren Mund und saugte daran, bis nichts mehr kam. Erneut stieß Mailin einen Schrei aus der von ungehemmter Lust zeugte. Dieses Empfinden war gänzlich neu für sie. Sie spürte die Zunge von Anschi über ihre Eichel tanzen, fühlte das sanfte Saugen, welches auch die letzten Reste des Lustsaftes aus ihr heraus holte. Erneut liefen wohlige Schauer durch ihren Körper. Sie hielt die Schultern von Anschi fest und wand sich unter ihr. Dann lag sie still und atmete keuchend.

Anschi setzte sich auf und lächelte sie an. "Das war unglaublich, Mailin. Ich hätte nicht gedacht, dass du derart viel verspritzen würdest … und du schmeckst gut. Das macht fast süchtig." Sie lachte leise, beugte sich vor und küsste Mailin, auf die Lippen.

Mailin atmete noch immer schwer. "So heftig bin ich wohl noch nie zuvor gekommen … Götter, was für ein Genuss." Sie sah Anschi an und strich ihr unendlich sanft über die Wange, auf der noch einige Spritzer der Samenflüssigkeit nun langsam trockneten. "Du bist meine erste Frau, Anschi. Nie zuvor habe ich die Lust mit jemandem teilen dürfen. Davon abgesehen kommt ein Mann für mich nicht in Frage. Ich fühle mich nur zu Frauen hingezogen … Mit dir zusammen zu sein, ist das schönste, was ich je erhofft habe … Ich liebe dich, Anschi."

Anschi lächelte sie liebevoll an. "Ich liebe dich auch, Mailin … So sehr." Anschi ließ sich neben Mailin sinken. Sie umarmten sich, schlossen die Augen und schwelgten in diesem Moment des Glücks. Langsam beruhigten sich ihre Atemzüge, wurden wieder gleichmäßig und ruhig. Die Nähe und Wärme, die nun eintretende leichte Erschöpfung … all dies trug jetzt dazu bei, dass sie beide langsam eindösten und schon bald leise schnarchend unter der Bettdecke lagen. Dicht aneinander gekuschelt. Ein Traum war wahr geworden … Für beide.

Es war bereits spät nach der Tagesmitte, als Anschi ihre Augen öffnete. Verschlafen tastete sie neben sich. Das Bett war leer. Erschrocken setzte sie sich auf und ein Ausdruck von Angst stand in ihrem Gesicht. Wo war Mailin? Nur einen Augenblick später trat diese in den Türrahmen. Mailin hatte sich nur eine kurze Tunika übergezogen und stand nun lächelnd am Zugang zum Schlafraum. In ihren Händen hielt sie ein Tablett, aus Holz, auf dem einige kleine Stücke mit Käse, mehrere Scheiben mit kaltem Braten und zwei Trinkbecher standen. Sie blickte Anschi fragend an. "Du siehst so erschrocken aus, Anschi … Was ist denn?"

Anschi war den Tränen nahe. "Ich habe gedacht, ich hätte etwas falsch gemacht … und du wärest deshalb gegangen." Sie unterdrückte ein leises Schluchzen nur mit sehr viel Mühe.

Mailin trat näher und setzte das Tablett dann vorsichtig, auf dem Boden, vor dem Bett ab. Sanft strich sie Anschi über die Wange. Sie wirkte in diesem Moment erschrocken, über die Reaktion von Anschi. "Ich wollte uns beiden nur eine Erfrischung und Stärkung holen. Deshalb bin ich leise aufgestanden … Du hast so friedlich gewirkt und ich wollte dich nicht wecken." Sie sah Anschi in die Augen und ein Ausdruck ehrlicher, tiefster Zuneigung schien aus ihren Augen zu leuchten. "Warum sollte ich dich verlassen? Du bist das Beste, was mir in meinem ganzen Leben widerfahren ist. Du akzeptierst mich so, wie ich bin. Ich liebe dich aus vollem Herzen … und ich könnte nicht mehr ohne dich. Wir werden uns ganz sicher irgendwann einmal über das eine oder andere streiten. Aber das gehört dazu, wenn man zusammen ist, nicht wahr?"

Sie nahm Anschi sanft in den Arm, die sich nun eng an sie drängte. In ihrer Stimme lag nun eine Zärtlichkeit, die Anschi tief ins Herz traf. "Ich wüsste nicht, wie ich ohne dich sein könnte, Anschi. Ich liebe dich so sehr, dass es fast schmerzt." Sie rückte ein kleines Stück von Anschi ab und grinste nun vergnügt. "Davon abgesehen habe ich niemals zuvor eine derartige Lust empfunden, wie mit dir … Das könnte ich, von jetzt an, jeden Tag machen. Götter, alleine bei dem Gedanken werde ich bereits wieder Feucht, zwischen den Beinen."

Anschi brach in ein leises Kichern aus. "Mir geht es genauso, Mailin. So intensiv habe ich die Zweisamkeit nie zuvor erlebt … Ich war nur erschrocken, weil du fort warst. Ich dachte, ich hätte dich irgendwie verletzt oder gekränkt."

Mailin schüttelte den Kopf und lächelte. Dann zog sie die kurze Tunika über den Kopf und ließ sie achtlos auf den Boden fallen, bevor sie nun wieder in das Bett schlüpfte, wo sie sich an Anschi kuschelte. "Du hast mich keineswegs gekränkt oder verletzt … lasse uns noch ein klein wenig kuscheln, wenn du magst."

Anschi lächelte glücklich. Ihre Augen folgten Mailin, als diese erneut in das Bett schlüpfte und sich an Anschi heran kuschelte. Anschi seufzte wohlig. Sie genoss die Nähe von Mailin, atmete deren Duft und spürte die Wärme ihres Körpers. Alles schien so perfekt zu sein. Sie lächelte und ein Gefühl tiefer Zuneigung strömte durch sie hindurch.

Aus den Augenwinkeln schaute sie zu Mailin, die ihre Augen geschlossen hatte und völlig entspannt neben ihr lag. Einen Moment später öffnete Mailin ihre Augen und lächelte sie an. "Wir sollten jetzt etwas Essen. Der Tag ist noch lang und wir müssen heute einige Besuche machen. Wir haben eine Frau, die bald ihr Kind auf die Welt bringen wird und der Baustelle wollten wir auch einen Besuch abstatten. Ganz davon abgesehen wird es im Krankenhaus auch einiges zu erledigen geben.

Anschi verdrehte gequält ihre Augen. "Können wir nicht einfach hier liegenbleiben? Ich wüsste etwas, das wir beiden tun könnten …" Sie klimperte unschuldig mit ihren Wimpern und Mailin prustete vor Lachen. "Dieser Vorschlag hat etwas für sich, Anschi. Aber wie du selbst immer sagst, erst kommt die Pflicht und dann das Vergnügen. Also versuche nicht, meinen ohnehin sehr schwachen Willen jetzt zu beeinflussen."

Sie blickte Anschi verschwörerisch in die Augen. Ihre Stimme war leise aber es lag eine Sanftheit in ihr, die das Herz von Anschi tief berührte. "Wir beiden haben alle Zeit der Welt … Ich gestehe, ich kann es kaum erwarten, bis ich dir heute am Abend zeigen kann, was du mir bedeutest und wie sehr es mich nach dir verlangt. Ich möchte dich glücklich machen, Anschi … Jeden Tag. Immer wieder. Ich könnte nicht sein, ohne dich. Schon das Zusammensein mit dir, deine Stimme zu hören, dich nur zu sehen und lediglich eine flüchtige Berührung geben mir so unendlich viel."

4.

Asengard wächst weiter

In Asengard herrschte emsiges Treiben. Die Reisegesellschaft, die aus Swenu zurückgekehrt war hatte nicht nur große Mengen an Waren in die Heimat gebracht, sondern auch neue Menschen, die nun ein Dach über dem Kopf benötigten.

So hatten König Baldur und seine Gefährtin Omoru, bereits am Morgen nach ihrer Ankunft, Ephimos und auch Skald mit der Aufgabe betraut, den Bau neuer Häuser zu planen und zu überwachen. Der Bau sollte so schnell wie möglich beginnen, damit niemand länger als notwendig in den Zelten leben musste sondern ein festes Heim sein eigen nennen konnte.

Ephimos hatte dies bereits vorhergesehen und sich auf dem Rückweg aus Swenu seine Gedanken gemacht, wie man wohl am besten vorgehen konnte. Gemeinsam mit Skald stellte er einen Plan für die neuen Häuser auf. Sie entschieden, dass die neuen Behausungen eingeschossig sein sollten, um Zeit und Ressourcen zu sparen, aber dennoch genug Platz für ihre Bewohner bieten mussten. Jedes dieser Häuser würde fünf Räume umfassen ... eine große Halle zum Kochen, Leben und Wohnen, eine Schlafkammer für die Erwachsenen, einen kleineren Raum für spätere Kinder oder Gäste und eine Vorratskammer auch ein kleiner Baderaum war vorgesehen, denn in Asengard legte man viel Wert auf Sauberkeit.

Die Materialien standen fest und orientierten sich an der Verfügbarkeit. gebrannte Lehmziegel sollten für die Wände genutzt werden, Holzbalken für die Dachkonstruktionen, die letztlich mit Dachschindeln aus Lehm belegt werden würden und Bruchstein für Fundamente und Bodenbeläge. Lehm war in der Umgebung reichlich vorhanden und man hatte bereits begonnen, ihn in vorbereiteten Gruben zu formen und in den bestehenden Ziegelöfen zu brennen. Die Holzbalken wurden aus den nahegelegenen Wäldern geschlagen, während Bruchstein aus dem Bachbett und den umliegenden Berghängen gesammelt wurde.

Bevor der eigentliche Bau beginnen konnte, mussten die Bauplätze genau festgelegt werden. Ephimos und Skald zogen mit einer Gruppe von Helfern durch das Gebiet am nördlichen Randbereich der Stadt Asengard, wo die neuen Häuser entstehen sollten. Mit Holzpfählen und gespannten Seilen markierten sie die Grenzen der einzelnen Grundstücke, achteten darauf, dass genug Platz zwischen den einzelnen Gebäuden blieb, um später schmale Wege und kleine Gärten anlegen zu können. Die neu geplanten Gebäude der frisch hinzu gekommenen Handwerker sollten entlang des breiten Hauptweges erbaut werden, der sich zum hinteren Stadttor zog und nun somit diesen neuen Stadtteil mit dem bereits bestehenden Teil verband.

"Hier wird die erste Reihe entstehen", erklärte Ephimos, während er eine Linie in die Erde zog. Skald nickte und prüfte die Abstände. "Wir müssen darauf achten, dass genug Platz für Erweiterungen bleibt. Falls eine Familie wächst oder mehr Raum benötigt wird, können wir zusätzliche Anbauten somit deutlich einfacher ermöglichen."

Während die Männer eifrig die Parzellen absteckten, begannen mehrere Handwerker und Arbeiter bereits damit, Steine und Ziegel herbeizutragen und auf Karren herbeizuschaffen. Frauen und Jugendliche kümmerten sich um die Wasserversorgung, denn für den Lehm und den Mörtel war viel Wasser nötig. Nach zwei Tagen war alles vorbereitet. Nun begannen die Männer mit dem mühseligen Ausheben der dringend notwendigen Fundamente. Mit Hacken und Schaufeln gruben sie rechteckige Gräben aus. Tief genug, um die Mauern stabil auf Bruchstein gründen zu können. Die Erde war an manchen Stellen fest und trocken, an anderen mussten sie aufpassen, nicht in feuchte Bodenschichten zu geraten, die dann die Stabilität beeinträchtigen konnten.

Jede Hand in Asengard, die entbehrlich war, beschäftigte sich mit dem Bau. So war es in Asengard Sitte geworden. Man half einander und pflegte die Gemeinschaft. Nicht nur im Frieden, sondern auch im Kampf, wenn das irgendwann notwendig werden sollte. Eine Tradition, die noch aus dem nun so weit entfernten Norden stammte, die dereinst die Heimat der meisten von ihnen gewesen war. Über Stunden hinweg arbeiteten die Männer, Frauen und Jugendlichen unter der heißen Sonne, schwitzend und mit Staub und Dreck bedeckt. Der Lärm von Werkzeugen hallte über die Baustelle, begleitet vom Rufen der jeweiligen Vorarbeiter und dem Klirren von Steinen. Doch trotz der harten Arbeit herrschte eine gewisse Euphorie ... jeder wusste, dass sie hier etwas Dauerhaftes schufen, ein neues Zuhause für jene, die es am meisten brauchten. Skald betrachtete den Baufortschritt nachdenklich. Er wandte sich zu Ephimos, der neben ihm stand und gerade einen Bauplan studierte, der eine spätere Töpferwerkstatt zeigte, die am Hauptweg entstehen würde. "Ich kann mich irren, Ephimos ... aber die Zahl der neuen Wohngebäude passt nicht. Es sind doch deutlich mehr Menschen neu hinzu gekommen. Du hast die Anzahl der Leute nicht richtig berücksichtigt, mein Freund."

Ephimos sah ihn an und kicherte dann leise. "Skald, mein guter ... Nicht ich irre mich, sondern du." Er sah das fragende Gesicht von Skald und lachte nun erheitert. "Dir ist doch auch bewusst, dass wir in Asengard deutlich mehr Frauen haben als Männer ... Einige Frauen, die seinerzeit mit Omoru hierher gekommen sind haben uns begleitet, wie du weist. Auf der Rückreise hat es eine regelrechte Brautschau gegeben und sie haben sich bereits alle ihre zukünftigen Gefährten unter den ehemaligen Sklaven ausgewählt, die wir in Swenu freigekauft haben. Einige Frauen der Nordmänner haben noch keinen Gefährten erwählt aber sonst können alle der Frauen, die uns begleitet haben, jetzt behaupten, einen Gefährten gefunden zu haben. Schon am Abend unserer Ankunft hier in Asengard hat sich ähnliches ereignet. So weit ich es gehört habe, sind nur noch weniger als ein Dutzend der Männer bislang ohne eine feste Gefährtin. Deshalb brauchen wir nicht so viele Häuser ... Verstehst du es jetzt, Skald? Einige der Frauen haben bisher mit anderen Frauen zusammen ein Haus geteilt. Hinsichtlich der anfallenden Hausarbeit hatte das gewisse Vorteile. Trotzdem ist die Anzahl der jetzt neu zu errichtenden Häuser überschaubar. Hela beispielsweise ist mit Jasamin zusammen gezogen. Ihr altes Haus hat sie kaum bewohnt und Hela ist ohnehin ruhelos und wird mit dem nächsten Handelszug wieder aufbrechen, wie sie mir gestern erklärt hat. Ihr altes Haus ist übrigens bereits wieder bewohnt. Dort ist schon ein neues Pärchen eingezogen."

Skald schüttelte nur seinen Kopf. Er und Matumba lebten zusammen in dem Haus, welches Skald sich seinerzeit errichtet hatte. Nie hätte Skald vermutet, dass sich der Männermangel derart auswirken würde. Jede Frau, der es gelang einen Mann für sich zu begeistern, achtete sorgsam darauf diesen nicht wieder zu verlieren. Jedoch war auch das bereits einige male geschehen. In dieser Hinsicht war Asengard sehr einfach. Wenn die Leute, nach einiger Zeit feststellten, dass sie nicht wirklich zusammen passten, dann trennten sie sich wieder. Die Männer hingegen waren zumeist durch die Traditionen ihrer Heimat tief geprägt. Eine Frau achtete und ehrte man … und man überlegte es sich gut, ob man den Bund einging. Das verhinderte später Probleme.

Die Bauarbeiten schritten zügig voran. Man konnte die Fortschritte von Tag zu Tag erkennen. Sobald die Fundamente gefüllt und mit Bruchstein verdichtet waren, begann der eigentliche Hausbau. Die Lehmziegel, die zuvor in den Öfen gehärtet worden waren, wurden nun in Reihen geschichtet. Die Maurer trugen eine Mischung aus Lehm und Asche als Mörtel auf und verbanden die Ziegel sorgfältig, um eine stabile Wand zu errichten.

Holzbalken wurden über die wachsenden Mauern gelegt, um Tür- und Fensteröffnungen zu stabilisieren. Währenddessen schnitzten Schreiner bereits Türrahmen und einfache Holzläden für die Fenster, um diese bei starkem Wind oder dem Wunsch nach mehr Ruhe verschließen zu können. "Wir sollten an den Türen Verankerungen setzen", meinte Skald, während er über eine der noch unfertigen Mauern strich. "Wenn wir später Verstärkungen anbringen müssen, ist es besser, wenn wir diese Strukturen jetzt einplanen."

Ephimos stimmte nachdenklich zu. "Gute Idee, Skald. Das werden wir bei den nächsten Häusern berücksichtigen." Es dauerte mehrere Tage, bis die Mauern ihre volle Höhe erreicht hatten. Währenddessen wurden die Holzkonstruktionen für die Dächer vorbereitet. Lange Balken, die von Stützen getragen wurden, bildeten das Grundgerüst, darüber wurden Querbalken gelegt, die schließlich mit einer Schicht aus gebrannten Lehmschindeln gedeckt wurden. Nur wenige der Häuser erhielten eine Dachterrasse, die zumeist die Hälfte des Daches einnahm.

Die letzten Tage waren geprägt von Feinarbeiten. Türrahmen wurden eingesetzt, die Wände an einigen Stellen mit weißem Kalk bestrichen, um sie widerstandsfähiger gegen Feuchtigkeit zu machen. Einige Familien halfen bereits dabei, ihre neuen Häuser mit einfachen Möbeln auszustatten. Niedrige Holzliegen, einfache Tische und Hocker, dazu oft auch schon geflochtene Matten und einfache Tonkrüge für Wasser und Nahrung, um in den ersten Tagen bereits Nahrung vor Ort zu besitzen. Mit der Fertigstellung der ersten Häuser wuchs erneut die Hoffnung in Asengard. Neue Gemeinschaften bildeten sich, ehemalige Sklaven wurden zu Nachbarn von bereits alteingesessenen Bewohnern. Die Neuankömmlinge wurden nicht nur akzeptiert sondern gehörten jetzt zu ihnen.

Helion stand am Rand des Seitentals, die Hände auf den Rücken gestützt, und ließ seinen Blick über die sanft ansteigende Landschaft schweifen. Er hatte die Umgebung der Stadt ausgiebig erkundet und gefunden, wonach er gesucht hatte. Zufrieden betrachtete er den Berghang, der hier sanft anstieg. Hier war mehr als genug Platz vorhanden, um den geplanten Weinberg in der Zukunft noch um ein mehrfaches zu vergrößern. Helion plante langfristig und hatte sich lange mit Ephimos darüber unterhalten. Ein Weinberg wurde, war er erst angelegt, über viele Generationen hinweg genutzt, gehegt und gepflegt. Die Rebstöcke, die sie aus Swenu mitgebracht hatten, waren nicht alle wohlbehalten in Asengard angekommen. Die Strapazen der Reise hatten einige der jungen Pflanzen zu stark mitgenommen oder eingehen lassen, doch die meisten waren kräftig genug, um in neuer Erde erfolgreich Wurzeln zu schlagen.

Die Berghänge dieses Teils des Seitentals boten alles, was Helion sich wünschen konnte. Lockeren, aber nährstoffreichen Boden, geschützte Lagen vor starken Winden und eine Sonneneinstrahlung, die den Reben Kraft verleihen würde. Es war der perfekte Ort, um einen Weinberg zu gründen.

Bevor sie mit dem Pflanzen beginnen konnten, musste der Boden vorbereitet werden. Helion hatte vier kräftige Männer und zwei Frauen um sich versammelt, die bereit waren, ihm zu helfen. Mit Hacken und Spaten bewaffnet, begannen sie, den Boden umzugraben und von Steinen zu befreien.

"Wir müssen darauf achten, dass die Erde locker genug ist", erklärte Helion, während er mit den Fingern eine Handvoll Erde rieb. "Die Wurzeln brauchen Platz, um sich auszubreiten. Wenn wir den Boden zu hart lassen, ersticken wir die Pflanzen, bevor sie richtig wachsen können."

Die Männer und Frauen arbeiteten konzentriert. Mit breiten Schaufeln wurden größere Steine zur Seite geschoben, während einige von ihnen bereits damit begannen, kleine Entwässerungsgräben anzulegen, um zu verhindern, dass sich Regenwasser stauen und die jungen Pflanzen ertränken konnte.

In den Augen von Helion war der Weinanbau eine Kunst. Eine Kunst, die er liebte und für die er lebte. "Diese Reihen müssen gleichmäßig sein", mahnte Helion, als er einen der Männer beobachtete, der nun die Pflanzstellen abmaß. "Wenn wir die Stöcke zu dicht setzen, bekommen sie nicht genug Luft und Licht." Mit gespannten Lederseilen und kleinen Holzpfählen markierten sie die Reihen. Helion trat einen Schritt zurück und betrachtete das Gesamtbild. Es war harte Arbeit, aber es würde sich lohnen.

Nachdem der Boden vorbereitet war, begann das eigentliche Pflanzen. Die mitgebrachten Rebstöcke waren in feuchte Tücher gewickelt worden, um ihre Wurzeln während der Reise feucht zu halten. Helion überprüfte jeden einzelnen sorgsam. Manche mussten beschnitten werden, um beschädigte oder vertrocknete Wurzeln zu entfernen. "Diese hier sind kräftig genug", murmelte er zufrieden und gab den Helfern ein Zeichen, sie in die vorbereiteten Löcher zu setzen. Mit sanften Händen wurden die jungen Reben in die Erde gebracht. Die Wurzeln wurden vorsichtig ausgebreitet, bevor die Erde darüber geschichtet und fest angedrückt wurde. "Nun brauchen sie nur noch Geduld", murmelte Helion, als sie die letzte Reihe fertiggestellt hatten. Er grinste zufrieden. Helion konnte sich bereits vorstellen, wie dieser Hang in einigen Jahren mit vollen Trauben behangen sein würde.

Doch ein Weinberg allein reichte nicht. Sie brauchten auch einen Ort, um den geernteten Wein zu verarbeiten. Helion hatte bereits den perfekten Platz gefunden. Eine ebene Fläche am Grund des Tales, direkt unterhalb der Pflanzungen. Hier sollte das Wirtschaftsgebäude entstehen.

Das Hauptgebäude sollte eingeschossig sein, aber darunter sollte ein kühles Kellergewölbe entstehen, in dem die Fässer mit dem reifenden Wein lagern konnten. Zusätzlich würden zwei kleinere Lagergebäude an das Hauptgebäude anschließen, um Werkzeuge, Amphoren und Vorräte zu beherbergen.

Zuerst musste der Keller ausgehoben werden. Mit Schaufeln und Hacken machten sich die Männer daran, die Erde abzutragen. Es war eine mühsame Arbeit, doch schon bald zeichnete sich die rechteckige Form des zukünftigen Gewölbes ab.

"Wir müssen den Boden gut verdichten, bevor wir mit dem Mauerwerk beginnen", sagte Helion, als er die Tiefe überprüfte. Skald, der jetzt mit einigen Leuten bei dieser Arbeit half, nickte zustimmend. Er selbst hätte auch so geplant, wollte aber Helion den Großteil der Planung überlassen, da dieser sich besser mit der Erfordernissen für die Weinverarbeitung auskannte.

Mit Bruchsteinen sowie einer klebrigen, feuchten Mischung aus Lehm und Kalkmörtel begannen sie, die Kellerwände zu errichten. Die Männer stapelten die unterschiedlich großen Bruchsteine und kleinen Felsen sorgfältig aufeinander, während die Frauen den Mörtel anrührten und in die Fugen strichen. "Das Gewölbe des Kellers muss stark genug sein, um das Gewicht des Gebäudes zu tragen", erklärte Helion und betrachtete die dicken Kellermauern. "Und es darf keine Risse bekommen, sonst wird es zu feucht für die Fässer." Langsam wuchsen die Wände in die Höhe. Währenddessen wurden bereits Balken vorbereitet, die später als Stützkonstruktion für die Kellerdecke dienen würden.

Nachdem das Kellergewölbe fertiggestellt und mit einer dicken Schicht aus Steinen und gestampftem Lehm bedeckt worden war, begannen sie mit dem Bau des Hauptgebäudes. Die Mauern wurden aus gebrannten Lehmziegeln errichtet, verstärkt durch Holzstreben, die für zusätzliche Stabilität sorgten. Währenddessen wurden in den beiden angrenzenden Lagerhäusern bereits Holzbalken für die Dachkonstruktionen eingesetzt. Das Hauptgebäude erhielt breite Türen, durch die später Karren mit Trauben hineingefahren werden konnten. Eine große hölzerne Presse wurde aus starken Balken gefertigt und in der Mitte des Raumes aufgestellt.

"Hier werden wir den Saft aus den Trauben pressen", sagte Helion, als er mit einer Hand über das glatte Holz der Presse strich. Ephimos war an diesem Tag anwesend und prüfte die Fortschritte der Arbeiten. Er war beeindruckt. An einer Wand wurde bereits Platz für Regale geschaffen, auf denen Amphoren und kleine Fässer lagern sollten.

"Es wird nicht lange dauern, bis wir den ersten Wein hier herstellen können", meinte einer der Männer hoffnungsvoll. Helion lächelte. "Es wird dauern, aber wenn die Zeit kommt, wird Asengard seinen eigenen Wein haben. Ich denke, im kommenden Jahr werden wir den ersten eigenen Wein haben. Dieses Jahr werden wir wohl nichts ernten können. Aber wir haben die Grundlagen geschaffen. Was jetzt noch fehlt ist lediglich die Zeit. Wir müssen abwarten."

Tyr stand etwas abseits, seine massigen Arme vor der Brust verschränkt, während sein Blick über die neu gewonnene Heimat wanderte. Der Nordmann war groß und breit gebaut, seine Haut von Sonne und Wind gegerbt, die Hände rau von jahrelanger Arbeit. Als ehemaliger Sklave in Swenu hatte er gelernt, sich anzupassen, sich zu überleben. Doch in ihm loderte ein Feuer, das nie vollends erloschen war. Der Drang, sich eine eigene Zukunft aufzubauen.

Plötzlich fiel sein Blick auf eine Frau, die mit energischen Schritten durch die Reihen der Neuankömmlinge ging. Sie war etwas kleiner als viele andere, ihre Gestalt kräftig, fast ein wenig korpulent und ihre Haltung aufrecht. Tiefdunkle Haut, leuchtende Augen, ein wacher, bestimmender Blick. Sie strahlte eine präsente Autorität aus, die kaum zu übersehen war. Ihre Stimme, als sie Befehle gab, war fest und klar, und jeder, der sie hörte, beeilte sich, ihren Anweisungen Folge zu leisten. Naledi, die Frau, die Tyr am Abend seiner Ankunft in Asengard kennengelernt hatte. Die beiden hatten sich am Anfang nur unterhalten. Dann in den folgenden Tagen öfters getroffen und schließlich hatte Tyr sich dazu entschlossen, sie zu fragen, ob sie ihn als Gefährten akzeptieren würde. Naledi hatte zugestimmt … und seitdem waren sie ein Paar, welches sich nahezu perfekt ergänzte und miteinander umging, als würden sie sich bereits seit ihrer Kindheit kennen.

Sie war eine Frau, die wusste, was sie wollte und sie hatte keine Scheu, es zu zeigen. Ihre Entschlossenheit beeindruckte ihn, bereits vom ersten Moment an. Sie bewegte sich mit einer Selbstverständlichkeit durch die Menge, als wäre dies bereits, seit ihrer Geburt, ihre Stadt. Tyr hatte erfahren, dass sie mit Omoru hierher gekommen war. Omoru, die heute die Gefährtin des Königs war und von den Bewohnern verehrt wurde.

Tyr schmunzelte, als er an ihr erstes Gespräch dachte. Schon damals hatte sie ihn fasziniert … und sie hatte ihn angesehen, wie etwas, dass sie unbedingt für sich haben wollte.

Sie hatte damals diesen fragenden Gesichtsausdruck gehabt. "Du bist doch einer der Nordmänner aus Swenu, nicht wahr?"

Tyr nickte langsam. "Ja. Ich höre auf den namen Tyr … Und du?"

Sie schmunzelte leicht. "Man nennt mich Naledi ... Was hast du nun vor, Nordmann?"

Er zögerte einen Moment, dann antwortete er. "Ich weiß es noch nicht. Aber ich kann Dinge erschaffen. Häuser. Möbel. Bier."

Das weckte ihr Interesse. Sie legte den Kopf schief. "Bier?"

Er nickte stolz. "Mein Vater war Braumeister. Ich habe von ihm gelernt."

Ein Lächeln huschte über ihre Lippen. "Interessant. Ich bin Köchin. In meiner alten Heimat habe ich die Küche des Fürstensitzes geleitet."

Er spürte ihren Stolz in diesen Worten. Sie war eine Frau, die ihren Wert kannte, genau wie er seinen kannte. Tyr hatte sie grinsend angesehen. "Dann solltest du wissen, dass ein gutes Bier jede Mahlzeit besser macht."

Sie lachte. "Und du solltest wissen, dass gutes Essen die Grundlage für einen gelungenen Abend ist."

Ihre Blicke hielten einander einen Moment fest. In diesem Augenblick wusste Tyr, dass er die Frau gefunden hatte, mit der er den Rest seines Lebens verbringen wollte. Und Naledi? Sie erkannte in ihm einen Mann, der nicht nur stark, sondern auch verlässlich war. Einen Mann, der sich nicht scheute, eine willensstarke Frau an seiner Seite zu haben … und der sie schon durch sein Erscheinungsbild in Versuchung führte.

Die Entscheidung, gemeinsam eine Schänke zu errichten, war für Tyr und Naledi ein natürlicher Schritt. Sie hatten sich ineinander verliebt, ihre Stärken ergänzten sich perfekt, und beide wollten eine dauerhafte Zukunft in Asengard aufbauen. Die Idee war einfach. Tyr würde das Bier brauen, Naledi würde für die Speisen sorgen, und zusammen würden sie einen Ort schaffen, an dem sich die Bewohner Asengards sich entspannen konnten, sich treffen und Feiern konnten.

Sie hatten Ephimos ihren Plan erklärt und dieser war sofort begeistert. Eine Schenke gab es noch nicht in Asengard ... und wurde von vielen vermisst. Ein geeigneter Bauplatz war bald gefunden. Gelegen am Hauptweg, der sich durch die Stadt zog und nun den neuen Teil mit dem alten verband, dort wo auch die Handwerker ihre Werkstätten betrieben. Dort, wo einst nur Gras wuchs, sollte bald eine zweigeschossige Schänke stehen. Im Erdgeschoss würden sich der Gastraum und die Küche befinden, darüber ihr gemeinsames Zuhause mit zwei weiteren Räumen für ihre zukünftigen Kinder. Hinter dem Hauptgebäude würde Tyr eine kleine Braustube errichten, in der er sein Gerstenbier brauen konnte.

Die Planungen begannen mit groben Skizzen, die Tyr auf eine Holzplatte ritzte. Naledi wies ihn immer wieder auf Details hin, die er übersehen hatte, und stellte sicher, dass die Küche groß genug war, um effizient arbeiten zu können. Sie war es gewohnt, die Leitung zu übernehmen, und obwohl Tyr ein erfahrener Handwerker war, wusste er, dass es klug war, auf Naledi zu hören.

Tyr legte den Plan Skald vor, der bereits von dem Vorhaben gehört hatte und sofort mit dem Bau beginnen wollte. Der Bau begann mit dem Fundament. Mit Hilfe einiger anderer Nordmänner und ehemaliger Sklaven gruben sie tiefe Gräben und legten eine Basis aus groben Bruchsteinen. Danach errichteten sie die dicken Wände aus gebrannten Lehmziegeln, die eigens dafür in einem nahen Brennofen hergestellt wurden. Die Brennöfen waren wieder einmal Tag und Nacht in Betrieb. Es waren noch einige Gebäude zu errichten und der Bedarf an Lehmziegel und Lehmschindeln war erschreckend hoch.

Für das Dach der Schenke wurden massive Holzbalken verwendet, die aus den umliegenden Wäldern stammten. Besonders stolz war Tyr auf die Terrasse. Sie war weitläufig, überdacht und bot Platz für mehrere Tische. Hier würden die Gäste sitzen, Bier trinken und die Gesellschaft anderer genießen. Als die letzten Balken eingezogen wurden, trat Naledi an seine Seite und legte eine Hand auf seinen Arm. "Es wird unser Zuhause", sagte sie leise. Tyr nickte und legte seine Hand über ihre. "Und unser Lebenswerk." Er sah sie an und erkannte eine Träne in ihrem Augenwinkel. Sanft wischte er die Träne fort ... Sie sah ihn an und beide wussten, dass sie die richtige Wahl getroffen hatten.

Die Morgensonne tauchte das Tal von Asengard in goldenes Licht, als die ersten Rufe über das weitläufige Gehege hallten. Der Geruch von frischem Heu und feuchtem Erdreich lag in der Luft, vermischt mit dem fernen Rauschen des Flusses. Zwischen den jungen Elefanten bewegte sich Skadi mit einer Selbstverständlichkeit, die sie von den anderen unterschied. Sie war erst neunzehn Sommer alt, aber ihre Fähigkeit, mit den Tieren zu kommunizieren, übertraf selbst die der ältesten Männer, die Balu, in seiner alten Heimat, bei der Arbeit mit Elefanten unterstützt hatten.

Balu, ein breitschultriger Mann mit wettergegerbtem Gesicht, stand etwas abseits und beobachtete sie. Er stammte aus einem fernen Land, in dem Elefanten schon seit Generationen als Arbeitstiere genutzt wurden, und war von den Asen befreit worden. Nun hatte er es sich zur Aufgabe gemacht, sein Wissen an die Jugend von Asengard weiterzugeben. Zwölf Lehrlinge hatte er unter sich, allesamt zwischen vierzehn und achtzehn Sommer alt. Zwei der ältesten waren Nordmänner, die ebenso wie er aus Swenu hierher gekommen waren. Freigekauft aus der Sklaverei. All diese Jugendlichen hatten dieses gewisse etwas, was man benötigte, um mit Tieren umgehen zu können. Doch Skadi war anders. Sie bewegte sich unter den Elefanten wie eine von ihnen, ihr Blick war ruhig, ihre Stimme sanft, aber bestimmt.

"Achte auf ihre Ohren", sagte Balu leise, als Skadi sich einem der Jungtiere näherte. Der Elefant, ein etwa neun Monde altes Männchen, schnaubte unruhig und schlug mit den großen, noch weichen Ohren. "Er ist unsicher, obwohl er dich kennt ... Geh langsam."

Skadi nickte nur und blieb stehen. Sie streckte eine Hand aus, ließ dem Tier Zeit, ihren Geruch aufzunehmen. Ihr Herzschlag war ruhig, ihr Atem gleichmäßig. Nach einigen Augenblicken entspannte sich das Jungtier und stupste vorsichtig mit seinem Rüssel gegen ihre Hand. Ein Lächeln huschte über Skadis Gesicht. "Sehr gut", lobte Balu. "Du verstehst, wie sie denken. Das ist wichtiger als jede Technik."

Die Ausbildung der Elefanten würde Jahre dauern. Noch waren sie zu jung, um Lasten zu tragen oder zu ziehen. Doch Balu wusste, dass die Vorbereitungen jetzt beginnen mussten. Die Elefanten mussten an den Umgang mit Menschen gewöhnt werden, an Befehle, an Berührungen.

Junger Elefant in Asengard

Die Jugendlichen lernten, wie man sich den Tieren näherte, wie man sie fütterte und wusch. Auch das Bauen von einfachen Geschirren und das Flechten von Seilen gehörte zur Ausbildung.

Mit der Zeit wurde schnell deutlich, dass Skadi nicht nur eine besondere Verbindung zu den Tieren hatte, sondern zudem auch eine natürliche Führungsposition unter den Lehrlingen einnahm. Sie war geduldig, aber bestimmt und die anderen Jugendlichen respektierten sie. Wenn jemand Schwierigkeiten hatte, mit einem Elefanten zurechtzukommen, war es

Skadi, die half. Sie fand Wege, selbst das nervöseste, störrischste Jungtier zu beruhigen, und konnte sogar Balu mit neuen Ideen überraschen.

Die ersten Fortschritte wurden sichtbar. Die Elefanten gewöhnten sich an ihre Pfleger, erkannten ihre Stimmen und folgten einfachen Kommandos. Balu beobachtete Skadi, wie sie mit einem besonders widerspenstigen Weibchen arbeitete. Das Tier hatte sich anfangs selten anfassen lassen, war unruhig und oft aggressiv. Doch Skadi hatte eine Methode gefunden, es zu beruhigen. Sie sprach leise mit ihm, berührte es sanft, ließ es in seinem eigenen Tempo Vertrauen fassen. Nun ließ sich das Weibchen ohne Widerstand von ihr führen.

"Du wirst eine großartige Elefantentreiberin, Skadi", sagte Balu eines Abends, als die Sonne hinter den Bergen versank. "Vielleicht die beste, die ich je gesehen habe." Skadi lächelte, während sie über den Rücken eines der kleinen Elefanten strich. Sie wusste, dass ihre Ausbildung gerade erst begonnen hatte. Aber sie war bereit. Sie lächelte. Heute, bei Dunkelheit würde sie Olov treffen. Sie freute sich bereits darauf, mit ihm zu sprechen. Sie würden etwas Trinken … und danach würde sie sich von ihm besteigen lassen. So wie sie beide es regelmäßig taten, seit sie in Asengard eingetroffen waren. Skadi liebte diese Nächte, wenn Olov sie bis zur Erschöpfung verwöhnte und sie dann irgendwann zusammen in seinem breiten Bett einschliefen. Seit sie mit Olov zusammen in dieser einen Nacht, in der Savanne die Lust geteilt hatte, sehnte sie sich danach. Sie liebte es besonders, auf ihm zu sitzen und ihn zu reiten, wie ein Pferd. Das verschaffte ihr, neben der enormen Lust, das Gefühl in diesem Moment die Kontrolle zu besitzen. Wenn sie seine Augen und sein Gesicht sah, in dem einen Moment, wenn sie oder er den Höhepunkt erklommen. Dieses Gefühl war für Skadi überwältigend.

Die Abendsonne warf lange Schatten über die Mauern von Asengard, als Baldur, Omoru und Ephimos sich in der großen Halle der Festung zu einer Unterredung trafen. Der schwere Eichentisch war mit Tontafeln, Karten und Pergamenten bedeckt. Auf einem bronzenen Tablett dampfte noch frischer, heißer Met. Das Thema des heutigen Gesprächs war von besonderer Bedeutung. Die wachsende Wirtschaft der Stadt und ihre zukünftige Organisation. Die drei hatten bereits mehrfach darüber gesprochen und heute sollte eine Entscheidung getroffen werden.

94

"Unsere Stadt gedeiht", begann Baldur, während er sich jetzt in seinem schweren Stuhl zurücklehnte. "Mit jedem neuen Tag wird Asengard wohlhabender. Doch unser Handel basiert noch immer auf einfachem Tauschhandel. Das ist auf Dauer nicht tragbar."

Omoru, deren scharfer Verstand und diplomatische Fähigkeiten bereits viele Herausforderungen gemeistert hatten, nickte zustimmend. "Das ist mir auch bereits aufgefallen. Der Tauschhandel hat uns bislang gut gedient, doch mit der wachsenden Anzahl von Menschen in Asengard und der Vielfalt der Waren, die wir erhalten und herstellen, wird er zunehmend komplizierter. Wir brauchen eine bessere Lösung."

Ephimos, der schon eine Weile schweigend zugehört hatte, lehnte sich nach vorne und legte eine kleine Ledertasche auf den Tisch. Mit einem leisen Klirren schüttete er ihren Inhalt aus. Drei kleine Goldstücke rollten über das Holz, ihr Glanz reflektierte das warme Licht der Fackeln. Die Münzen stammten noch aus Swenu.

"Ich habe erfahren, dass nahe der Stadt Gold gefunden wurde", sagte er ruhig und schmunzelte dabei. "Wenn wir es richtig nutzen, kann es die Grundlage unserer eigenen Münzwährung werden."

Baldur nahm eines der Goldstücke, betrachtete es und drehte es prüfend zwischen den Fingern. "Gold ist selten und wertvoll. Unsere Ausbeute ist nicht überwältigend groß … Wir bräuchten also auch Silber … Doch wir haben kaum Silber."

"Das stimmt", erwiderte Ephimos. "Das Silber, das wir besitzen, stammt größtenteils von Schmuck, den wir bereits besitzen. Wir müssten uns also Silber aus Swenu besorgen ... Falls wir eine Währung aufbauen wollen, müssen wir vorerst mit dem arbeiten, was vorhanden ist. Ich schlage folgende Einteilung vor ... Zehn kleine Kupfermünzen sollen dann den Wert einer größeren Kupfermünze haben. Zehn große Kupfermünzen entsprechen dann einer Silbermünze und wiederum zehn Silbermünzen ergeben eine Goldmünze, die es ebenfalls in zwei Größen geben wird."

Omoru runzelte die Stirn und tippte nachdenklich mit den Fingern auf den Tisch. "Ein einfaches System, das auch die weniger gebildeten unter uns verstehen werden. Doch gibt es genug Kupfer für den Anfang?"

Ephimos nickte. "Ja, auch wenn es ebenfalls aus Swenu stammt. Doch im Moment haben wir genug, um die ersten Prägungen durchzuführen. Auf lange Sicht werden wir jedoch das Kupfer und das Silber aus Swenu besorgen müssen."

Baldur blickte zwischen den beiden hin und her. "Und die Prägung der Münzen? Wer soll das übernehmen? So etwas ist völlig neu für uns."

"Einer der Schmiede kann eine Prägeform anfertigen", schlug Ephimos vor. "Die Münzen selbst sollten in der Festung geprägt werden. So bleibt die Kontrolle in unseren Händen."

Omoru kicherte leise. "Das ist klug. Wir sichern den Wert der Münzen und verhindern, dass Fälschungen oder minderwertige Stücke in Umlauf geraten … davon abgesehen kontrollieren wir somit, wie viele Münzen wir prägen müssen und haben eine bessere Übersicht über die Menge, die benötigt wird." Sie lehnte sich zurück und blickte sehr nachdenklich. "Damals, in meiner alten Heimat, haben wir uns auch über viele Generationen des Tauschhandels bedient … Hier und jetzt ist es aber sinnvoll, einen neuen Weg zu beschreiten. Die Zeit des reinen Tauschhandels wird schon sehr schnell enden, wenn wir anfangen die ersten Münzen auszugeben."

Baldur erhob sich, nahm seinen Metbecher und trank einen tiefen Schluck. Dann sah er Ephimos fest an. "Dann sei es so. Geh und unterrichte den Schmied deines Vertrauens über diese Aufgabe. Wir werden also eine eigene Währung haben, die Asengard in eine neue Ära führt. Wir werden diese Münzen nur hier in Asengard benutzen … Es gibt keinen Grund, damit beispielsweise in Swenu etwas zu bezahlen. Dafür werden wir dann andere Wege finden. Der Reichtum muss hier verbleiben."

Mit einem zustimmenden Nicken erhob sich auch Ephimos und verließ die Halle, um die Umsetzung des neuen Vorhabens in die Wege zu leiten. Noch an diesem Abend wurde die erste Prägeform in Auftrag gegeben, und in den kommenden Wochen würde Asengard seine eigenen Münzen besitzen.

5.

Licht und Schatten

Anschi seufzte erleichtert. Der Arbeitstag war vorüber. Mailin bewegte sich, mit schnellen Schritten neben ihr. Die Abenddämmerung legte sich sanft über Asengard, als die beiden Frauen das Krankenhausgebäude verließen. Der Tag war lang und anstrengend gewesen. Auf den Baustellen der neuen Häuser hatte es zwei Unfälle gegeben. Der erste war ein harmloser Fall, doch der zweite hatte alle erschreckt. Ein Mann hatte sich bei einem missglückten Hieb mit einer Axt schwer am Bein verletzt. Der Verlust viel Blut und hätte beinahe das Bein gekostet. Doch dank der schnellen und besonnenen Hilfe von Anschi, Mailin und Jasamin konnte das Schlimmste abgewendet werden. Die Frauen waren eher durch Zufall auf der Baustelle gewesen. Sie hatten sich sofort um den vor Schmerz schreienden Mann gekümmert, der Blut verspritzend zusammen brach … nur wenige Schritte von ihnen entfernt. Zuerst hatten sie das Bein abgebunden, dann die Wunde gesäubert und mit aller Vorsicht und Geschicklichkeit die Aderverletzung stillen können. Es war knapp gewesen ... zu knapp ... doch der Mann hatte überlebt. Den Weg zum Krankenhaus hätte er fraglos nicht überlebt.

Anschi und Mailin waren erschöpft, aber ein ruhiges Gefühl des Erfolgs und der Erleichterung breitete sich aus, als sie nun nebeneinander durch das Tor ihres Hauses traten. Es war ein gemütliches Gebäude mit einem Innenhof … Ihr Zuhause. Der Duft von Kräutern und Blumen lag in der Luft. Ihr Heim war ein Ort der Ruhe und Geborgenheit. Ein Ort, an dem sie sich so geben konnten, wie sie es wollten. Hier, wo sie völlig unter sich waren.

"Ich kann den Tag kaum noch ertragen", murmelte Mailin, während sie ihren kurzen Umhang abstreifte und sich mit einer erschöpften Geste die Haare aus dem Gesicht strich. Ihre Brauen waren gerunzelt, ihre Augen trugen die Müdigkeit eines langen Arbeitstags. Doch in diesem Augenblick war es nicht das Blut und der Gedanke an den heutigen Unfall, was ihre Gedanken beherrschte. Es war das Gefühl der Nähe zu

Anschi. "Aber ich bin froh, dass wir zur Zeit des Unfalls auf der Baustelle waren … Ich gestehe, alleine hätte ich es nicht geschafft."

Anschi, die die Hände nach vorn ausstreckte, nahm Mailins Hand. Ihre Finger schlossen sich sanft um die von Mailin, ein stilles Zeichen der Verbundenheit. Sie lächelte zufrieden "Wir haben es geschafft, weil wir immer zusammenarbeiten."

"Ja", antwortete Mailin, ihre Stimme ein wenig weicher. Die Worte klangen in der kühlen Abendluft und für einen Moment schien die Welt um sie herum zu verschwinden. Ihre Hände hielten sich für einen Augenblick fest, als wollten sie den Moment für immer bewahren. Doch der Alltag kehrte immer rasch zurück.

Das erfrischende Wasser im Badebecken wartete auf sie. Es war eine lang ersehnte Erleichterung, der Schmutz und das Blut des Tages von der Haut abzuwaschen. Mailin stieg zuerst in das große Becken, das von Steinwänden umgeben war und in der Nähe eines Fensters lag, durch das die letzten Strahlen der Sonne fielen. Das Wasser war von Kräutern und aromatischen Ölen durchzogen, die sie selbst mitgebraut hatten ... eine kleine, sanfte Berührung von Ruhe, Entspannung und Pflege.

Anschi folgte ihr, und die beiden Frauen ließen sich schwer in das Wasser sinken, das ihre müden Körper sofort umfing. Es war ein beruhigendes Gefühl, das tiefe Wohlgefühl, das den Druck des Tages langsam von ihren Schultern nahm. In der Stille des Raumes hörte man nur das sanfte Plätschern des Wassers und das leise Rauschen der Bäume, die draußen im leichten Wind schwankten.

Anschi sah Mailin an, ein leises Lächeln spielte auf ihren Lippen. "Wie fühlst du dich?" Ihre Stimme war ruhig und sanft, eine Vertrautheit, die in jeder Silbe mitschwang.

Mailin blickte auf, ihre Augen funkelten im schwachen Licht. "Besser. Viel besser. Aber ich fürchte, du wirst mich jetzt nie mehr los." Sie lachte leise, und dieses Lachen war so voller Wärme, dass es den Raum füllte, obwohl nur die beiden darin waren.

Anschi legte ihre Hand auf Mailins Arm, ein beruhigendes, liebevolles Berühren, das mehr sagte als Worte es je könnten. "Du bist mir nie zu viel. Wir gehören zusammen." Ihre Stimme war leise, fest, aber die Worte trugen eine Zärtlichkeit, die tief aus ihrem Inneren kam. Mailin drehte sich zu ihr und ließ sich mit einem Seufzer zurückfallen. Ihre Blicke trafen sich und hielten sich für einen Moment. In diesen Augenblicken, wenn sie nur einander waren, war die Welt um sie herum nicht mehr von Bedeutung. Es gab nur diese Verbindung, die zwischen ihnen existierte. Die Anziehung war stärker als alles andere, ein Band, das sich nicht lösen ließ.

"Ich liebe dich", flüsterte Mailin und diese Worte, so oft gesagt und doch immer wieder wie ein Zauber, erfüllten die Luft.

"Ich dich auch", antwortete Anschi leise und ihre Hand fand die von Mailin. Sie drückte sie zärtlich. "Viel mehr als du ahnst."

In diesem Moment war es nicht die Erschöpfung, die sie verband, sondern die Liebe, die zwischen ihnen bestand. Es war die Wärme ihrer Nähe, das Versprechen, immer füreinander da zu sein.

Langsam stiegen sie aus dem Wasser, der Duft von Kräutern und das Gefühl der Erneuerung lag auf ihrer Haut. Sie gingen zusammen in die Küche, um etwas zu essen. Ein einfaches Mahl … etwas Brot, Käse und vielleicht ein wenig Gemüse von den Feldern, hinter der Stadt. Doch es war mehr als nur Nahrung. Es war ein Moment der Zweisamkeit, des Teils des Lebens, den sie miteinander verbrachten.

Als sie sich setzten und den Met teilten, lachten sie über kleine, unbedeutende Dinge. Es war das Lächeln und das stille Einvernehmen, das die wahre Intimität zwischen ihnen ausmachte. Mailin legte ihre Hand auf Anschis Schulter, streichelte sie sanft und auch Anschi erwiderte die Berührung, ihre Hand fand den Arm von Mailin. Die Liebe war in jeder Geste, in jeder stillen Berührung, die sie sich schenkten.

"Ich kann es kaum erwarten, ins Bett zu gehen", sagte Mailin schließlich, ihre Stimme müde, aber voll von Zuneigung. "Es war ein harter Tag, aber ich könnte nicht glücklicher sein, dass du an meiner Seite bist."

"Ich auch nicht", erwiderte Anschi leise. "Es fühlt sich gut an, zu wissen, dass wir zusammen sind. Es gibt keinen besseren Ort, als mit dir an meiner Seite." Sie zwinkerte Mailin schalkhaft zu. "Aber ich kenne einen

Ort, wo wir uns auch sehr wohlfühlen können … und es verlangt mich heute ganz besonders danach." Mit einem leisen Kichern stand Mailin auf und reichte ihr die Hand. Zusammen gingen sie in ihr Schlafgemach. Es war ein kleiner Raum, aber er war ihr Zufluchtsort, ihr privates Reich, in dem sie sich nur einander widmen konnten. Die Nacht war ihre und in dieser Stille, in diesen Momenten, fanden sie den Trost und die Liebe, die ihren Alltag begleiteten. Hier lebten sie ihre Lust aus … Jeden Tag und völlig ungezügelt. Seit Anschi wusste, was Mailin war, hatte sich viel verändert. Die beiden genossen es, sich einander hinzugeben. Das Verstecken war längst vorüber.

Mailin krabbelte in das breite Bett, in dem Anschi es sich bereits bequem gemacht hatte. Wohlig seufzend kuschelte sie sich an Anschi heran, die sie sogleich in den Arm nahm. Hier war der Ort, an dem sie beide sich auslebten und der Lust hingaben. Zwar hatten sie es mittlerweile auch im Badebecken miteinander getan aber das Bett war beiden der liebste Ort dafür.

Anschi küsste sanft die Haare von Mailin und atmete deren Duft ein. Wann immer sie so nah bei Mailin war und deren Haut auf der ihren spürte überkam sie sofort das wilde Verlangen nach der Hermaphrodite, mit der sie nun zusammenlebte. Ein Verlangen, welches bei Mailin nicht weniger ausgeprägt war und dem sie sich beide regelmäßig und mit Begeisterung hingaben.

Mailin räkelte sich wohlig und schmiegte sich noch enger an Anschi heran. Für einen Moment genossen sie nur die Wärme und Nähe. Dann strichen die Finger von Mailin sanft über den Bauch von Anschi und wanderten danach zu deren Brüsten empor. Sanft streichelte sie die Brüste und ließ ihre Finger dann zu den Brustwarzen gleiten. Anschi schloss ihre Augen, genoss die zarten Berührungen. Mailin lächelte versonnen, als sie spürte wie die Brustwarzen sich unter ihren Fingern verhärteten. Sie beugte ihren Kopf zu Anschi und leckte sanft daran. Den ganzen Tag über war Anschi bereits von Unrast und Verlangen erfüllt gewesen. Sie ließ einen leisen Laut der Lust hören. Mailin widmete sich Begeisterung den Brüsten von Anschi. Küsste sie, leckte daran und massierte sie zärtlich.

Es dauerte nicht lange und Anschi verspürte die Vorboten der Lust in sich aufsteigen. Sie tastete an Mailin herab und fand, was sie suchte. Der Penis von Mailin ragte bereits hart empor und ihre Schamlippen waren feucht … Genau wie die von Anschi, die Mailin nun sanft aber bestimmt auf den Rücken drehte. Anschi krabbelte unter die Decke und kniete sich zwischen die gespreizten Beine von Mailin. Zart küsste sie die feuchten Schamlippen, fuhr mit der Zunge darüber und nahm den Geschmack von Mailin in sich auf. Mailin stöhnte leise auf und schob Anschi ihr Becken entgegen.

Anschi wusste wie sehr ihre Gefährtin es mochte derart verwöhnt zu werden. Davon abgesehen erregte es sie selbst ungemein, wenn Mailin sich vor Lust unter ihr wand. Sie drang mit ihrer Zunge ein Stück in den Lustkanal von Mailin ein, leckte danach über die feuchten Schamlippen und züngelte an der Lustperle. Das Stöhnen von Mailin wurde lauter. Anschi warf die Decke von sich, um besser sehen zu können. Direkt vor ihr ragte der harte Penis von Mailin empor. Anschi hatte bereits mehrfach festgestellt, dass ihre Gefährtin es mochte, wenn sie daran leckte, die Eichel zwischen die Lippen nahm und daran saugte, wenn Malin zum Höhepunkt kam und die Samenflüssigkeit aus ihr heraus spritzte. Bei einem Mann würde sie derartiges nie tun. Bei Mailin jedoch war es für Anschi etwas völlig anderes.

Sie umfasste den harten Penis, rieb sanft daran und leckte nun abwechselnd an der Lustperle und am Penis. Die Lustlaute von Mailin wurden langsam lauter und sie wand sich unter den Händen, der Zunge und den Lippen ihrer Gefährtin. Anschi ließ von ihr ab und krabbelte ein Stück empor. Sie schwang sich über Mailin und küsste sie sanft auf die Lippen. Ihre Zungen tanzten einen wilden Tanz und in Anschi wurde ein Verlangen erweckt, welches sie bereits den ganzen Tag beschäftigte. Sie fasste nach unten, umfasste den harten Penis ihrer Gefährtin und rieb dessen Eichel an ihrer eigenen Lustperle, strich damit durch ihre jetzt bereits nassen Schamlippen. Sie beendete den innigen Kuss, sah Mailin tief in die Augen und fasste nun endgültig den Entschluss, mit dem sie sich nun bereits mehrere Tage trug.

Sie strich mit Mailins Penisspitze durch ihre Schamlippen, verharrte dann kurz und brachte ihn in die richtige Stellung. Dann ließ sie sich langsam herab gleiten. Die Augen von Mailin wurden groß, vor Überraschung und sie öffnete ihren Mund, zu einem wortlosen Schrei. Anschi keuchte leise. Sie machte leichte Bewegungen mit dem Unterleib und Mailin drang nun gänzlich in sie ein. Die Augen von Mailin wurden groß und sie schnappte nach Luft. Sie keuchte. "Anschi … Was?"

Anschi lächelte sanft. "Warum nicht, meine Liebste? Warum sollte ich dir nicht alles geben, was ich habe ... und alles nehmen, was du hast?" Für Mailin war dies etwas völlig neues. Sie keuchte, vor Lust. Nie zuvor war sie in einer Frau gewesen. Dieses Gefühl umschlungen zu sein, von enger Wärme und Feuchtigkeit. Sie umfasste die Hüften von Anschi instinktiv, als diese damit anfing, leichte Reitbewegungen auf ihr zu machen. Anschi hatte ihre Augen geschlossen. Das Gefühl Mailin tief in sich zu spüren, von ihr ausgefüllt zu werden war umwerfend. Sie gab einen Laut der Lust von sich, bewegte sich nun schneller und fühlte, wie die Wellen der Lust immer heftiger durch sie strömten.

Mailin warf ihre Kopf hin und her, keuchte und stöhnte dabei immer lauter. Ein Zeichen, wie sehr es ihr gefiel. Nach einer Weile bemerkte Anschi, wie die Hände von Mailin sich jetzt heftiger um ihre Hüften klammerten. Sie keuchte und setzte ihre Reitbewegungen nun schneller fort, fühlte wie die Wellen der Lust immer schneller durch ihren Körper flossen und sich ein heftiger Höhepunkt ankündigte. Dann … ganz plötzlich und unverhofft bäumte sich Mailin unter ihr auf. Anschi hörte den Schrei der ungehemmten Lust, von ihrer Gefährtin, fühlte, wie deren Penis jetzt tief in ihr zu zucken begann und verspürte auch wie die Samenflüssigkeit, mit Macht, aus ihr heraus spritzte. In diesem Moment überschritt auch Anschi die Klippe, wurde von ihrem eigenen Höhepunkt erfasst. Sie verkrampfte sich, für einen Wimpernschlag, sank dann wohlig stöhnend auf Mailin zusammen, bewegte ihren Unterleib nun nur noch sanft, um dann endlich still und am ganzen Körper zitternd, auf Mailin zu liegen zu kommen.

Mailin hielt sie fest umschlungen. Auch sie zitterte, noch immer leicht, unter den Nachwirkungen des soeben erlebten Orgasmus. Beide atmeten schwer.

Anschi bemerkte, wie der Penis von Mailin nun langsam schlaffer wurde und jetzt aus ihr heraus rutschte. Seufzend hob sie ihren Unterkörper, verspürte das endgültige Herausgleiten und legte sich neben Mailin. Fast nebenbei verspürte sie, wie ein Schwall der Samenflüssigkeit aus ihr herauslief. Einen Moment schwiegen sie. Dann bemerkte Anschi, dass Mailin sie fast ängstlich ansah. Sie runzelte ihre Stirn. "Was ist denn, Mailin?"

Mailin hatte Tränen in den Augen. Sie schluckte trocken, ehe sie mit leiser Stimme antwortete. "Das sollte doch so nicht sein … Ich wollte doch nichts tun, was du nicht willst."

Anschi beugte ihren Kopf an das Ohr von Mailin. Ihre Stimme war kaum mehr als das Flüstern des Nachtwindes. "Mailin … Mein unbezahlbarer Schatz. Ich war es, die es so entschieden hat … Ich wollte es! Ich will es schon seit Tagen. Will ganz dein sein … und selber alles genießen, was du mir geben kannst. War es falsch? Habe ich dich damit verletzt?

Mailin schüttelte ihren Kopf. "Nein, du hast mich nicht verletzt … Es war für mich das erste mal, in einer Frau. Es war unglaublich schön und ich habe es sehr genossen … Ich hoffe, es war für dich nicht ganz so schlimm, wie ich befürchte."

Anschi hob ihren Kopf und grinste. "Schlimm? Mailin, das war das wohl beste, was ich bislang erleben durfte … Verstehe mich bitte richtig. Wenn du mich mit Fingern und Zunge verwöhnst ist das auch schön … Aber es ist anders … Irgendwie nicht derart intensiv, wie es ist, dich tief in mir zu spüren. Ich habe es unglaublich genossen und würde es jederzeit wieder tun wollen … Wie war es denn für Dich?"

Langsam schwand die Angst aus dem Gesicht von Mailin, als sie die Worte tief in sich aufnahm. Ein Lächeln glitt über ihr Gesicht. Dann kicherte sie plötzlich ungehemmt los. "Wie es für mich war? Anschi, du kannst dir nicht vorstellen, wie intensiv ich dich gespürt habe. So etwas habe ich nicht gekannt … So wunderbar. So ganz mit dir zusammen, als würden die Götter diesen Moment nur für uns geschaffen haben … Ich würde es gleich noch einmal tun wollen."

Sie blickte kurz an sich herab, zu ihrem erschlafften Penis und kicherte dann erneut. "Aber momentan ist das wohl nicht möglich … Das wird wohl etwas dauern, denke ich."

Anschi hielt sich den Bauch, vor Lachen. Ein Lachen, in das auch Mailin mit einfiel. Nur langsam beruhigten sich die beiden wieder. Dann kuschelte Anschi sich eng an Mailin heran und stich ihr, mit den Fingerspitzen, sanft über den Bauch. Mailin gähnte, herzhaft. Der Tag war anstrengend gewesen und forderte jetzt seinen Tribut. Es dauerte nicht lange und sie dämmerten beide in den Schlaf hinüber. Glücklich, erschöpft und zutiefst befriedigt.

Die Laute der Vögel, die den neuen Tag begrüßten, weckten Anschi. Sie reckte sich verschlafen. Mailin lag neben ihr und blinzelte noch müde. Bis zum Sonnenaufgang würde es noch ein Weilchen dauern. Jedoch war es unsinnig, jetzt noch weiter schlafen zu wollen. Dafür wäre die Zeit zu kurz, da man in Asengard früh aufstand, um das Licht des Tages gut zu nutzen.

Anschi drehte sich Mailin zu und gab ihr einen sanften Kuss, auf die Stirn. "Guten Morgen, Mailin. Hast du auch so gut geschlafen?" Ein leises Brummen war die Antwort aber die fröhlichen Augen von Mailin sprachen ihre eigene Sprache. Mailin blinzelte zum Fenster hinüber. Sie gähnte, bevor sie sich eng an Anschi schmiegte. "Nur noch ein kleines Weilchen im Bett bleiben, bitte. Es ist so schön kuschelig hier."

Anschi legte ihren Arm um Mailin und streichelte ihr gedankenverloren die Schulter. Ihre Gedanken waren bei dem, was sich am vergangenen Abend ereignet hatte. Grinsend schaute sie zu Mailin und strich sich dabei kurz über ihre Schamlippen. Fast sofort verspürte sie die Lust, auch jetzt von Mailin das zu bekommen, was sie gestern erhalten hatte. Dieses Gefühl, Mailin tief in sich zu spüren … Sie küsste Mailin erneut auf deren Stirn. Dann ließ sie die Finger ihrer Hand langsam über deren Körper streichen. Erst die Schultern, dann den Brustansatz und dann die Brüste selbst.

Mailin hatte die Augen geschlossen. Ein wohliges Lächeln umspielte ihre Lippen, als sie die Finger spürte, die sie sanft streichelten. Als Anschi nun damit begann, ihre Brustwarzen zart zu liebkosen öffnete sie ihre Augen. Die Brüste von Anschi lagen direkt vor ihrem Gesicht. Aufgerichtet ragten die Brustwarzen empor. Eine Einladung, mit den Lippen und der Zunge daran zu spielen. Ein leiser Seufzer von Anschi ertönte und Mailin tastete sich mit der Hand zwischen die Beine von Anschi, die diese nun weiter öffnete. Mailin verspürte sofort die

Feuchtigkeit, die dort bereits war. Sanft strich sie über die Schamlippen und die Lustperle. Dann hob sie ihren Kopf und blickte Anschi an, die voller Genuss ihren Kopf zurück gelegt hatte, die Berührungen genoss.

Mailin wälzte Ansch auf den Rücken, kniete sich zwischen deren Beine und schleckte langsam durch die nassen Schamlippen. Ein Schauer ging durch den Körper von Anschi. Mailin grinste. Mit Zunge und Fingern begann sie Schamlippen und Lustperle von Anschi zu stimulieren, die nun leise Laute der Lust von sich gab. Mailin ließ sich Zeit und widmete sich ganz der Lust von Anschi, die sich immer heftiger unter ihr wand. Plötzlich zog Anschi ihre Gespielin zu sich empor, küsste deren Lippen und sah ihr tief in die Augen. "Mailin … Ich möchte dich in mir haben. Könntest du … Magst du …"

Für einen kurzen Moment war Mailin sprachlos. Dann husche ein glückliches Lächeln über ihre Lippen. "Wenn du es möchtest, Anschi. Mir hat es gestern gut gefallen. Es war zwar völlig neu für mich … aber ich würde es gerne wieder tun. Aber nur, wenn du es auch möchtest."

Anschi kicherte leise. "Möchten? Mailin, ich kann dir kaum sagen, wie sehr es mich danach verlangt … Komm zu mir. Komm zu mir. Komm in mich und stoße mich, mit deinem prachtvollen Schwanz." Sie tastete sich nach unten. Ihre Augen strahlten triumphierend auf, als sie das harte und aufgerichtete Organ ertastete. Sie umfasste es, mit ihrer ganzen Hand, rieb sanft daran und dirigierte es dann zu ihrem Lustkanal.

Sie küsste Mailin erneut. "Komm in mich, mein Liebling. Mache mich glücklich. Ich will dich tief in mir spüren."

Langsam und sanft schob Mailin ihren Penis in Anschi hinein. Verharrte für einen Moment, zog ihn ein Stück heraus, um dann noch tiefer einzudringen. Anschi hatte ihre Augen geschlossen, gab leise wohlige Laute von sich. Dann … endlich … war Mailin vollends in ihr. Anschi klammerte sich an die Schultern von Mailin.

Sie stöhnte leise und flüsterte Mailin ins Ohr, wonach es sie jetzt so sehr verlangte. "Stoß zu, Mailin … Stoße mich, mit deinem prachtvollen Teil." Langsam begann Mailin sich in ihr zu bewegen. Dabei zog sie ihren Penis, jedes mal, fast gänzlich heraus, um ihn danach wieder tief in Anschi hinein gleiten zu lassen. Anschi wand sich keuchend unter ihr, bockte Mailin ihr Becken entgegen, wenn diese in sie eindrang. Mailin hatte ihre Augen geschlossen, genoss dieses Gefühl, das sie umgab. Warm, feucht und fest. Fast schien es ihr, als würde Anschi sie mit ihrem Körper umschlingen und in sich einsaugen wollen. Glücksgefühle stiegen in ihr auf, wurden immer stärker und das Verlangen den eigenen Höhepunkt zu erreichen steigerte sich unaufhaltsam. Sie keuchte, hatte ihre Augen geschlossen und gab sich vollends der Lust hin, die sie empfand. Langsam wurden ihren Stöße schneller und kraftvoller. Sie wurde dabei durch Anschi mit hektischem Keuchen und Stöhnen angefeuert. Anschi krallte sich an den Schultern von Mailin fest, als sie völlig unerwartet von einem Höhepunkt überrollt wurde. Sie riss ihre Augen auf. "Mach weiter, Mailin … um der Götter willen mach weiter! Ich glaube ich komme gleich noch einmal. Götter ist das schön, von dir gestoßen zu werden!"

Mailin keuchte. Sie stieß nun schneller in Anschi, fühlte, wie sich bei ihr ebenfalls ein Orgasmus anbahnte. "Anschi, ich komme gleich!" Anschi verschränkte ihre Beine hinter Mailin, zog sie rhythmisch zu sich und Bockte ihr dabei energisch ihr Becken entgegen. Dieses Gefühl, Mailin in sich eindringen zu fühlen, sie tief in sich zu verspüren, von ihr ausgefüllt zu werden und schon bereits wieder kurz vor der Klippe des nächsten Höhepunktes zu stehen war für sie einfach umwerfend. "Stoß mich, Mailin, stoß mich fest und tief. Ja! Genau so, mein Liebling."

Augenblicke später schrie Aschi ihren Orgasmus, mit schrillen Lauten heraus. Ihr Körper bäumte sich auf, als immer neue Wellen der Lust durch sie hindurch flossen. Jetzt konnte auch Mailin sich nicht mehr länger zurückhalten. Ein tiefes Stöhnen drang aus ihrem weit offenen Mund. Sie legte ihren Kopf weit zurück. Hatte ihre Augen geschlossen und gab sich jetzt ganz dem Höhepunkt hin, der gleich einer Welle über sie herein brach. Zwei, drei Stoßbewegungen machte sie noch, während ihr Penis bereits zu zucken und zu spritzen begann. Anschi spürte, wie wie ihre Gespielin sich fast verkrampfte und dann ihre Samenflüssigkeit tief in ihr verspritzte. Immer neue, mächtige Schübe, spritzten gleich Fontänen aus ihr heraus und Anschi spürte tief in sich jeden einzelnen dieser Strahlen, mit denen Mailin nun schier ungeahnte Mengen ihrer Flüssigkeit in sie verspritzte.

Mailin, tief in Anschi

Mailin sank langsam auf Anschi zusammen. Beide zitterten am ganzen Körper, unter dem Einfluss der soeben erlebten, heftigen Höhepunkte. Nur langsam beruhte sich ihr Atem. Mailin wälzte sich von Anschi herab, legte sich neben sie und sah sie liebevoll an. "Ich liebe dich, mehr als alles andere", flüsterte Mailin, als sie sich an Anschis Seite schmiegte, die Arme um sie legte und sich an sie kuschelte.

"Du bist der Mittelpunkt meines Lebens", sagte Anschi mit einer Stimme, die so warm war, dass es Mailin den Atem nahm. Sie lehnte sich vor, küsste Mailin sanft und ließ diesen Moment in ihren Herzen nachhallen. Die ersten Sonnenstrahlen brachten Licht in den Raum und Anschi lächelte. "Sieh dir unsere Körper an, Mailin … Nicht du bist gefangen und bist Licht und Schatten in einem, Wir beide sind es." Sie deutete auf die helle Haut von Mailin. "Du bist das Licht." Sie deutete auf ihren eigenen, dunkel glänzenden Körper. "Und ich bin der Schatten, der dazu gehört. Beides ist ohne das andere nicht denkbar und beides gehört zusammen." Erneut küsste sie Mailin, sanft und zart, auf deren Lippen, während der dankbare Blick von Mailin ihr wortlos erzählte, wie sehr geliebt ihre Gefährtin sich in diesem Moment fühlte. Eine tiefe und ehrliche Liebe, die von Anschi vorbehaltlos erwidert wurde.

Die Mittagssonne brannte gnadenlos auf die weiten Felder von Asengard herab, als das schrille Kreischen einer Frau die friedliche Stille durchbrach. Die Feldarbeiter, die in mühevoller Arbeit die Felder hinter der Stadt bearbeiteten, hielten inne, ihre Blicke suchten nach der Quelle des Schreis. Dann sahen sie es ... eine gewaltige Raubkatze, ein massiger Schatten mit schimmerndem, sandfarbenem Fell und grimmig gefletschten Zähnen. Die Bestie hatte sich aus den dichten Wäldern des Seitentals herangepirscht und stürzte sich nun auf eine Frau, die nahe der Baumgrenze gearbeitet hatte. Ein Schrei, voller Schmerz und Todesangst, entwich ihrer Kehle, als die Krallen des Tieres ihr Fleisch zerrissen. Blut spritzte auf die dunkle Erde, ihre Sichel fiel klirrend zu Boden. Löwen waren selten in den Tiefen des Urwaldes, wo eher Leoparden anzutreffen waren. Dieses Tier jedoch hatte seinen Weg hierher gefunden und war nun auf Beute aus.

Die Männer und Frauen auf dem Feld erstarrten für einen Moment, dann brach panische Bewegung aus. Einige rannten zur Stadt, um Hilfe zu holen, andere griffen nach Sicheln, Hacken oder Mistgabeln, um die Raubkatze zu vertreiben. Einer der Männer, ein erfahrener Arbeiter und Jäger, mit einer großen Sense, warf einen Stein nach der Bestie, die fauchend zurückwich. Das Tier, das seine Beute bereits im Griff hatte, zögerte einen Moment, dann stürmten drei weitere Männer mit erhobenen Waffen auf es zu. Die Raubkatze ließ von der Frau ab und wich zurück, ihre Ohren angelegt, ihr Schwanz peitschte wütend durch die Luft. Ein weiterer Stein traf sie an der Flanke, und mit einem tiefen Knurren drehte das Tier ab und verschwand im Unterholz. Die Arbeiter eilten zu der Frau, die schwer atmend und blutüberströmt am Boden lag. Ihr Kleid war an mehreren Stellen zerrissen, ihre Haut aufgeschlitzt von den Krallen des Raubtiers. Ohne zu zögern, verbanden sie notdürftig die am meisten blutenden, tiefen Wunden, hoben sie sie auf und trugen sie so schnell sie konnten in Richtung der Stadt.

Die engen Straßen von Asengard füllten sich mit aufgeregten Stimmen, als die Gruppe das Krankenhaus erreichte. Mailin und Anschi standen bereits bereit, alarmiert durch die Rufe, die sich wie ein Lauffeuer in der Stadt verbreitet hatten. Die Heilerinnen verschwendeten keine Zeit ... sie schickten alle Unbeteiligten hinaus, während sie die Frau auf eine Liege betteten und sich um ihre Wunden kümmerten. Das Blut sickerte durch die provisorischen Verbände, während Anschi hastig aber geschickt die tiefen Krallenspuren säuberte. Normalerweise hätten sie Jasamin gerufen aber diese war momentan nicht im Krankenhaus, sondern besuchte gerade eine Frau, die bald ein Kind auf die Welt bringen würde. Mailin war bereits eifrig damit beschäftigt, saubere Verbände und eine Salbe aus schmerzstillenden Kräutern neben Anschi zu stellen. Es war klar, dass die Verletzungen schwer waren. Die Atmung der verletzten Frau war flach, ihre Augen halb geschlossen und sie zitterte, am ganzen Körper, während der Schweiß ihr von der Stirn lief. Der Kampf ums Überleben hatte für sie gerade erst begonnen.

Baldur, der von dem Vorfall gehört hatte, eilte in Begleitung von Skald zum Krankenhaus. Der Kriegsherr betrat das Gebäude mit ernster Miene, seine Augen musterten die Verwundete. Er war kein Mann der unnötigen Worte, doch der Zorn in seinen Blicken sprach Bände. Dies durfte nicht noch einmal geschehen. Er wandte sich an Skald, und sein Gesicht wirkte grimmig. "Wir haben einen Fehler gemacht. Wir hätten das vorhersehen müssen. Wir haben vergessen, wo wir leben. Das Seitental ist zu offen", sagte er mit grimmiger Entschlossenheit. "Wir müssen verhindern, dass wilde Tiere in die Nähe der Felder gelangen. Ich will Mauern ... fünfzehn Fuß hoch, fünf Fuß breit, die wir errichten und direkt an die Stadtmauern anschließen lassen … von der Stadt bis weit hinauf in die Berghänge. Die mauern brauchen keine echte Verteidigungslinie werden sondern sollen nur Tiere von uns fernhalten, sodass sie nicht tiefer in das Seitental eindringen können." Skald nickte, seine Gedanken rasten bereits. Eine solche Befestigung war keine leichte Aufgabe, doch sie war notwendig.

Nachdem Baldur sich vergewissert hatte, dass alles Menschenmögliche für die verletzte Frau getan wurde, kehrte Skald zur Festung zurück, um mit Ephimos, dem Baumeister Asengards, die Planung zu beginnen. Sie skizzierten die Befestigungen, markierten auf einer Karte, den Verlauf der Mauern und überlegten dann, wie sie den Bachlauf, der seitlich des

Plateaus verlief, überbrücken konnten. Eine niedrige Bogenbrücke war die beste Lösung. Die Mauer würde über diese hinweg verlaufen und wenn der Bogen tief genug angesetzt wurde, konnten Tiere sich dort nicht schwimmend hindurch bewegen. Die tief angesetzte Öffnung würde das Wasser des Baches ungehindert fließen lassen und dennoch die Mauerlinie nicht unterbrechen.

Währenddessen hatten sich Olov, Orm und zehn weitere Krieger bereits vorbereitet. Bewaffnet mit Speeren, Bögen und Jagdmessern brachen sie auf, um die Raubkatze aufzuspüren. Sie verließen die Stadt eilig, ihre Silhouetten verschwanden rasch zwischen den Bäumen. Ihr Ziel war klar. Die wilde Bestie musste gefunden und erlegt werden, bevor sie erneut zuschlug.

Der Wald, am hinteren Ende der Seitenschlucht, war still, als Olov und seine Männer sich vorsichtig vorwärts bewegten. Nur das leise Knacken von Ästen unter ihren Stiefeln und das weit entfernte Rauschen des Baches durchbrachen die Ruhe. Sie hielten die Augen wachsam auf das Unterholz gerichtet, suchten nach Zeichen des Raubtiers. Blutspuren, zerbrochene Zweige, frische Kratzspuren an den Bäumen ... all das könnte sie zur Bestie führen. Die Männer waren erfahrene Jäger und Krieger, ihre Bewegungen leise und bedacht. Orm ging an der Spitze. Sein Blick war scharf, denn er selbst hatte bereits die Erfahrung gemacht, wie schnell sich Raubkatzen bewegen konnten. Seine Narben zeugten davon. Vorsichtig bewegte er sich, zwischen den Bäumen, spähte dabei in das Unterholz. Sein Bogen war gespannt.

Nach einiger Zeit fanden sie die ersten Anzeichen. In einer kleinen Senke lag eine tote Gazelle, die Kehle aufgerissen, ihr Fleisch war teilweise angefressen. Fliegen summten über dem frischen Kadaver. Olov kniete sich hin und berührte das Blut mit den Fingerspitzen. "Kaum geronnen", murmelte er. "Das Biest ist ganz in der Nähe." Die Männer umfassten ihre Waffen fester, spannten Bögen, hoben Speere in die Kampfhaltung. Sie warteten. Jeder Muskel war angespannt, jedes Geräusch wurde genau wahrgenommen.

Dann, fast überraschend, kam das leise Grollen. Tief, drohend, aus den dunklen Schatten zwischen den Bäumen. Die Raubkatze war hier. Ein Fauchen, dann ein blitzschneller Schatten. Die Bestie stürmte aus ihrem

110

Versteck hervor. Ihre Augen glühten in der Dämmerung des Waldes, ihr gewaltiger Körper spannte sich in einer explosiven Bewegung. Olov wich instinktiv zurück, doch die Bestie war auf ihn fixiert. Ein Krieger an seiner Seite stieß einen Speer nach vorne, doch die Raubkatze schlug mit ihrer Pranke zu, zerbrach das Holz und warf den Mann zu Boden. Ein weiterer Jäger schoss einen Pfeil ab ... getroffen! Der Pfeil bohrte sich in die Flanke des Tieres, doch es brüllte nur wütend und machte einen Satz nach vorn.

Orm reagierte blitzschnell. Er ließ seinen Bogen fallen und griff an seine Seite, wo er eine leichte Streitaxt trug. Mit einem kräftigen Schlag seiner Axt traf er die Bestie an der Schulter, das Tier jaulte auf und taumelte zur Seite. Jetzt nutzten die Männer ihre Chance. Speere stießen zu, Klingen blitzten auf, und schließlich gelang es einem der Krieger, mit einem Schwerthieb, der Bestie die Kehle aufzuschlitzen. Mit einem letzten gurgelnden Knurren sank sie zu Boden, zuckend, während ihr warmes Blut die Erde tränkte.

Erschöpft, aber erleichtert, standen die Männer um den leblosen Körper. "Geschafft", murmelte Olov und wischte sich den Schweiß von der Stirn. "Lasst uns zur Stadt zurückkehren." Olov musterte den Körper des toten Tieres. Ein altes Löwenmännchen, mit zottiger Mähne. Viele alte Narben kündeten von einem leben, das aus unzähligen Kämpfen bestanden haben musste. Warum dieses Tier derart weit in den Urwald gekommen war würde auf immer ein Rätsel bleiben. Sie legten das Tier auf eine improvisierte Trage aus Ästen und machten sich auf den Weg zurück nach Asengard.

Die Bauarbeiten an den neu zu errichtenden Häusern näherten sich dem Ende. Die Wohngebäude standen bereits und nur noch an drei Gebäuden, in denen auch Werkstätten von Handwerkern untergebracht werden sollten, wurden noch vollendet. Dicht neben der Schenke erhoben sich diese Gebäude und säumten, zusammen mit den anderen Häusern der Handwerker nun den Hauptweg, der die Stadt durchschnitt. Auch einige kleine Händler hatten sich hier eingerichtet. Noch betrieb man den Tauschhandel aber die Kunde davon, dass man eigene Münzen prägen wollte hatte sich bereits verbreitet. Hier, bei den Händlern konnte man alles tauschen und später erwerben, was man benötigte. Es war nicht mehr notwendig, selbst alles herzustellen sondern man kaufte oder tauschte es. Das verschaffte den Menschen nun mehr Freizeit. Etwas, was alle genossen.

Diejenigen Arbeiter, die man von dem Bauvorhaben abziehen konnte waren bereits mit anderer Arbeit beschäftigt. Die Mauern, seitlich der Stadt sollten so schnell wie möglich errichtet werden. Zu deutlich war allen der Raubtierangriff im Gedächtnis und keiner wollte zulassen, dass sich so etwas wiederholte.

Die Bauarbeiten für die Mauer schritten rasch voran. Skald und Ephimos hatte bereits die Vermessungen vorgenommen. Skald überwachte jetzt persönlich die Bauarbeiten, packte überall mit an, wo seine Hilfe benötigt wurde. Karren voller Bruchsteine rollten ohne Unterlass heran. Kräftige Männer begannen mit dem Fundament. Hier wurden keine Lehmziegel verwendet, man benutzte die Steine und Felsen, von den Berghängen, die damit übersät waren. Die Brücke über den Bachlauf wurde ebenfalls vorbereitet. Holz und Stein wurden herangeschafft, um den niedrigen Bogen zu errichten, der das Wasser weiterhin ungehindert fließen lassen würde.

Da die Mauer einfach nur eine hohe Abtrennung werden sollte gingen die Bauarbeiten recht zügig voran. Hier war es nicht notwendig, Wehrgänge oder sogar Türme zu errichten. Die Mauer sollte einfach nur die wilden Tiere abhalten. Bis hoch auf die Berghänge würde sie sich ziehen. Bis zu den Punkten, wo die Berghänge endlich zu steil wurden und von den Tieren nicht mehr passiert werden konnten.

Trotzdem würden sie viel Arbeit investieren müssen. Eine Arbeit jedoch, die von allen als unabdingbar angesehen wurde. Es wäre für die Männer und Frauen, die hier arbeiteten kaum auszudenken, was geschehen könnte, wenn beispielsweise ein Kind von einem weiteren Raubtier angegriffen wurde.

Asengard wappnete sich für die Zukunft ... mit Stein, Stahl und fester Entschlossenheit.

6.

Liv, die Wege der Göttin

Die Sonne stand noch hoch am Himmel, als Liv in den Schatten der steinernen Säulen des Tempelhofs trat. Der Trainingsplatz lag vor ihr, ein weites Areal aus festgestampfter Erde, umgeben von einer niedrigen Mauer. Der Geruch von Schweiß, Staub und Öl lag in der warmen Luft.

Ihre neue Leibwache war versammelt. Männer, die nun ihr Leben in ihren Dienst gestellt hatten. Sie beobachtete mit scharfem Blick, wie sie unter den Anweisungen von Kwale trainierten ... Schläge, Blöcke, Tritte, das Klirren von Waffen erfüllte den Hof.

Alle waren sie geschickte Krieger, die ihr Waffenhandwerk verstanden. Doch einer stach aus der Menge hervor. Konge, der Neffe von Kwale. Der Krieger, den Liv zum Führer ihrer Leibwache bestimmt hatte. Schon als Liv ihn das erste mal gesehen hatte, verspürte sie Verlangen in sich. Er war hoch gewachsen, überragte all seine Kameraden deutlich. Er mochte etwa eine handbreit kleiner sein, als Liv. Eine Körpergröße, die mehr als auffällig unter den Eingeborenen war, wo er als Riesenhaft galt. Sein muskulöser Körper war wohl proportioniert und gerade gewachsen. Seine Überlegenheit im Kampf war nicht zu übersehen.

Der junge Krieger bewegte sich unter seinen Kameraden wie ein Raubtier zwischen Rudeltieren. Seine Schläge waren präziser, seine Reflexe schneller, sein Körper von einer natürlichen Kraft durchzogen, die ihm einen unübersehbaren Vorteil verschaffte. Während die anderen sich bemühten, mithalten zu können, bewegte er sich mühelos, als sei der Kampf eine zweite Natur für ihn.

Livs Augen verengten sich leicht. Es war nicht nur seine rohe Stärke, die ihn auszeichnete. Es war seine Kontrolle. Wo andere ihre Angriffe mit Wut führten, kämpfte er mit kaltem Kalkül. Selbst wenn er sich einem erfahrenen Gegner gegenübersah, wich er nicht zurück, sondern fand den kleinsten Fehler in dessen Haltung ... und nutzte ihn dann gnadenlos aus.

Die Krieger benutzten stumpfe, hölzerne Waffen für ihre Übungen. Sonst würde blut den Boden tränken und das war nicht erwünscht. Es wurden Krieger benötigt, keine toten oder verkrüppelten. Lediglich beim Gebrauch der allgegenwärtigen Keulen kam es bisweilen zu leichten Verletzungen, wenn diese einen ungeschützten Körperteil trafen.

Schließlich trat Kwale vor und beendete die Übung mit einem knappen Befehl. Die Krieger traten zurück, holten Atem, wischten sich den Schweiß aus dem Gesicht. Konge ließ sein kurzes Schwert sinken. Schweiß glänzte auf seinem Körper. Seine Brust hob und senkte sich, aber seine Haltung blieb aufrecht, diszipliniert.

Liv trat aus den Schatten heraus. Ihr Erscheinen brachte sofort Ruhe über den Platz. Jeder Mann im Hof sank leicht auf ein Knie, den Blick tief gesenkt. Die Göttin war hier, sah ihnen zu … Eine Ehre, für die Krieger.

Es war nicht das erste mal, dass Liv die Krieger ihrer leibwache bei ihrem Kampftraining beobachtete. Einmal hatte sie im tiefen Schatten gestanden, als diese den Ringkampf geübt hatten. Die Körper der Krieger waren eingeölt und sie kämpften nackt. Die Augen von Liv hatten sich geweitet, als sie dann sah, was Konge zwischen seinen Beinen trug. Unwillkürlich hatte sie sich ihre Lippen geleckt. Der Jüngling war von den Göttern sehr gut ausgestattet worden. Nur selten hatte Liv einen derart prächtigen Penis gesehen. Damals war ein Plan in ihr entstanden. Entstanden aus Lust und begierde … und mit dem Hintergedanken Konge noch sehr viel näher an sich zu binden.

Liv trat vor die Krieger und musterte sie. "Konge", sagte Liv ruhig.

Er neigte sofort den Kopf noch tiefer. "Göttin ..."

Sie ließ ihren Blick über die Männer schweifen, bevor sie sich ihm wieder zuwandte. "Deine Fähigkeiten übertreffen die deiner Brüder. Ich habe es gesehen."

Ein Flackern von Stolz huschte über sein Gesicht, aber er schwieg.

Die Stimme von Liv hallte weit über den Platz. "Deshalb fordere ich dich und auch deine Kameraden jetzt heraus." Ein Raunen ging durch die Anwesenden. Kwale, der dicht hinter Liv stand, richtete sich leicht auf, seine Stirn legte sich in Falten. Konge erstarrte für den Bruchteil eines Moments, dann weiteten sich seine Augen.

"Genug!" Liv betrat das Zentrum des Trainingsbereichs und ließ ihre Finger über den Griff eines hölzernen Kurzschwerts gleiten, das dort, zusammen mit weiteren an einem Waffenständer hing. Sie legte ihren Seidenumhang ab, stand in ihrer kurzen Tunika vor den Kriegern und lächelte.

Schon oft hatte sie diesen Kriegern heimlich zugesehen. Sie hatte die Stärken und auch die Schwächen jedes einzelnen erkannt. "Ich werde heute mit euch trainieren", erklärte sie ruhig, während ihre kühlen Augen über die Männer glitten. "Es ist mir wichtig zu wissen, was ihr könnt. Ich dulde keine Schwäche in meiner Nähe … Ich will, dass ihr die Besten der Besten werdet."

Keiner der Krieger wagte, ihre Worte infrage zu stellen. Doch eine Frau, wenn auch eine Göttin, im Kampftraining, gegen Männer wie sie? Ein leichtes Unbehagen lag in der Luft, als sich die Leibwächter aufstellten.

Liv bemerkte es, ließ sich jedoch nichts anmerken. Stattdessen schwang sie fast belustigt ihre Waffen. "Kommt", sagte sie nur. Was folgte, war keine Prüfung, sondern ein Massaker.

Liv bewegte sich mit einer Geschwindigkeit, die weit jenseits des Vorstellbaren lag. Ihr geschmeidiger Körper war ein einziges fließendes Bewegungsspiel, ein tödlicher Tanz, bei dem jede Klinge genau dorthin traf, wo sie treffen sollte. Einer nach dem anderen gingen die Männer zu Boden ... nicht verwundet, aber besiegt. Sie ließ ihnen keine Chance, ließ ihre Klingen, laut lachend, knapp an Haut und Kehlen vorbeiziehen, nur um ihre Überlegenheit zu demonstrieren. Ihre Reflexe waren unfehlbar, ihre Präzision unmenschlich. Nach wenigen Minuten blieb nur noch einer stehen … Konge.

Er hatte nicht den Fehler gemacht, sie zu unterschätzen. Während seine Brüder bereits nach Luft schnappten, besiegt waren und schamerfüllt ihre Waffen fallen ließen, stand er noch immer aufrecht. Sein Blick war unverwandt auf Liv gerichtet, die Lippen leicht geöffnet, als würde er nachdenken.

Liv wischte sich eine Haarsträhne aus dem Gesicht. "Du bist besser als die anderen", stellte sie fest."Das ist dir auch bewusst … aber bist du wirklich gut genug?"

Konge antwortete nicht, doch in seinen Augen flackerte ein Funken von etwas, das sie interessierte. "Nimm deine Waffe", befahl sie. "Zeig mir, ob du mich besiegen kannst."

Er tat, wie ihm geheißen, hob sein Holzschwert und nahm langsam eine kampfbereite Haltung ein. Sein Körper war perfekt ausbalanciert, seine Muskeln angespannt, aber nicht verkrampft. Er hatte Talent, daran bestand kein Zweifel. Doch Talent allein würde nicht reichen.

Das Duell begann. Konge griff an, sein Schwert zischte durch die Luft, doch Liv wich ihm aus, als würde sie den Wind vorausahnen. Sie bewegte sich nicht hektisch oder abgehackt, sondern geschmeidig, wie ein Raubtier. Jede seiner Attacken ging ins Leere oder wurde mühelos pariert.

"Schneller", forderte sie, mit einem Lächeln auf ihren Lippen. "Strenge dich ein wenig mehr an." Konge biss die Zähne zusammen, seine Angriffe wurden heftiger. Schwert prallte gegen Schwert, das Echo hallte über den Platz. Doch so sehr er sich bemühte ... Liv war immer schneller.

Und dann war es vorbei. Mit einer einzigen Bewegung trat sie ihm gegen das Handgelenk, seine Finger öffneten sich unwillkürlich und sein Schwert fiel zu Boden. Liv schritt näher, bis sie direkt vor ihm stand.

"Du bist gut", murmelte sie leise. "Aber nicht gut genug." Sie drehte sich um, warf ihre Waffen weg und wandte sich an die restlichen Krieger. "Das Training ist für heute beendet."

Während sich die Männer verneigten und den Platz verließen, wobei der eine oder andere jetzt etwas humpelte, blieb Konge stehen. Er atmete schwer, sein Blick ruhte auf Liv. Sie sah ihn herausfordernd an. "Komm heute Abend zu mir", sagte sie kühl. "Wir werden trainieren. Bei Sonnenuntergang." Ohne eine Antwort abzuwarten drehte sie sich um und verließ das Gelände. Konge sah ihr nach. Jetzt wich seine Überraschung einem Ausdruck von ehrfurchtsvollem Staunen und tiefem Stolz. "Es ist mir eine Ehre, oh Göttin," murmelte er ungehört, von Liv. Sein Herz hämmerte in seiner Brust. Die Göttin selbst wollte mit ihm kämpfen? Ihn im Kampf ausbilden? Das war mehr als eine Prüfung ... es war eine Ehre, die weit über das hinausging, was er je erwartet hatte. Er hätte jubeln mögen.

Der Sonnenuntergang tauchte Tombalku, die Hauptstadt der Watambi, in eine glühende Flammenkrone aus Orange und Rot. Lange Schatten krochen über die Mauern, als Konge sich dem Tempel näherte. Seine Hände waren trocken, doch sein Puls raste.

Der Tempel gegenüber des Kasernentraktes, wo die Tempelgarde und die Leibwache untergebracht waren, War unübersehbar. Sein massiver Bau aus Stein ragte gegen den violetten Himmel. Er betrat den Innenraum und schritt dann durch die hohen Gänge und über die breiten Stufen, die ihn nach oben führten ... hinauf zu den Gemächern der Göttin. Als er die letzte Stufe erklommen hatte, hielt er inne. Dann klopfte er entschlossen an die dicke Doppeltür, aus dunklem Holz. Aus den Gemächern erklang der Ruf einzutreten … Ihre Stimme, die so unendlich lieblich in seinen Ohren klang.

Liv stand dort, auf den glatten Steinplatten, mit dem Rücken zu ihm. Sie trug kein Gewand von Priesterinnen, sondern eine eng anliegende Rüstung aus dunklem Leder, die ihre Bewegungen nicht einschränkte. Ihr langes Haar fiel offen über ihre Schultern, in ihren Händen hielt sie zwei schlanke Holzschwerter.

Sie drehte sich um, und für einen Moment verschlug es Konge den Atem. "Du bist pünktlich", stellte sie fest. Er sank auf ein Knie. "Wie könnte ich es wagen, Euch warten zu lassen?"

Ein Lächeln zuckte um ihre Lippen. "Dann erhebe dich, Konge. Heute wirst du nicht knien ... du wirst kämpfen. Folge mir, wir üben auf der Dachterrasse." Er stand auf, trat näher. Sein Körper war angespannt, bereit, doch sein Respekt hielt ihn zurück. Sie drehte sich um, schritt die Stufen empor und sein Blick folgte ihr. Er sah, wie sich ihr Hintern bewegte und für einen Moment schossen ihm Gedanken durch den Kopf, die ein gläubiger Anhänger von Lilith nicht haben sollte.

Liv warf ihm ein Schwert zu. Er fing es instinktiv auf, prüfte das Gewicht. Natürlich nur aus Holz, da es eine Übungswaffe war, doch ausgezeichnet ausbalanciert. "Wir kämpfen, bis ich genug habe", sagte sie. "Kein Zögern, keine Zurückhaltung."

Er nickte, nahm Haltung an. "Wie Ihr wünscht." Dann griff sie an. Konge hatte erwartet, dass sie schnell war ... aber nicht so schnell. Sie bewegte sich noch weitaus schneller, als am Tag auf dem Übungsplatz. Fast als hätte sich sich dort noch zurück gehalten. Livs Klinge sauste auf ihn nieder, mit einer Präzision, die ihn zwang, sofort in die Defensive zu gehen. Er hob sein Schwert, blockte, wich zurück. Ihr Schwert folgte ihm dabei. Ein blitzschneller Hieb gegen seine Flanke.

Er sprang zur Seite, duckte sich, konterte. Doch sie wich mühelos aus, bewegte sich mit einer Geschmeidigkeit, die ihn fast ehrfürchtig werden ließ.Die Überlegenheit der Göttin wurde ihm erst jetzt richtig bewusst. Spielte sie nur mit ihm oder kämpfte sie?

Die Nacht senkte sich über die Stadt, während sie kämpften. Minuten vergingen, dann eine halbe Stunde. Konge spürte den Schweiß auf seiner Haut, den brennenden Schmerz in seinen Armen, aber er weigerte sich nachzugeben. Immer wieder griff er an, versuchte, eine Lücke in ihrer Verteidigung zu finden ... doch Lilith war unaufhaltsam. Schließlich blockte sie seinen letzten Angriff, trat nach vorne und rammte ihren Fuß in seine Brust.

Er taumelte zurück, verlor das Gleichgewicht und fiel auf ein Knie. Sein Atem ging schwer, das Schwert in seiner Hand zitterte.

Lilith trat näher, ihr Blick funkelte. "Du bist besser als ich erwartet habe", sagte sie leise. "Aber du bist noch nicht gut genug."

Konge senkte den Kopf. "Ich werde besser werden, Göttin." Ein feines Schmunzeln huschte über ihr Gesicht. Sie beugte sich leicht zu ihm hinunter, legte eine Hand unter sein Kinn und hob sein Gesicht.

"Ich weiß", sagte sie. "Deshalb werde ich dich persönlich trainieren." Sein Herz schlug schneller. "Bist du bereit, alles zu geben, Konge?" Er sah ihr direkt in die Augen. "Für Euch ... immer, meine Göttin."

Der tag neigte sich dem Ende zu. Die Sonne tauchte den Himmel in ein feuriges Rot, als Konge die Stufen zum oberen Stockwerk des Tempel hinaufstieg. Der Wind, der durch die schmalen Fensteröffnungen eindrang, trug den feinen Duft von brennendem Harz und den fernen Geräuschen der Stadt zu ihm, doch sein Fokus lag einzig auf dem, was ihn erwartete. Lilith ... die Göttin.

Sein Herz schlug schneller, als er die letzten Stufen nahm und vor der

Tür stehen blieb. Er hob die Hand, zögerte kurz, bevor er nun anklopfte. "Komm herein", erklang ihre Stimme von innen, ruhig und doch auch erwartungsvoll.

Er trat ein. Die privaten Gemächer der Göttin waren nicht übermäßig prunkvoll, aber dennoch luxuriös. Sie stand an der Türöffnung eines Seitenraumes. Er warf einen kurzen Blick hinein. Eine große Liege mit dunkelroten Decken dominierte den Raum, ein Tisch mit Schriftrollen stand in einer Ecke, Öllampen warfen flackernde Schatten an die Wände. Sie schloss die Tür,zu dem Raum und lächelte ihn an. Dieses Lächeln, das seine Gefühle in Aufruhr brachte. Dann stieg sie die Treppe empor, die zur Dachterrasse führte. Wie gebannt folgte er ihr, genoss den Blick auf ihren wiegenden Hintern und zwang sich zur Disziplin. Derartige Gedanken durfte er nicht haben … und trotzdem suchten ihn diese Gedanken des Nachts auf, wenn er ganz alleine in seiner Kammer lag.

Er erreichte die Dachterrasse. Dort wartete Sie. Sie stand in der letzten Abendsonne, gekleidet in eine schlichte, sandfarbene Tunika, die ihre Bewegungsfreiheit nicht einschränkte. Ihr Haar war zu einem lockeren Zopf geflochten, ein Kontrast zu der Härte in ihrem Blick.

"Du bist pünktlich", stellte sie fest, als sie ihn musterte. Konge neigte den Kopf. "So, wie Ihr es befohlen habt."

Ein Lächeln spielte um ihre Lippen. Ein Lächeln, welches ihm schier den Atem nahm. "Dann verschwenden wir keine Zeit." Sie trat auf ihn zu, nahm zwei hölzerne Übungsschwerter, von einem kleinen Tisch und warf ihm eines zu. Er fing es mühelos auf.

"Diesmal wird es anders", versprach sie ihm mit leiser Stimme. "Heute werde ich dich nicht schonen."

Konge nickte. In seinen Augen lag ein Funkeln ... nicht der Wunsch zu gewinnen, sondern der Wunsch zu lernen. Sie wollte ihn nicht schonen? Er hatte in den vergangenen tagen nie das Gefühl bekommen, sie würde ihn schonen. Ihre Ausbildung beruhte auf Härte, Disziplin und ewiges Lernen.

Liv griff zuerst an. Er wich aus, parierte ihre Schläge, doch sie trieb ihn gnadenlos zurück. Auf der Dachterrasse gab es keinen Sandboden, der nachgab, keine Säulen, hinter denen man Deckung suchen konnte. Nur den Himmel über ihnen und den harten Stein unter ihren Füßen. Ihre Geschwindigkeit war unmenschlich. Konge wusste, dass er gegen sie keine Chance hatte, doch er kämpfte weiter, gab sein Bestes. Sein Atem ging schwerer, Schweiß lief über seine Stirn, während er ihre Klinge immer wieder gerade so abwehrte.

"Du bist besser geworden als zu Anfang", bemerkte Liv schließlich.

Er nutzte ihre Worte als Ablenkung, machte eine schnelle Drehung und versuchte, sie aus dem Gleichgewicht zu bringen. Doch sie wich mühelos aus. Sie lachte leise. "Aber nicht gut genug."

Mit einem einzigen, geschmeidigen Manöver brachte sie ihn zu Fall. Er landete hart auf dem Rücken, das Holzschwert entglitt seinen Fingern. Bevor er sich bewegen konnte, stand Liv über ihm, ihr Fuß war auf seiner Brust.

Sie beugte sich zu ihm herunter. "Du hast Potenzial", murmelte sie. Er erwiderte ihren Blick, suchte nach Spott darin, doch da war keiner. Nur Einschätzung, kühle Berechnung.

Liv trat einen Schritt zurück und reichte ihm die Hand. Er ergriff sie, ließ sich aufhelfen. "Wir trainieren weiter", entschied sie. Die Nacht legte sich wie ein dunkler Mantel über die Stadt und auf der Dachterrasse des Tempels waren nur das leise Klacken von Holz gegen Holz und der Rhythmus schwerer Atemzüge zu hören.

Konge stand mit bloßen Füßen auf den warmen Steinplatten, das Übungsschwert fest in den Händen, sein Brustkorb hob und senkte sich schnell. Schweiß rann ihm über die Stirn, doch seine dunklen Augen waren weiterhin auf Liv gerichtet.

Sie stand ihm gegenüber, gelassen, mit erhobenem Holzschwert. Sie wirkte nicht erschöpft ... nicht einmal außer Atem. "Noch eine Runde", befahl sie.

Konge nickte knapp, seine Muskeln spannten sich an. Diesmal würde er schneller sein. Er wusste jetzt, dass sie sich nicht auf bloße Stärke verließ. Sie war kein gewöhnlicher Kämpfer, der sich auf rohe Gewalt stützte. Ihre wahre Kraft lag in ihrer Schnelligkeit, ihrer Präzision und in der absoluten Kontrolle über ihren eigenen Körper. Er musste also im Kampf gegen sie unberechenbar sein. Er griff an.

Sein Schwert sauste von oben herab, doch Liv wich elegant aus, ließ den Schlag ins Leere gehen und schlug im selben Moment selbst zu. Ein flüchtiger Moment, nicht mehr als ein Wimpernschlag, eine winzige Unachtsamkeit ... und ihre Klinge stoppte nur einen Fingerbreit vor seinem Hals. Konge erstarrte. "Wieder verloren", stellte Liv fest, trat zurück und ließ die Spitze ihres Schwertes auf den Boden sinken.

Sein Atem ging schwer. Die Niederlage schmerzte, aber nicht, weil er gegen eine Frau verlor ... sondern weil er das Gefühl hatte, dass zwischen ihnen eine unüberbrückbare Kluft lag. Egal, wie sehr er sich anstrengte, sie war ihm in jeder Hinsicht überlegen.

"Noch eine Runde?" fragte sie. Er nickte, ohne zu zögern. Zum dritten Mal an diesem Abend kreuzten sie die Klingen. Konge änderte seine Strategie. Er zog sich ein Stück zurück, wartete auf ihre Bewegung, anstatt selbst anzugreifen. Vielleicht, so hoffte er, konnte er ihre eigenen Reflexe gegen sie verwenden. Doch Liv ließ sich nicht aus der Reserve locken.

Sie stand einfach nur da, ihr Schwert locker in der Hand, als hätte sie unendliche Geduld. Dann bewegte sie sich. Es ging so schnell, dass Konge kaum reagieren konnte. Ihr Schwert zuckte nach vorne, er versuchte auszuweichen, doch im nächsten Moment spürte er den harten Stoß gegen seine Rippen. Sie hatte ihn genau dort getroffen, wo es am meisten wehtat, und bevor er sich wieder gefangen hatte, setzte sie nach. Eine Drehung, ein Schlag gegen sein Handgelenk, und sein Schwert flog über den Boden. Wieder lag die Klinge ihrer Waffe an seiner Kehle.

"Genug." Sie trat zurück und legte das Übungsschwert beiseite.

Konge atmete schwer durch. Er hatte gekämpft, bis seine Arme brannten, doch er hatte sie kein einziges Mal besiegt.

Liv wischte sich eine lose Strähne aus dem Gesicht, dann sah sie ihn mit prüfendem Blick an. "Du bist stark, und du lernst schnell", stellte sie fest. "Aber dein Körper verlässt sich noch zu sehr auf das Schwert."

Er runzelte die Stirn. "Göttin? Was meint Ihr?"

"Kampf ist mehr als nur Waffen. Er beginnt hier", sie tippte sich mit zwei Fingern an die Schläfe. "Und er endet hier." Nun zeigte sie auf ihren Körper. "Ohne das eine ist das andere nutzlos."

Dann lächelte sie … dieses spöttische, herausfordernde Lächeln. "Lass uns sehen, wie du dich ohne Waffen schlägst."

Konge blinzelte. "Ohne Waffen?"

"Waffenloser Kampf." Sie ließ ihre Fingerknöchel knacken. "Bist du etwa müde?"

Sein Stolz ließ es nicht zu, die Wahrheit auszusprechen. "Nein."

Sie schmunzelte und betrachtete ihn amüsiert. "Gut."

Sie traten zurück in die Mitte der Terrasse, ihre Füße fanden sicheren Halt auf dem Steinboden.

"Du beginnst", sagte sie leise und sah ihn abwartend an. Konge ließ sich nicht lange bitten. Diesmal versuchte er nicht, klug zu sein ... er setzte auf pure Kraft.

Er stieß sich vom Boden ab, schnell wie eine Raubkatze und schlug mit voller Wucht nach ihr. Doch Liv duckte sich unter seinem Angriff hinweg, griff nach seinem Arm und nutzte seinen eigenen Schwung, um ihn herumzudrehen. Bevor er sich versah, spürte er, wie er aus dem Gleichgewicht geriet ... dann landete er hart auf dem Rücken.

Liv stand bereits wieder über ihm. "Noch einmal", befahl sie.

Er rappelte sich auf, seine Muskeln schmerzten, doch er ignorierte es. Erneut gingen sie aufeinander los. Konge versuchte diesmal, seine Angriffe zu variieren ... schnelle Tritte, Faustschläge, Täuschungen. Doch es machte keinen Unterschied.

Liv wich mühelos aus, bewegte sich so fließend, dass es aussah, als hätte sie den Kampf bereits vor seiner ersten Bewegung entschieden. Dann konterte sie. Ihr Ellenbogen traf seine Brust, raubte ihm für einen Moment die Luft. Ein schneller Tritt gegen sein Bein ließ ihn aus dem Gleichgewicht geraten ... und dann packte sie ihn erneut und warf ihn mit erschreckender Leichtigkeit zu Boden. Er keuchte.

Liv trat einen Schritt zurück und ließ ihm Zeit, aufzustehen. "Du verlässt dich zu sehr auf rohe Kraft", sagte sie ruhig. "Das ist deine größte Schwäche."

Konge ballte die Fäuste, seine Zähne mahlten aufeinander. Er schämte sich. Er hatte gekämpft, seit er ein Junge war. Doch noch nie hatte ihn jemand so leicht besiegt.

"Dann versuche es auf eine andere Art", forderte sie. Er hob den Blick. "Göttin? ... Wie?"

"Ringkampf." Sie hob herausfordernd eine Augenbraue.

Konge nickte langsam. Ringkampf war anders ... es gab keine schnellen Schläge, keine blitzschnellen Klingenwechsel. Es war ein Kampf um Kontrolle, um rohen Körperkontakt. Er atmete tief durch und bereitete sich vor.

Sie gingen aufeinander los. Konge packte nach ihr, versuchte, seine Arme um ihren Oberkörper zu schließen, doch sie glitt unter seinem Griff hindurch. Ihre Finger fanden sein Handgelenk, verdrehten es geschickt, sodass er sich mit einer halben Drehung aus der Umklammerung lösen musste.

Dann nutzte sie den Moment, um sich gegen ihn zu stemmen, ein Bein hinter seines zu setzen ... und ihn erneut zu Boden zu bringen. Sein Rücken schlug auf dem Stein auf, doch diesmal ließ sie ihn nicht sofort los. Sie hielt ihn dort fest, ihre Hände waren um seine Handgelenke geschlossen, ihr Knie in seiner Seite.

"Immer noch zu langsam", murmelte sie leise, während ihr Blick sich in seinen bohrte.

Konge erstarrte für einen Moment. Sein Atem ging schwer, sein Körper schmerzte. Liv beugte sich ein Stück vor, ließ ihn spüren, dass er absolut keine Kontrolle über die Situation hatte. Für einen Moment war er verwirrt, genoss jedoch dieses Gefühl der Nähe zu ihr. Er sah, wie sie ihn anlächelte und ihm wurde warm ums Herz.

Dann ließ sie ihn los und richtete sich auf. "Das reicht für heute." Sie streckte sich, als wäre das Training nicht mehr als eine leichte Übung für sie gewesen.

Konge blieb noch einen Moment liegen. Die Nacht war warm, der Stein unter ihm ebenso. Der Himmel war voller Sterne. Dann zwang er sich hoch.

Sie hatte ihn in jeder Hinsicht besiegt ... mit dem Schwert, mit bloßen Fäusten, mit Kraft und Technik. Doch anstatt sich erniedrigt zu fühlen, brannte in ihm ein neues Feuer. Er wollte mehr lernen … und er wusste, dass es nur eine gab, die ihm das beibringen konnte.

Jeden zweiten Abend kam er in den Tempel, wurde von ihr im Kampf unterwiesen. Nicht selten trug er blaue Flecken davon aber es machte ihn stolz, gegen Lilith antreten zu dürfen.

Auch wenn er in der Nacht, ganz alleine, in seiner Kammer lag, kehrten seine Gedanken zu ihr zurück. Doch es waren Gedanken, die er niemals laut aussprechen durfte. Wenn er an ihren Körper dachte, an ihr Gesicht und ihre Stimme … dann überkam ihn ein tiefes Verlangen, welches er gegenüber der Göttin nicht haben durfte.

Liv hatte sich über Kisha so weit informiert, wie dies möglich war. Dabei war sie schnell auf eine interessante Tatsache gestoßen. Kisha hielt sich anscheinend mit Bedacht von Männern fern. All ihre Diener, die engeren Kontakt zu ihr hatten, waren Frauen. War das Zufall? Duldete Prinzessin Kisha nur keine Männer in ihrer näheren Umgebung? Oder lag mehr dahinter verborgen?

Dies galt es herauszufinden. Etwas, was für Liv geradezu ein fesselndes Spiel war, welches sie gerne und mit Genuss spielte. Liv hatte jedoch einen Verdacht. Ein Verdacht, der auf den Reaktionen beruhte, die sie bemerkt hatte, wenn sie Kisha nahe kam, sie sogar kurz berührte. Dieses weiten der Pupillen, der schneller werdende Atem … Auch bei Anschi hatte sie dies gesehen. Liv freute schon sich darauf, endlich Gewissheit zu bekommen … Denn sie verspürte ein Verlangen nach Kisha. Nach deren Körper, der sie erregte. Hoch gewachsen, schlank und doch wohl gerundet. Konnte es sein, dass Kisha auch so empfand? Liv würde es herausfinden … und sie hoffte es, dass sich ihre Vermutung bestätigte.

In den vergangenen Tagen war dieses Verlangen stärker geworden. Liv hatte es sich bereits zur Gewohnheit gemacht, jeden Morgen im Tempel anwesend zu sein, wenn Kisha dort betete. Sie sprachen danach immer einige Worte, miteinander. Liv mochte diese Momente und sie hatte das Gefühl, auch Kisha schien so zu empfinden.

Dreimal hatte Kisha sie in ihren Gemächern aufgesucht, wenn Liv sie in ihrer Rolle als Lilith dazu aufforderte … Sie unterhielten sich dann über die kleinen und größeren Probleme, die im Reich der Watambi existent waren. Liv fragte Kisha jedoch dabei auch sehr geschickt aus und hatte jetzt eine klare Vorstellung, von deren Vision für das Reich. Bei diesen Besuchen hatte sie Kisha auch davon überzeugt, dass der Wiederaufbau von Onura, Ulumara und Dulano zwingend notwendig war, damit das Reich der Watambi stärker und einflussreicher werden konnte. Kisha stand dem zu Anfang zwar sehr skeptisch entgegen, hatte aber schnell erkannt, warum dieses Vorgehen langfristig enorme Vorteile bot. Jetzt war Kisha eine überzeugte Unterstützerin dieses Planes, hatte sogar einige Dinge ersonnen, die Verbesserungen darstellen würden.

Heute würde Kisha sie wieder aufsuchen … und morgen würde Konge dann zu ihr kommen. Liv grinste. Heute, am Abend, wollte sie endgültig ausprobieren, wie weit sie bei Kisha gehen konnte. Ob der Versuch erwidert wurde … und was dann geschehen konnte, wenn es so war. Morgen würde sie das auch bei Konge tun … Liv seufzte. Ihr Körper schrie derzeit fast schon schmerzlich danach, seine aufgestaute Lust nun bald heraus zu lassen. Schon bei dem Gedanken an Kisha kribbelte es Liv am ganzen Körper.

Die letzten Strahlen der untergehenden Sonne tauchten den Himmel über dem Tempel der Watambi in ein tiefes Purpur. Ein warmes Licht fiel durch die Fenster der obersten Gemächer, in denen Liv verweilte. Sie saß am Rand einer mit Fellen und Kissen bedeckten breiten Bank mit einem geflochtenem Rückenteil, ihre Gedanken waren genauso in Aufruhr wie das Spiel der Farben am Horizont. Sie hatte nicht geplant, dass es so weit kommen würde. Nicht, dass ihre Gefühle sich in diese Richtung entwickeln würden. Doch nun waren sie da. Das beunruhigte Liv. Sie wollte sich nicht von Gefühlen lenken lassen.

Ein Klopfen an der Tür riss Liv aus ihren Gedanken. Sie richtete sich auf, strich mit den Fingern über den Stoff ihres Gewandes und schickte einen letzten, kühlen Blick auf ihr Spiegelbild in der polierten Bronzescheibe an der Wand. Dann erhob sie ihre Stimme. "Tritt ein."

Die Tür schwang lautlos auf, und Kisha trat ein. Ihr langes, dunkles Haar fiel in sanften Wellen über ihre Schultern, und ihre Augen funkelten im Halbdunkel wie polierter Onyx. Sie hörte die Stimme von Lilith, die zu ihr schallte. "Ich bin in der oberen Etage ... komm zu mir, Prinzessin Kisha."

Kisha schloss die Tür hinter sich, atmete tief durch und schritt die Treppen empor. Sie freute sich auf das Treffen mit der Göttin. So wie sie sich jeden Morgen darauf freute diese im Tempel zu sehen. Wenn Lilith ahnen würde, was sie empfand ... Wie würde sie darauf reagieren?

Kisha verneigte sich leicht, ein fast zärtliches Lächeln auf den Lippen. "Ehrwürdige Lilith", sagte sie leise, und in ihrer Stimme lag jene Ehrfurcht, die Liv inzwischen kannte. Doch war da nicht auch etwas anderes? Etwas, das weniger mit Glaube und mehr mit persönlicher Zuneigung zu tun hatte?

Kisha trug an diesem Abend eine kurze Tunika und Liv bemerkte, dass diese einer Tunika nachempfunden war, die sie selbst oft trug. Liv deutete neben sich, wo noch genügend Platz auf der Bank war. Würde Kisha sich an das entfernte Ende setzen oder dichter zu ihr hin? "Bitte, setz dich, Kisha." Kisha folgte ihrer Einladung und für einen Moment schwiegen sie beide, während draußen die Welt in Dunkelheit getaucht wurde. Lilith deutete auf eine kleine Amphore und zwei Trinkbecher. "Möchtest du etwas Wein haben, Kisha? Er wird dir sicher gut tun, nach dem Tag. Du siehst ein klein wenig erschöpft aus."

"Es gibt einige Dinge, über die ich mit dir sprechen muss", begann Kisha schließlich und faltete die Hände auf ihrem Schoß. Ihre Stimme klang nachdenklich, als sie fortfuhr. "Es gibt gewisse Unruhe und Spannungen zwischen den kleineren Händlern und Handwerkern. Einige ältere Händler sind der Meinung, dass deine Ankunft ... Dinge verändert hat. Sie sprechen von neuen Wegen, von Wandel, aber nicht alle heißen dies gut. Sie fürchten um ihre Privilegien ... und ich glaube, dass sie von einigen Mitgliedern des niederen Adels dazu aufgestachelt werden."

Liv lehnte sich zurück, ließ die Worte auf sich wirken. Sie hatte gewusst, dass ihre Anwesenheit Spuren hinterlassen würde, doch sie war sich nicht sicher gewesen, wie tief diese wirklich gingen. "Und was denkst du?", fragte sie sanft, während sie die Prinzessin aufmerksam beobachtete.

Kisha schwieg einen Moment, dann senkte sie leicht den Blick, wirkte fast schüchtern. "Ich glaube an dich. Und daran, dass du hier bist, weil es so bestimmt war."

Livs Lippen verzogen sich zu einem nachdenklichen Lächeln. "Aber?", hakte sie nach.

Kisha straffte sich. "Aber ich fürchte, dass nicht alle so fühlen wie ich. Ich denke, nicht alle sind dir so ergeben, wie ich das bin ..." Sie senkte den Kopf aber Liv konnte sehen, wie sie errötete.

Liv legte ihr beruhigend die Hand auf ihr Knie. "Ich denke, du musst dir keine Sorgen machen, Kisha. So etwas geschieht immer, wenn sich Veränderungen einstellen." Sie spürte, Kishas Haut unter ihren Fingern und bemerkte deren fast genießerischen Blick ... und sah auch das unterdrückte Verlangen.

Sie lächelte sanft, ließ ihre Finger einen winzigen Moment über die samtige Haut von Kisha streichen und bemerkte, dass diese sich Mühe gab, ein Stöhnen zu unterdrücken. "Lass uns doch auf die Dachterrasse gehen, Kisha. Die Luft ist heute Nacht so wunderbar und ich denke, der Sternenhimmel wird uns beiden gefallen. Wir können uns auch dort weiter unterhalten. Magst du den Wein mitnehmen?" Fast hastig griff Kisha zu den beiden Bechern und stand auf. Liv lächelte, nahm die Amphore und ging voran.

Sie setzten sich auf eine breite Bank, die etwas seitlich der geflochtenen Trainingsmatten stand und mit Fellen und Kissen bedeckt war. Kisha stellte die Becher auf den Boden, sah sich um und holte ein kleines Tischchen herbei. Dann stellte sie die Becher darauf ab. Liv lächelte und schenkte die beiden Becher mit Wein voll.

Die Nacht legte sich über die Stadt, als die beiden Frauen sich weiter über politische und strategische Fragen unterhielten. Doch allmählich lenkte Liv das Gespräch in eine andere Richtung ... sanft und beinahe beiläufig. "Es ist schon seltsam", sagte sie mit einem leichten Hauch von Nachdenklichkeit in der Stimme. "Manchmal frage ich mich, was du wohl von mir gehalten hättest, wenn ich nicht die Göttin wäre."

Kisha blinzelte überrascht. "Ich …" Sie hielt inne, schien nach Worten zu suchen.

Liv neigte leicht den Kopf. "Was hättest du dann in mir gesehen?" Die Stille dehnte sich zwischen ihnen. Dann, ganz leise, kam Kishas Antwort. "Ich glaube, es würde nichts ändern … Ich würde für dich genau so empfinden, wie ich es jetzt auch tu. Wärest du nur ein Mensch, dann dürfte ich das. Jetzt jedoch … Die Göttin steht über allem und ist unerreichbar, für mich."

Livs Herz schlug einen Moment schneller. Sie betrachtete Kisha im Schein der Sterne. Ihre Augen folgten den feinen Konturen von Kishas Gesicht ... den hohen Wangenknochen, den weichen Lippen.

Kisha bemerkte ihren Blick und hielt ihn … Ein sehnsüchtiger Ausdruck lag auf ihrem Gesicht und sie öffnete ihre Lippen einen Spalt. Ein Funke tanzte in der Luft zwischen ihnen, kaum greifbar, unsichtbar und doch unübersehbar. Liv wusste, dass dies der Moment war.

Langsam, ohne Hast, beugte sie sich vor. Ihr Atem vermischte sich mit Kishas, als ihre Lippen sich näherten. Ein letzter Hauch von Zweifel flackerte in Kishas Augen, dann schloss sie sie ... und gab sich dem Kuss hin. Es war kein fordernder Kuss, sondern einer, der von stiller Sehnsucht sprach. Von Verlangen, das sich in aller Vorsicht entfaltete, als wolle es nicht überstürzt werden. Kishas Lippen waren weich, warm und sie erwiderte den Kuss mit einer Zärtlichkeit, die Liv überraschte. Als sie sich langsam voneinander lösten, blieb ein leises Zittern in der Luft zurück. Kisha sah Liv an, ihre Wangen waren leicht gerötet. "Lilith…"

Kisha war noch ganz benommen von dem, was gerade geschehen war. Ihr Atem ging schneller und in ihren dunklen Augen lag ein Ausdruck, der irgendwo zwischen Staunen, Angst und Verlangen schwankte.

Liv ließ den Moment wirken. Sie zog sich nicht hastig zurück, ließ ihre Nähe bestehen, während ihre Fingerspitzen sanft über Kishas Wange strichen. Ihre Berührung war federleicht, fast so, als wollte sie prüfen, ob Kisha sich unter ihren Händen in Luft auflösen könnte. "Hast du Angst?" fragte Liv leise.

Kisha schluckte. "Nein … Ja … Du bist die Göttin. Du bist Lilith." Ihre

Stimme klang heiser ... unsicher aber auch voller Verlangen. Liv lächelte sanft. "Dann ist es also etwas anderes." Kisha senkte den Blick, als könnte sie so verhindern, dass die Göttin in ihr Innerstes sah. Doch es war zu spät.

Lilith legte sanft zwei Finger unter Kishas Kinn und hob ihr Gesicht wieder an. "Sag es mir." Dann legte sie ihre Hand auf das Knie von Kisha und erkannte erneut deren Reaktion, die eindeutig eine Reaktion der Erregung war.

Ein Zittern ging durch Kishas Körper. Sie öffnete die Lippen, schloss sie wieder. Ihre Stimme war kaum mehr, als ein Flüstern. "Ich weiß nicht, wie ich dich lieben soll ... ohne dich zu entweihen. Ich weis ja noch nicht einmal, ob du wirklich den Körper einer Frau angenommen hast oder nur das Gesicht."

Liv hätte jubilieren mögen. Kisha machte es ihr leicht, bereitete förmlich den Weg, den Liv nun nur noch beschreiten musste. Sie zog ihre Hand zurück, doch nicht weit. Ihre Finger blieben auf Kishas Knie ruhen, ihre Nähe spürbar. "Ich bin nicht unantastbar, Kisha."

Kisha schüttelte den Kopf, so heftig, dass ihre langen Haare flogen. Tränen standen in ihren Augen. "Doch, das bist du."

Liv strich mit den Fingern sanft über das Bein von Kisha. "Dann sag mir, Kisha ... fühlt sich das hier an, als würde ich mich deiner Verehrung entziehen?" Liv ließ ihre Hand sacht über Kishas Haut gleiten. Ein warmer Schauer lief durch die junge Prinzessin und sie zog zitternd Luft in ihre Lungen. "Nein ...", hauchte sie.

Die Nacht war still geworden. Selbst der Wind, der eben noch sanft durch die Vorhänge gestrichen war, hielt inne. Die Stadt unter ihnen existierte weiter, doch hier, in diesen Gemächern, gab es nur sie.

Lilith konnte sehen, wie Kisha kämpfte ... mit ihrem Verstand, mit ihren Gefühlen, mit dem, was sie zu wissen glaubte und es war genau dieser innere Zwiespalt, den Lilith wollte. Den sie brauchte.

Langsam, mit der Geduld einer Jägerin, die ihre Beute nicht verjagen wollte, lehnte sie sich noch ein wenig näher. "Du musst mich nicht fürchten, Kisha. Ich bin hier. Ich bin wirklich hier."

Kisha blinzelte, als hätte sie vergessen zu atmen. Dann, als hätte sie jede Vorsicht über Bord geworfen, schob sie zögernd ihre Hand auf Liliths. Es war eine so kleine Geste. Und doch hatte sie die Kraft, in diesem Moment alles zu verändern. Liv spürte die Wärme von Kishas Haut, das leise Zittern ihrer Finger.

"Lilith …" Es war kein Titel. Kein Gebet. Nur ein Name, gehaucht von Lippen, die ihn zum ersten Mal mit einem anderen Gefühl aussprachen, als dem Gefühl eines gläubigen Anhängers einer Gottheit.

Liv beugte sich erneut vor, diesmal langsamer, damit Kisha noch immer jede Gelegenheit hatte, sich zurückzuziehen. Doch die Prinzessin tat es nicht. Ihre Augenlider flatterten, bevor sie sich schlossen. Als sich ihre Lippen erneut fanden, war es kein erster, unsicherer Kuss mehr. Es war ein stilles Versprechen … Denn Kisha erwiderte den Kuss mit einem Verlangen, das fast greifbar war.

Liv beendete den Kuss. "Kisha, zwischen Göttern und den Königen gibt es Dinge, die nie das Ohr anderer Menschen erreichen dürfen. Dinge, die uralt sind und nur den Göttern und den Königen vorbehalten sind … und auch Prinzen und Prinzessin. Diese Dinge sind nicht für das Wissen der anderen Sterblichen bestimmt."

Sie setzte sich auf und zog ihre Tunika über den Kopf, ließ sie dann achtlos auf den Boden fallen. "Schau mich an, Kisha … Sehe ich aus, als würde meine Hülle nicht so sein, wie die Deine? Erinnere dich daran, was ich bin. Ich bin nicht nur die Göttin des Krieges und der Verwüstung. Ich bin auch die Göttin der Liebe und der Lust … Hast du noch immer Angst vor mir? Steife deine Tunika ab … und zeige mir, was du darunter zu verbergen versuchst. Du musst dich deines Körpers nicht schämen, denn du bist wunderschön."

Die Augen von Kisha hatten sich geweitet. Sie starrte auf die Brüste von Liv und fuhr sich mit ihrer Zunge über die Lippen. Fragend sah sie Liv an. "Götter und sterbliche teilen etwas miteinander? Etwas, dass niemand wissen darf? Was ein Geheimnis bleiben muss? … Was teilen sie alles? Bitte sage es mir, Lilith."

Liv lächelte sanft. "Sie teilen alles miteinander, was auch sterbliche miteinander teilen würden … völlig ohne Einschränkungen. Wichtig ist nur, dass beide es auch wirklich wollen und niemals mit einem anderen Menschen darüber reden. Es muss auf ewig ein Geheimnis bleiben."

Liv und Kisha

Kisha sah sie an. Ein Leuchten trat in ihre Augen und sie betrachtete die Brüste von Liv mit einem Ausdruck, der pure Begierde zeigte. Sie stand auf. Fast hastig streifte sie ihre Tunika ab. Sie trug ein knappes Oberteil aus feinem Leder und ein ebensolches Teil um die Hüften. Zögernd setzte sie sich wieder neben Liv. Diesmal jedoch so nah, dass ihre Hüften sich berührten. Sie hob ihre Hände, starrte auf die Brüste von Liv und ließ die

131

Hände dann langsam wieder sinken. Ihre Stimme war kaum mehr als ein Flüstern. Schüchtern und doch so voller Begierde. "Es verlangt mich nach dir, Göttin … Schon seit ich dich das erste mal sah. Ich wünsche mir, dich zu berühren … von dir berührt zu werden. Dich zu küssen und zu liebkosen. Deinen wunderschönen Körper zu erkunden und mich der Lust hinzugeben … Ist das ein Frevel, Göttin? Bin ich jetzt verdammt?"

Liv beugte sich etwas vor, strich Kisha sanft über die Wange. "Nein, Kisha, das ist kein Frevel … Sage mir, was du denkst, sage mir, wonach es dich verlangt."

Kisha zögerte. Dann schüttelte sie leicht den Kopf. "Ich kann es nicht in Worte fassen."

Liv neigte sich ein wenig näher. "Dann zeig es mir." Zögerlich hob Kisha die Hand, ließ ihre Fingerspitzen über Liliths Wange gleiten. Es war eine vorsichtige, fast ehrfürchtige Geste, als fürchtete sie, das göttliche Wesen vor ihr könnte sie in Rauch aufgehen lassen, wenn sie es zu fest berührte.

Liv schloss für einen Moment die Augen, genoss die Berührung, das leise Prickeln auf ihrer Haut. "Fühlt sich das an wie eine Göttin?" murmelte sie. Kisha atmete tief ein. "Ich weiß es nicht … Ich weiß nur, dass ich dich fühlen kann." Liv öffnete langsam die Augen, traf den suchenden Blick der Prinzessin. "Dann tu es." Kisha sah sie an. "Was?" Liv lächelte und strich mit der Hand zart über den Oberschenkel von Kisha. "Fühle. Fühle mich … und lass mich dich auch fühlen, wenn du das möchtest. Wichtig ist nur, dass du es wirklich möchtest."

Behutsam beugte Kisha sich vor. Liv spürte Kishas Atem an ihrer Haut, bevor sich ihre Lippen erneut trafen. Es war ein leiser Kuss, voller Hingabe und doch sanft wie die Berührung einer Feder. Liv ließ es zu, zog Kisha noch ein wenig näher. Ihre Finger fuhren durch das dunkle Haar der Prinzessin, vergruben sich sanft darin, während sich ihre Lippen in einem stillen Tanz fanden. Dann lösten sie sich voneinander. Kisha atmete hastig. Sie starrte auf die Brüste von Liv und erneut trat ein Ausdruck von Begierde in ihre Augen. Sie fuhr sich mit der Zunge über die Lippen. "Darf ich dich berühren? So wie ich einen Menschen berühren würde? So wie ich dich berühren würde, wärest du nur ein Mensch?"

Liv beugte sich vor und war mit ihren Lippen ganz nah am Ohr von Kisha, als sie ihre Antwort flüsterte. "Du darfst ... ich warte darauf und sehne mich danach. Ich habe so lange darauf gewartet." Sie lehnte sich wieder zurück und wartete, was Kisha nun tun würde.

Kisha starrte verlangend auf die Brüste von Liv. Dann hob sie ihre Hand und strich sanft über sie. Berührte flüchtig die Brustwarzen, die bereits aufgerichtet und hart waren. Ein leises Stöhnen drang aus dem Mund von Kisha. Dann beugte sie sich vor und küsste die Brustwarze, fuhr dann langsam dann mit ihrer Zunge darüber. Liv schloss ihre Augen, für einen Moment und genoss diese Zärtlichkeit, die ihren Körper in Wallung brachte. Ein wohliger Schauer floss durch Liv.

Liv lehnte sich langsam zurück. Ihre Hände suchten und fanden den schmalen streifen Leder, der das knappe Oberteil von Kisha hielt. Sie löste die Schleife und das Oberteil sank herab. Liv tastete sich langsam zu den Brüsten von Kisa heran und spürte, dass deren Brustwarzen sich ihr hart entgegen reckten. Sie strich sanft, mit ihren Fingern. über die Brustwarzen und hörte ein leises, nicht unterdrücktes Stöhnen von Kisha. Ein wohliges Stöhnen, welches von Verlangen und Lust kündete. Von einem Verlangen, welches uralt und mächtig war.
Kisha hob ihren Kopf. Sie atmete hektisch. Dann überraschte sie Liv. Sie schwang sich auf den Schoß von Liv, hielt sich an deren Schultern fest und reckte ihr dann ihre Brüste entgegen. Damit hatte Liv nicht gerechnet. Viel mehr hatte sie erwarte, Kisha langsam zu verführen. Sie war sich im Vorfeld nicht einmal sicher gewesen, wie weit sie bei Kisha gehen konnte. Nun stellte sich jedoch heraus, dass Kisha in Begriff war die Initiative zu ergreifen und dabei eine Lust deutlich werden ließ, die Liv nicht erwartet hatte.
Die Hände von Liv strichen sanft den Körper von Kisha empor. Sie zog Kisha etwa näher an sich heran und leckte langsam über deren harte Brustwarzen, die sich ihr entgegen reckten. Kisha atmete unregelmäßig, gab leise Laute der Lust von sich, während sie sich von Liv verwöhnen ließ. Liv war begeistert. Endlich wieder eine Frau ... Eine Frau zudem, die ihre eigene Lust auszuleben bereit war.
Die Hände von Kisha fuhren durch die Haare von Liv, zogen diese noch näher an sich heran. Dann ließ sie ihre Hände herab sinken, suchte und

fand die Verschnürung ihres knappen Unterteils. Sie löste, mit fliegenden Fingern die Verschnürung und das Unterteil sank herab. Hektisch tastete Kisha nach dem seitlichen Verschluss, der das Unterteil von Liv an deren Hüften hielt. Es gelang ihr schnell, den Verschluss zu öffnen. Geschickt streifte sie Liv das Teil ab und fuhr dann, mit ihren Fingern, kurz und sanft, über deren Schamlippen. Eine Berührung die Liv erschauern ließ.

Liv gab sich den Berührungen hin, fühlte, wie die suchenden Finger von Kisha durch ihre Schamlippen glitten und die Lustperle suchten. Kisha fand, wonach sie gesucht hatte. Mit sanften Bewegungen umkreiste sie die Lustperle, tippte sacht dagegen, zog ihre Finger wieder zurück und begann das Spiel von neuem. Kisha keuchte, vor Verlangen und Lust. Ihre Finger und Hände schienen überall zugleich auf dem Körper von Liv zu sein. Liebkosten und streichelten sie. Die beiden tauschten wilde, verlangende Zungenküsse aus, stöhnten sich gegenseitig ihr Verlangen in den Mund. Liv ließ ihre Hand zwischen die gespreizten Beine von Kisha gleiten.
Mit Befriedigung stellte sie fest, dass Kisha nicht nur feucht war, sondern geradezu nass, als wenn sie im warmen Wasser eines Badebeckens stehen würde. Liv ließ ihre Finger durch die leicht geöffneten Schamlippen von Kisha gleiten. Sie fand die Öffnung der Luströhre und schob sanft einen ihrer Finger ein kleines Stück dort hinein. Es fühlte sich fast so an, als wenn Kisha sie in ihren Lustkanal einsaugen wollte. Liv bemerkte, wie Kisha ihr den Unterleib entgegen reckte, den Finger noch viel tiefer in sich verspüren wollte. Zart schob sie ihre Finger etwas tiefer hinein, zog ihn ein kleines Stück heraus und ließ ihn dann wieder eindringen, in den feuchten, warmen Kanal. Kisha gab undefinierbare Laute von sich. Sie bebte am ganzen Körper.

Liv nahm ihre andere Hand zu Hilfe. Tastete sich damit an die Lustperle und berührte sie sanft. Fing an, sie zart zu umkreisen und dabei ständig zu berühren. Die Bewegungen von Kisha wurden hektischer, als Liv nun einen zweiten Finger in Kisha eindringen ließ. Sie bewegte ihre Finger erst nur langsam, dann jedoch schneller und tiefer. Die tastenden Finger von Liv suchten und fanden den etwas rauen Punkt unterhalb der Bauchdecke von Kisha, rieben nun sanft aber bestimmt darüber, während die Finger ein und aus gingen. Kisha hatte ihren Kopf an die Schulter von

Liv gelegt und hielt sich nun mit beiden Händen an deren Schultern fest. Ihr Unterleib bewegte sich unaufhörlich, drängte sich Liv entgegen. Sie gab leise Laute von sich, die ab und zu von tiefem Stöhnen unterbrochen wurden. Der Körper von Kisha begann zu Beben. Ein Erbeben, welches zuerst an den Beinen zu spüren war, dann weiter an Stärke gewann und schließlich den ganzen ganzen Körper von Kisha wild schüttelte. Die Prinzessin schrie laut und lustvoll auf. Sie warf ihre offenen Haare wild hin und her, klammerte sich an die Schultern von Liv und ließ sich dann, mit einem erschöpften Stöhnen an sie sinken. Es dauerte eine Weile, bis ihr Körper sich von dem Höhepunkt beruhigte und das Zittern nachließ.

Liv hatte die Arbeit ihrer Finger eingestellt und hielt Kisha jetzt sanft und liebevoll umschlungen. Sie strich ihr über Haare und Rücken, küsste zärtlich die Stirn von Kisha, die sich noch immer an Liv klammerte.
Kisha hob ihren Kopf und sah Liv an. In ihren Augen lag ein Ausdruck tiefer Dankbarkeit und Zuneigung. Kisha küsste Liv voller Verlangen auf die Lippen. Erneut tauschten sie lange, feuchte Zungenküsse aus.

Die Prinzessin rutschte von Liv herunter und kniete sich vor sie. Sie schob die Beine von Liv auseinander. Voller Verlangen sah sie auf die feuchten Schamlippen von Liv, zog diese etwas zu sich hin und versenkte dann ihren Kopf zwischen deren Schenkeln.

Liv keuchte kurz auf. Die Zunge von Kisha glitt durch ihre Schamlippen. Sanft aber mit Bestimmtheit. Liv legte den Kopf zurück und schloss die Augen. Leise Laute der Lust drangen aus ihrem Mund. Sie war schon oft dort geküsst oder geleckt worden. Kisha jedoch beherrsche die in absoluter Perfektion. Mal reizte sie nur die Schamlippen, mal ließ sie ihre Zungenspitze rasend schnell über die Lustperle tanzen, dann wieder legte sie mehr Gefühl in die sanften Bewegungen ihrer Lippen oder saugte zart an der Lustperle. Als sie nun noch ihre Finger zur Hilfe nahm überkam der Höhepunkt Liv mit einer ungeahnten Heftigkeit.
Der Körper von Liv bäumte sich auf, sie umklammerte die Schultern von Kisha und schrie ihren Höhepunkt heraus. Zitternd ließ sie sich zurücksinken. Kisha richtete sich auf und hauchte ihr zart einen Kuss auf die Lippen. "Danach habe ich mich verzehrt, seit ich euch das erste mal gesehen habe … Ich begehre euch und ich liebe euch."

7.

Städtegründer

Der Abend mit Prinzessin Kisha hatte viel verändert. Kisha stürzte sich geradezu auf die Aufgabe, mehr Sklaven für den Wiederaufbau der drei Siedlungen zu entsenden. Die Plantagen, die unter der direkten Kontrolle der Krone standen, standen als erstes auf der Liste von Kisha. Radikal ließ sie die hübschesten Frauen und kräftigsten Männer aussortieren. Liv war anfänglich etwas erstaunt gewesen, dass auch Männer unter den Sklaven waren. Sie hatte angenommen, diese würden ausschließlich als Sklavensoldaten dienen. Dann jedoch hatte sie erfahren, dass rund zwei Drittel der Männer bereits im jungen Alter, von unter zehn Sommern, aussortiert wurden, da sie den Ausbildern nicht genügend Aggressivität und mangelndes Aufopferungsverhalten zeigten. Die Ausbilder legten vor allem auf letzteres viel Wert. Hinzu kam die unbedingte Ausführung jedes Befehls, der erteilt wurde. Nicht alle der Jungen waren dazu in der Lage oder willens. Diese Jugendlichen wurden dann, nach mehrfachen Tests, ausgesondert und zur Arbeit auf den Plantagen heran gezogen, die unter der direkten Kontrolle der Krone standen. Liv verstand dies und befürwortete ein derartiges Vorgehen. Wachsende Sorgen bereitete ihr aber, dass auf den Plantagen jetzt zahlreiche Sklaven für die anfallende Arbeit fehlen würden. Wie würde sich das auswirken? Schließlich wurde dort ein Großteil der landwirtschaftlichen Erzeugnisse gepflanzt und geerntet, die in Tombalku täglich verbraucht wurden ... Liv war anfangs erschrocken gewesen, hatte sich jedoch von Kisha erklären lassen, dass es der Lebensmittelversorgung kaum spürbar schaden würde. Dafür sorgten dann die anderen Plantagen, die rund um Tombalku lagen.

Liv hatte Kwale diese Aussage prüfen lassen und von ihm die Aussage erhalten, man würde auf den Plantagen Erträge einfahren, die gerade noch verhinderten, dass die Sklaven die Peitsche zu spüren bekamen. Die Aufseher vernachlässigten ihre Aufgabe nicht alle, aber ein großer Teil von ihnen gab sich eher dem Müßiggang hin, als sich der zugewiesenen Aufgabe wirklich zu widmen. Die Erträge der Plantagen könnten deutlich höher ausfallen.

Zu diesem ernüchternden Ergebnis waren zuvor auch die beiden weiblichen Leibwächter von Kisha gekommen, die in Begleitung eines vertrauenswürdigen Schreibers die Plantagen aufgesucht hatten. Vier Tage hatten sie damit zugebracht sich ein genaues Bild zu machen und die Ergebnisse dann Prinzessin Kisha vorgelegt. Diese hatte reagiert und am folgenden Tage begann das Sortieren. Seitdem bewegte sich ein Zug von weit über tausend Sklaven, in Richtung der drei neuen Ansiedlungen. Rinder für die Viehzucht und schwer beladene Ochsenkarren wurden ebenfalls mitgeführt. Diejenigen Aufseher, die ganz eindeutig nicht für ihre Aufgabe geeignet erschienen, wurden in die Bergwerkssiedlung versetzt … Zusammen mit dem Hinweis, sollten sie sich in der Zukunft nicht anders verhalten, dann bestände die Möglichkeit, dass sie sich bald zum Wachdienst an der weit entfernten, nördlichen Grenze wiederfinden würden.

Die Handwerker und Händler von Tombalku, die jetzt die Chance nutzen wollten, sich in den neuen Ansiedlungen ein besseres Leben aufzubauen, waren damit beauftragt worden, als Wächter zu fungieren, bis man an den jeweiligen Ansiedlungen eingetroffen war. Liv war erstaunt gewesen, wie viele Handwerker diesen Schritt wagten und sich in den neuen Ansiedelungen nieder lassen wollten. Einige von ihnen gingen mit ihrer gesamten Familie und führten Karren mit sich, auf denen ihr Habe hoch getürmt war. Kleine Abteilungen von regulären Soldaten begleiteten den Zug ebenfalls, um zu verhindern, dass die Sklaven sich davonmachten.

Liv war beeindruckt, von der Planung und Umsetzung, die Prinzessin Kisha erkennen ließ. Sie hatte bereits früh erkannt, dass Kisha viel Weitblick und eine enorme Tatkraft besaß … Aber jetzt war sie doch erstaunt. Sie würde sich das für die Zukunft merken, beschloss sie. Kisha durfte von ihr keinesfalls unterschätzt werden.

Der Tag kam, an dem der junge König Chaka zurückkehrte. Liv wurde früh am Tag, durch eine der Tempelwachen darüber in Kenntnis gesetzt, man habe die lang gezogenen Kolonne des Königs gesichtet. Die Kolonne würde erwartungsgemäß vor der Stadt lagern und erst in zwei Tagen weiterziehen. Liv grinste innerlich, da sie wusste, Chaka würde sie an diesem Abend aufsuchen. Ihr war das durchaus recht. Sie würde mit Chaka lange Gespräche führen … und sich dann von ihm besteigen lassen. In Gedanken leckte sie sich bereits ihre Lippen. Es dürstete sie nach seinem jungen Körper und der Zärtlichkeit die er ihr jedes mal so schüchtern offenbarte.

Sie hatte ihre Pläne umgeworfen und sich einen neuen Zeitplan zurecht gelegt. Erst wollte sie sich mit Chaka und den neuen Siedlungen beschäftigen … dann später mit Konge. Ihr Plan, den jungen Krieger zu verführen und sich gefügig zu machen war unverändert.

Liv war zuversichtlich, dass Konge ihrem Verlangen nicht widerstehen konnte. Zu deutlich waren die Anzeichen der Begierde in ihm zu lesen. Außer Liv sollte dies niemand bemerkt haben, denn Konge hatte sich erstaunlich gut unter Kontrolle. Wenn sie am Abend jedoch zusammen das Waffenhandwerk übten und unbeobachtet waren, dann konnte sie diese Zeichen sehen.

Bei Chaka war sie sich bereits dessen unbedingter Loyalität gewiss. Der junge König würde alles tun, was Liv von ihm verlangte. Heute, am späten Abend, wenn er sie aufsuchte, dann würde er bekommen, wonach er sich so sehnte … und auch Liv würde erwartungsgemäß erhalten, was ihr Körper forderte.

Der Besuch von Chaka verlief, wie Besuche, die er gemacht hatte, bevor er aus Tombalku aufgebrochen war. Nicht lange, nach seiner Ankunft bei Liv hatte er sie bestiegen und sie mehrfach zum Höhepunkt gebracht. Sie liebte es, sein Gesicht zu sehen, wenn er tief in ihr kam.

Danach hatten die beiden lange miteinander gesprochen. Es war Liv wichtig, genau darüber informiert zu sein, wie viele Sklaven und welches Material und wie viel Vieh Chaka jetzt mitgebracht hatte. Sie war in Gedanken nahezu den ganzen Tag mit den drei Ansiedlungen beschäftigt, die sich bereits im Bau befanden. Die Berichte, die Liv von dort täglich erhielt waren vielversprechend.

Bereits am Tage, als Chaka nach Tombalku zurückgekehrt war, hatte Liv schnelle Läufer entsendet. Alle Menschen, die bereits in den drei neuen Ansiedlungen lebten sollten sich in sieben Tagen auf der Ebene vor der neuen Ansiedlung zusammenfinden, die einst Dulano gewesen war. Diejenigen die sich noch auf dem Wege befanden wurden noch während ihrer Reise von dem Befehl in Kenntnis gesetzt.

Chaka und sein langer Zug, sowie Prinzessin Kisha und Liv würden sich beizeiten auf den Weg machen und dann am siebten Tag ebenfalls dort eintreffen. Liv hatte lange mit Kisha darüber diskutiert. Die junge, schöne Frau war nicht nur unersättlich in der Leidenschaft sondern verfügte auch über Weitsicht. Sie hatte die Pläne von Liv vorbehaltlos unterstützt und erkannte die Möglichkeiten darin sofort, die sich dem Reich der Watambi damit, für die Zukunft boten.

Liv hatte der Unterstützung der Prinzessin viel zu verdanken. Ohne Kisha würden die Pläne sicherlich nicht derart schnell umgesetzt worden sein. Kisha war geradezu begeistert von dem Vorhaben und hatte vor Freude getanzt, als Liv ihr den Plan erklärte.

Mit der Hilfe von Prinzessin Kisha waren auch diejenigen Verwalter und Beamten ausgewählt worden, die am geeignetsten waren, um die neuen Ansiedlungen zu verwalten. Nicht nur, dass diese Männer treu zu Kisha standen, sie waren auch überzeugte Anhänger von Lilith. Ein Faktor, der für Liv entscheidend im Auswahlprozess gewesen war.

Liv und die Prinzessin hatten sich vor der gemeinsamen Abreise zu den neuen Ansiedlungen noch zweimal n den Gemächern von Liv getroffen. Liv war jedes mal aufs neue überrascht, von der Leidenschaft, die Kisha entwickelte, wenn sie zusammen das Bett und die Lust teilten. Bei ihrem letzten derartigen Treffen hatte Liv die Prinzessin dann gefragt, wo sie eine derartige Fertigkeit mit Zunge und Lippen gelernt habe.

Das Gesicht der Prinzessin hatte sich kurz verhärtet. Dann waren ihr Tränen in die Augen gestiegen. "Vor dem Bürgerkrieg hatte ich eine Dienerin. Wir standen uns sehr nahe … Ich denke, ich habe sie sogar ein wenig geliebt. Sie hat mich mit Sicherheit geliebt. Sie war es damals, die mich in diese Künste eingewiesen und darin unterrichtet hat. Während der Kämpfe wurde sie getötet, da sich sich im Palast aufhielt. Später habe ich mich an denjenigen, die das getan haben gerächt … Ich habe die beiden Männer ausfindig machen lassen, sie von meinen beiden, mir treu ergebenen, Leibwachen entführen lassen und dann selbst getötet. Es war eine sehr blutige Hinrichtung, bei der ich mit viel Zeit gelassen habe. Die beiden haben fast drei Tage gebraucht, um zu sterben und ich habe es genossen, sie leiden zu sehen."

Liv befand sich in einer gut gepolsterten Sänfte und strebte in Richtung Dulano, wie die neue Ansiedlung erneut genannt werden würde. Zwölf kräftige Männer trugen die Sänfte, in der Kisha jetzt Liv gegenüber saß. Chaka ging an der Spitze seiner Sklavensoldaten. Genauso, wie man es von einem Kriegerkönig erwarten durfte. Sie kamen langsam voran, aber die zeit war ausreichend bemessen. In zwei Tagen würden sie die Ansiedlung erreichen. Wäre Liv alleine unterwegs, würde sie nicht einmal einen Tag, für die Strecke benötigen. Es war jedoch keine Eile geboten und Liv nutzte die zeit, um mit der Prinzessin über viele Dinge zu sprechen. Bisweilen ging Chaka neben der Sänfte und die drei diskutierten dann zusammen über das eine oder andere Thema.

Liv stellte dabei fest, dass Chaka sich sehr für den Handel interessierte, den die Watambi mit den Nubiern, weit Nördlich von ihnen. Trieben. Der junge König hatte erkannt, wie viel Möglichkeiten dieser Handel bot und plante bereits diesen auszubauen. Allerdings bestand er darauf, vorher eine kleine Festung an der Grenze errichten zu lassen. Haka wusste um die Gier nach mehr Reichtum, die in den Nubiern tief verwurzelt war. Keinesfalls wollte er zulassen, dass Handelskarawanen von dort in das Reich der Watambi kamen und es dabei auskundschafteten … Diesen Karawanen folgten nicht selten große Trupps von Soldaten, wie der eine oder andere Nachbar der Nubier bereits feststellen musste. Das wollte König Chaka unbedingt vermeiden, da er die militärische Schlagkraft der Nubier fürchtete. Kisha war der selben Meinung und auch Liv erkannte den Sinn dahinter.

Die Watambi waren in ihrer Region zweifellos das stärkste Volk, jedoch dem mächtigen Volk der Nubiern eindeutig unterlegen, wenn es zu einem Krieg kommen würde. Auch Chaka hatte das erkannt und wollte an der Grenze, in einem engen Tal, durch das Reisende kommen mussten, seine Grenzfestung erbauen lassen. Dort konnte man einfallende Truppen aufhalten, da sich beiderseits der niedrigen, aber steilen, Bergzüge nur weitläufiges Sumpfland befand. Dort konnten man nicht in das Land der Watambi eindringen, sondern war dann gezwungen weite Umwege zu nehmen, die jeden Angreifer fast einen Mond kosten würden. Eine Zeit, in der ein Angreifer seine Truppen durch kleine Sümpfe und den dichten Urwald bewegen musste. Die Lage der Festung bot sich also geradezu an.

Die lang gezogene Kolonne überquerte einen Hügel und Liv konnte vor sich den Ort erkennen, wo einst die Stadt der Dulano gestanden hatte. Das war schon viele Jahre her. Die Stadt war seinerzeit abgebrannt worden und die Natur hatte sich das Land zurückgeholt.

Dort wo einst sorgsam gepflegte Felder gewesen waren und auch zwischen den kaum noch erkennbaren Ruinen der damaligen Stadt waren inzwischen junge Bäume gewachsen, Sträucher wucherten überall und es war kaum noch zu erkennen, dass hier einst Menschen gelebt hatten. Die Watambi und deren Skaven, die man bereits hierher entsendet hatte waren jedoch eifrig an der Arbeit gewesen. Das Zentrum der neuen Ansiedlung, bestehend aus dem Sitz des Stadthalters und seiner ihm unterstellten Beamten und Verwalter, sowie die wichtigsten Lagerhäuser und Vorratsspeicher waren bereits errichtet worden.

Die Baustelle von Dulano

141

Diese Gebäude waren aus gebrannten Lehmziegeln errichtet worden, wobei die Dächer traditionell gedeckt worden waren. Einige der Wohngebäude erhoben sich bereits ein Stück seitlich davon. Hier hatte man für die Wände Holz benutzt, da die Lehmziegel für die anderen Häuser verwendet worden waren. Neue mussten erst gebrannt werden. Liv sah den Rauch der Brennöfen, die anscheinend pausenlos in Betrieb waren, um den Bedarf zu stillen.

Auf der Ebene vor der ehemaligen Stadt hatten die Rodungsarbeiten bereits gute Fortschritte gemacht. Liv konnte erkennen, dass sich dort eine große Menschenmenge versammelt hatte und die Kolonne erwartete. Die anderen beiden Städte würden jetzt verlassen sein. Lediglich zehn der regulären Soldaten, die den jeweiligen Stadthaltern zugestanden wurden waren dort verblieben. Das war die Hälfte von des Kontingents, welches den jeweiligen Stadthaltern zur Verfügung stand. Die übrigen zehn Soldaten waren ebenfalls erschienen, wie der Befehl es vorgesehen hatte. Sie raren gut an ihren glänzenden Speeren zu erkennen und standen und der Nähe ihrer Stadthalter sowie deren Beamten und Verwaltern.

Die freien Menschen jubelten laut, als die Kolonne sich nun näherte. Die Sklaven blieben schweigsam, sanken aber sofort auf ihre Knie und beugten tief ihr Haupt. Von Sklaven wurde auch kein anderes Verhalten erwartet.

Die Kolonne hielt vor der Menge. Die Sänfte wurde abgesetzt und Kisha stieg aus. Sie trat neben ihren Halbbruder und der Jubel wurde lauter. Die beiden schritten zu einem mannshohen Bretterstapel und erklommen ihn von der Rückseite, von die Bretter fast wie Stufen übereinander lagen. Liv wartete noch einen Moment und stieg nun ebenfalls aus der Sänfte. Nahezu schlagartig erstarb der Jubel um dann jedoch erneut, geradezu ohrenbetäubend anzuschwellen, als nun auch die Sklaven laut den Namen der Göttin riefen und ihre Stirn auf den Boden drückten.

Liv folgte dem Weg, den auch Kisha und Chaka genommen hatten. Sie stellte sich neben die beiden, wobei sie beide deutlich überragte. Chaka gab seinen Soldaten ein kurzes Handzeichen. Mehrere der Soldaten setzten jetzt ausgehöhlte Büffelhörner an die Lippen und bliesen mit aller kraft hinein. Dröhnend und etwas schrill erklangen die Töne. Langsam wurde die Menge ruhiger und drängte sich nun langsam vor dem Stapel zusammen. Freie Menschen aber auch Sklaven wollten den dreien jetzt so nah wie möglich sein. Chaka musterte die Menschenmenge, die etwa einem Halbkreis ähnelte. Er trat einen halben Schritt vor und hob seine Hand. Stille setzte endgültig ein. "Ihr Menschen der Watambi und auch ihr Sklaven … Hört, was euch verkündet wird."

Nun trat Prinzessin Kisha vor. Ihre klare Stimme war bis in die letzten Reihen vernehmbar. "Wir haben uns entschieden, die alten Städte der Dulano, Onura und Ulumara wieder neu zu errichten … Das hat uns die Göttin Lilith angeraten. Hier sollt ihr euer neues Heim finden und zu Wohlstand kommen. Das Reich und auch die Krone werden euch bei der Neuerrichtung helfen … Es gibt jedoch etwas, das wirklich für euch alle völlig neue Umstände schaffen wird. Dies wird euch jetzt von unserer verehrten Göttin in eigener Person mitgeteilt, da diese Anweisung direkt von ihr kommt. Der König und auch ich, als die Prinzessin der Watambi, beugen uns nicht nur dem Entschluss der Göttin sondern unterstützen ihn mit all unserer Kraft."

Kisha und Chaka traten etwas beiseite und verbeugten sich tief vor Liv, die nun einen Schritt vortrat und fast am Rande des Stapels stehenblieb. Sie blickte über die Menge, holte tief Luft und begann dann, mit weithin hallender Stimme zu sprechen. "Ihr alle sollt diese Städte neu errichten. Ihr sollt hier euer Glück finden und dem Reich der Watambi zu mehr Größe verhelfen. Das ist eine schwere Aufgabe und es liegt viel Arbeit vor euch … Doch der Lohn dafür ist ein anderer, als viele denken. Es ist nicht nur die Möglichkeit der Handwerker und Händler hier zu Ansehen und Reichtum zu gelangen … Es ist auch der Weg zur Freiheit."

Sie blickte kurz hinab, wo eine junge Sklavin neben einem Handwerker stand, der unauffällig ihre Hand in der seinen hielt. Liv lächelte. "Der Lohn für die Sklaven, die hierher gebracht wurden ist anders … ICH GEBE EUCH DIE FREIHEIT … Ab jetzt seid ihr freie Menschen und freie Bürger des Reiches der Watambi. Erschafft euch hier eure eigenen Zukunft. Erbaut die Stadt neu. Bearbeitet die Felder und hütet das Vieh. Arbeitet mit den Handwerkern und Händlern. Tut es mit dem Eifer, wie freie Menschen es tun, denn ihr seid jetzt frei. Ihr arbeitet jetzt für eure eigene Zukunft."

Einen Augenblick herrschte ungläubige Stille. Dann wurden Freudenrufe laut und die ganze Menge rief den Namen der Göttin. Immer wieder erschallte der Ruf … LILITH, LILITH, LILITH. Liv hob ihre hand und es wurde langsam stiller. Sie wartete noch einen Moment und wandte sich dann zu den Sklavensoldaten, die sich vor dem Standort von Liv, Kisha und Chaka aufgereiht hatten. "Auch die treuen Dienste der hier anwesenden Sklavensoldaten sollen belohnt werden. Auch ihr erhaltet von mir heute die Freiheit. Ihr sollt in den drei neuen Städten Garnisonen errichten und dort euren Dienst als Soldaten tun … Aber als freie Soldaten, denen es gestattet ist sich eine Frau zu nehmen und Familien zu gründen. So habe ich gesprochen und so wird es geschehen. Geht nun hin, als freie Menschen."

Diesmal war der Jubel fast noch größer. Liv lächelte. Sie war zuversichtlich, mit dieser Entscheidung hatte Lilith die unverbrüchliche Loyalität dieser Sklaven errungen. Etwas, was niemand mehr ändern könnte, denn diese Menschen würden bis zum Tode für sie einstehen. Die Freiheit war ein Preis, der von vielen freien Menschen unterschätzt wurde. Nur wer in der Knechtschaft gelebt hatte, wusste die Freiheit wirklich zu würdigen … und Liv hatte nun Truppen zur Verfügung, die jeden ihrer Befehle sofort und konsequent ausführen würden.

Bei den bereits freien Menschen tendierte die Loyalität zwischen Kisha und Chaka. Diese ganzen Sklaven jedoch, die nun in die Freiheit entlassen worden waren würden zwar irgendwann entweder den König oder die Prinzessin mal mehr mal weniger, in deren Entscheidungen unterstützen. Im Herzen jedoch standen sie treu zu Lilith und diese Treue würden sie auch an ihre Kinder weitergeben und niemals brechen.

Sie blieben zwei Tage in der neuen Stadt. Chaka, Kisha und Liv führten viele Gespräche mit den dort nun lebenden Menschen und begutachteten die Baufortschritte. Die zukünftigen Bewohner von Onura und Ulumara hatten bereits singend und zufrieden ihren Weg in ihre neuen Stadte angetreten. Liv, Kisha und Chaka würden auch bald aufbrechen, um nach Tombalku zurückzukehren. Die Leibwache des Königs und die Leibgarde von Liv würden die Reise sichern.

Die Rückreise war eintönig und Liv genoss es, sich mit Kisha zu unterhalten, die ihr gegenüber auf den Kissen der Sänfte lag. Chaka marschierte neben der Sänfte und machte ein zufriedenes Gesicht. Liv wandte sich ihm zu. "Du wirkst sehr zufrieden Chaka. Was ist der Grund dafür?" Chaka grinste breit, als er antwortete. "Nun, da die neuen Städte im Bau sind kann ich mich endlich der Aufgabe widmen, die mich so sehr beschäftigt. Ich will endlich die Festung an der Grenze zum Land der Numidier errichten. Bisher ist es nur ein besseres Lager, mit klapprigen Hütten, welches von einer Palisade umgeben wird. Ich plane, dort eine Festung zu errichten, die ihren Namen verdient … Und dicht bei der Festung eine Siedlung, die uns auch als Handelsplatz dienen kann."

Kisha hatte aufmerksam zugehört. "Die Notwendigkeit der Festung verstehe ich. Aber warum einen Handelsplatz? Und woher sollen die Arbeiter kommen?"

Chaka hatte vor ihrer Abreise in Tombalku mit Liv über das Thema gesprochen. Das wusste Kisha aber nicht, ganz im Gegensatz zu Liv, die diese Pläne ersonnen hatte und nun antwortete. "Die Sklaven für den Bau holen wir uns aus den Landwirtschaftsdörfern und dem Bergbaudorf. In unseren neuen Städten dürften innerhalb des kommenden Jahres etwa tausend weitere Menschen eine Heimat finden. Überwiegend Männer denke ich, da es dort viele ungebundene, junge Frauen gibt. So etwas ist schon immer ein Anziehungspunkt gewesen. Wir müssen nur darauf achten, dass nicht zu viele dort ihr Glück suchen … Wenn die Festung und das dortige Dorf mit dem Handelsposten fertig sind, dann gründen wir noch eine weitere Stadt, die zwischen den Dörfern und Tombalku liegen soll. Somit haben die Menschen immer etwas, wonach sie streben und die Sklaven werden sehr viel williger arbeiten, in der Hoffnung ebenfalls irgendwann die Freiheit zu erlangen. Die Festung mit dem anschließenden Dorf und dem Handelsposten werden unserem Handel sehr nützlich sein, unsere Grenze schützen und zudem auch ein Ort sein, wo unsere Karawanen sich vor der Weiterreise erholen … Ich begrüße diese Idee. Sie hat viel Potential, für das Reich der Watambi."

8.

··

Begierde und Pläne

··

Wieder war Konge zum abendlichen Kampftraining erschienen. In seinen Gedanken hatte er sich den ganzen Tag auf die nun bald folgenden Übungskämpfe vorbereitet. Wieder begann der Abend, auf der Dachterrasse, mit dem Waffentraining. Drei Waffengänge bestritten sie und jedes mal unterlag Konge, dem Geschick von Lilith. Die Göttin trat zwei Schritte zurück und musterte ihn nachdenklich. "Du bist besser geworden, Konge … Viel besser, als zu Anfang unseres gemeinsamen Trainings. Wir werden nun den waffenlosen Kampf üben … Lass uns den Ringkampf üben, denn ein Krieger muss sich auch ohne Waffen wehren können."

Sie lächelte. "Heute jedoch werde ich es dir etwas schwerer machen. Du wirst keinerlei Möglichkeit bekommen, mich durch den Griff an die Kleidung aufzuhalten. Wir werden also nackt miteinander Kämpfen. Ich habe bereits ein Fläschchen mit Öl bereit gestellt, mit dem wir unsere Körper einölen werden. Das wird also eine weitere Schwierigkeit für diesen Kampf."

Konge schluckte krampfhaft. Nackt? Was, wenn die Göttin sah, wie sein Körper auf sie reagierte? Wenn sie erkannte, dass er Gefühle für sie hegte, die ein sterblicher gegenüber einer Göttin wohl kaum zeigen durfte. Schon der Gedanke, an ihren fleischlichen Körper … Die schlanken Beine, der wiegende Gang und wie ihr Hintern dabei schwang. Bereits der bloße Gedanke, an diese Brüste, der ihn auch in seinen Träumen verfolgte … und das Gesicht. Ein Gesicht, so wunderschön, dass er sich nie daran sattsehen konnte. Wie würde sie darauf reagieren, wenn sie sah, wie sein Körper auf sie reagierte? Angstschweiß trat auf seine Stirn. Der Befehl der Göttin war jedoch Gesetz für ihn. Mochte sie ihn auch zur Strafe nun gleich zu Staub zerfallen lassen, er würde mit Freude sterben, wenn sie dies verlangte. Er seufzte und begann seine Kleidung abzulegen. Aus den Augenwinkel heraus sah er, wie Lilith ihr kurzes Obergewand abstreifte. Konge schluckte erneut. Die Göttin trug nicht einmal ein Lendentuch darunter. Der Mond beleuchtete ihren Körper in aller Deutlichkeit. Dieser Körper, der jeden Mann um den Verstand bringen musste. Er wandte eilig seinen Kopf ab, atmete tief durch.

Er bemerkte Lilith erst, als sie plötzlich dicht neben ihm stand und das Ölfläschchen reichte. Er sah ihr Lächeln und erneut wurde ihm fast schwindelig. Hastig begann er damit, seinen ganzen Körper mit dem wohlriechenden Öl einzureiben. Seine Augen wanderten zur Göttin, die ein Stück neben ihm stand und ihm den Rücken zuwandte, sich nun weit vorbeugte und ihre Unterschenkel mit dem Öl einrieb. Konge blickte wie erstarrt auf den Anblick. Sie reckte ihm förmlich ihren Hintern entgegen und als sie sich erneut tief bückte, dabei ihre Beine spreizte, konnte er ihre Schamlippen erkennen. Hastig wandte er seinen Kopf ab.

Endlich war er fertig und richtete sich auf. Die Göttin war bereits zu dem Teil der Dachterrasse hinüber gegangen, der mit weichen, dicken Flechtmatten ausgelegt war. Dort, wo sie bereits zuvor schon mehrfach den Ringkampf geübt hatten. Konge folgte ihr langsam.

Liv sah ihn näher kommen. Mit Wohlgefallen sah sie seinen bereits etwas erregten Penis, der langsam im Takt der Schritte hin und her pendelte. Die großen Hoden wirkten prall. Innerlich grinste sie zufrieden. Heute würde sie die Treue von ihm bekommen, die ein Mann der Frau gab, die er begehrte. Nicht nur die Ergebenheit eines Gläubigen sondern noch mehr. Lange hatte sie auf diesen Abend hingearbeitet und spürte bereits, wie eine Welle der Lust durch ihren Körper strich … Endlich, war der Abend gekommen.

Konge blieb vier Schritte von ihr entfernt stehen und ging dann in Kampfhaltung. Vier Kämpfe bestritten sie gegeneinander. Jedes mal wurde Konge zu Boden geworfen. Auf die dicken Matten, die den Aufprall linderten und verhinderten, dass er sich ernsthaft verletzen konnte.

Erneut nahmen sie Aufstellung. Liv genoss den Kampf. Das Gefühl der Überlegenheit und den Reiz, wenn sich ihre eingeölten Körper berührten. Sie hatte jedoch auch bemerkt, dass er davor zurückschreckte, sie an den Brüsten zu berühren. Sie sah jedoch auch seinen Blick, indem so viel mehr zu lesen war, als nur die Konzentration auf den Ringkampf. Jetzt war es an der Zeit dieses Geplänkel langsam enden zu lassen. Sie grinste. Er näherte sich ihr mit einem Sprung, wollte ihren Arm packen, glitt jedoch an der eingeölten Haut ab. Liv bückte sich etwas, ließ ihr Bein weit ausholend herum schwingen und riss ihm somit die Beine unter dem Körper weg. Er fiel rückwärts um, versuchte den Fall noch zu stoppen. Mit einem Satz war Liv über ihm, schwang sich auf seinen Hüften und hielt seine Handgelenke fest umfasst. Sie drückte seine Arme auf den Boden. Sie lachte Leise, als er nun schwer atmend unter ihr lag, war sich bewusst, dass ihre vollen Brüste vor seinem Gischt schwangen. Ihre Brüste, deren Brustwarzen nun hart wurden und sich keck empor reckten. Sie beugte den Kopf etwas zu ihm herab. Ihre Stimme war kaum mehr, als ein Flüstern. "Du bist abgelenkt, Konge ... Was lenkt dich ab, mein stolzer Krieger?"

Seine Augen wanderten von Ihren Brüsten zu ihrem Gesicht. Sie sah, wie er nach Worten rang. "Göttin ... ich ... ich ..." Sie sah ihm in die Augen, sah seine Blicke, die immer wieder kurz auf ihren Brüsten verharrten. Liv lächelte. "Du bist mein Auserwählter Krieger, Konge ... Der Krieger, der mir am nächsten sein soll. Sprich frei und sage, was du denkst ... und sage mir, was bin ich, für dich?"

Er holte tief Luft. "Ihr seid die Göttin ... Die einzig wahre Göttin. Die Göttin des Krieges und ich würde jederzeit freudig für euch in den Tod gehen, wenn ihr es von mir verlangt ... Verzeiht mir, oh Göttin, aber eure Hülle versetzt mich in Unruhe. Ich kann nicht klar denken, wenn ich euch sehe ... und gerade jetzt gehen mir Dinge durch den Kopf, die unangemessen sind. Dinge, die ein sterblicher nicht empfinden darf."

Liv beugte sich noch etwas weiter vor bewegte dadurch ihre Brüste noch näher an ihn. Sie ließ seine Handgelenke los. Ihre Stimme war nun schmeichelnd und sanft ... fast zärtlich. "Bin ich nur deine Kriegsgöttin Konge? Bitte denke nach. Ich bin auch die Göttin der Liebe und der Lust. Ich bin alles zugleich ... und du bist der Krieger, den ich von allen ausgewählt habe." Sie spürte, wie sein Penis sanft gegen ihren Hintern tippte und ging noch einen Schritt weiter.

Liv fasste nach hinten, umfasste seinen Penis und stellte zufrieden fest, dass dieser schon hart und Steif war. Sie beugte ihren Kopf noch weiter zu ihm. "Eine Göttin und ihr ganz persönlicher Krieger haben eine Bindung, die kein anderer Sterblicher begreifen kann ... und von der niemand jemals erfahren darf. Ich weis, was dich ablenkt, Konge. Ich spüre es in meiner Hand. Denkst du, wenn wir alleine sind, würde es der Göttin der Lust und der Liebe missfallen, wenn sie sieht, wie du auf meinen Körper reagierst? Glaubst du nicht, dass ich das schön finde, dass ich Gefallen daran empfinde, wenn du mir somit zeigst, was du für mich empfindest?" Sie lächelte ihn an und begann sanft seinen Penis zu reiben. "Ich denke, du bist abgelenkt, weil Begehren in dir ist, Konge." Sie seufzte leise. "Du hast hart trainiert und ich bin stolz auf dich ... Dafür sollte ich dich belohnen. Auf eine Art belohnen, wie es nur die Göttin der Lust und der Liebe tut ... und nicht die Kriegsgöttin."

Sie ließ seinen Penis los und stieg von ihm herab. Dann legte sie sich neben ihn und ergriff seinen Penis erneut. "Die Krieger opfern mir ihr Blut. Mein auserwählter Krieger muss mir aber mehr opfern." Sie beugte sich etwas zu ihm hin, sah ihm in die Augen. "Mein auserwählter Krieger aber opfert mir auch seinen Samen ... Bist du bereit vollends mein auserwählter Krieger zu sein, Konge? Sage mir, was du empfindest und wonach es dich verlangt ... Sprich es laut aus, Konge."

Seine Lippen zuckten und er schien mit sich zu ringen. Sie sah die Scham in seinem Blick und zugleich das Verlangen. Dieses Verlangen, welches sie schon bei vielen Männern gesehen hatte.

Dann brachen die Worte aus ihm heraus, wie ein Wasserfall. "Oh Göttin, ich habe jeden Tag und jede Nach euer Bild vor meinen Augen. Ich kann an nichts anderes Denken, als daran, wie es wohl wäre, mit einer Frau wie euch die Lust zu teilen ... Diesen Körper zu berühren und selbst berührt zu werden." Tränen der Scham traten in seine Augen. "Ich kann nicht anders. Oft mache ich es mir selbst, im Dunkel der Nacht und stelle es mir vor ... vergebt mir, oh Göttin, denn ich bin nur ein fehlbarer Mann, der euch treu ergeben ist und doch so sehr von seinem Verlangen erfüllt ist."

Liv lächelte triumphierend. Sie hatte ihn dort, wo sie ihn haben wollte. Er hatte sich endlich offenbar. Das ausgesprochen, was sie selbst längst wusste, da sein Verlangen für sie klar erkennbar war.

Sie setzte sich auf, hielt weiterhin seinen harten Penis umfasst und rieb diesen. Er stöhnte. Liv blickte auf sein aufgerichtetes Organ. Er war jung und hatte noch nicht viel Erfahrung. Er würde heute mehr als nur einmal spritzen können. Zuerst jedoch musste der erste Druck aus ihm heraus, damit er danach ausdauernder war. Langsam rieb sie den harten Penis und betrachtete ihn dabei voller Genuss.

Sie musterte ihn, mit einem Lächeln, um ihre Lippen. Ihre Stimme war leise und sehr sanft. "Steh auf und stell dich vor mich, Konge … Zeige mir, was du tust, wenn du alleine bist und an mich denkst."

Er stand auf, stand nur eine Armlänge vor ihr und atmete schwer. Der Blick von Liv war auf seine aufgerichtete Männlichkeit gerichtet, nach der es sie verlangte. Sie legte ihre Hände unter ihre vollen Brüste und hob sie ihm entgegen. "Zeige es mir, Konge … Zeige mir, was du tust, wenn du an mich denkst und die Lust nach dir greift."

Er überwand seine Furcht. Sah ihre Brüste, ihren Körper, der jetzt vor ihm kniete und den verlangenden Blick. Seine Hand griff nach vorne, umfasste seinen Penis und begann diesen zu reiben. Gebannt schaute Liv zu, wie er sich vor ihr befriedigte. Sah, wie er dabei seine Vorhaut ganz zurückzog und sah auch seinen Blick, in dem nun das pure Verlangen zu lesen war. Mit einer Hand griff sie nach ihm, begann seine Hoden sanft zu massieren, was ihm ein Keuchen entlockte. Schneller rieb seine Hand an seinem Penis. Begeistert sah sie auf die Eichel, die so nahe vor ihr war. Dort würde schon bald sein Samen herausquellen. Ein Anblick, den Liv schon immer bei Männern gemocht hatte, da er ihr Lust bereitete.

Sie sah seinen Blick, der auf ihren Brüsten ruhte, hörte auch seinen keuchenden Atem. "Weiter so, Konge … Spritz ab. Spritz ab und zeige mir dein Verlangen … Spritz mir deinen Saft entgegen, es verlangt mich danach."

Sie fühlte, wie sich seine Hoden zusammenzogen, starrte gebannt auf seine Eichel. Dann stieß Konge ein tiefes Keuchen aus. Dicke Fontänen seines Samens schossen aus seinem Penis. Spritzten Liv über die Brüste. Die Fontänen schienen Liv kaum enden zu wollen. Immer neue Schübe spritzten ihr entgegen. Dann versiegten sie. Liv schaute Konge in das Gesicht, in dem jetzt eine unendliche Befriedigung zu lesen war.

Sinnend betrachtete sie den nun etwas schlaffer werdenden Penis von Konge. Er hatte etwa die selbe Länge, die auch Chaka vorweisen konnte. Jedoch war der Umfang von Konge etwas größer. Liv lächelte. In der Zukunft konnte sie ihre Lust also ganz nach Belieben ausleben. Genug Auswahlmöglichkeiten besaß sie nun … Und sie war zuversichtlich, dass weder Kisha noch Chaka oder Konge jemals auch nur ein einziges Wort darüber weitergeben würden. Sie tippte in das Sperma, welches nun langsam ihre Brüste hinab lief und kostete davon. Ein Lächeln zog über ihr Gesicht.

Sie richtete sich auf und legte Konge sanft die Hand an die Wange. Dann beugte sie sich vor und küsste ihn zart auf die Lippen. Er sah sie erstaunt an und sie könnte ein Grinsen nicht unterdrücken, als nun ein Ausdruck der Verzückung über sein Gesicht huschte. "Das hast du gut gemacht, Konge. Ich bin sehr zufrieden."

Sie stand auf und schritt zu der Liege hinüber, die seitlich der matten stand und ließ sich nieder. Wohlig streckte sie sich und sah ihn dann an. "Du darfst mir meine Beine massieren, Konge … nehme das Öl dafür. Mein Körper braucht jetzt Entspannung."

Sie hatte kaum ausgesprochen, da griff sich Konge bereits das kleine Ölfläschchen und eilte zu ihr. Etwas ratlos stand er neben der Liege und sah sie dann fragend an. Liv lächelte verführerisch. "Setze dich an das Fußende. Beginne mit meinen Waden … Trau dich, Konge. Du darfst mich berühren."

Konge kniete sich zwischen ihre Füße, träufelte Öl auf seine Hände und begann damit die Waden von Liv zu massieren. Liv spreizte ihre Beine etwas und genoss die wohltuende Massage. Sie beobachtete Konge, dessen Blick immer wieder ihre Beine hinauf wanderte und dann für einen Augenblick an den entblößten Schamlippen von Liv verharrte. Sie lächelte zufrieden, als sie erkannte, wie sehr ihn der Anblick in den Bann zog. Sie spreizte ihre Beine noch etwas weiter und gab ihm somit einen besseren Einblick auf ihre feuchten Schamlippen. Liv sah das kaum unterdrückte Aufleuchten seiner Augen. Kurz huschten ihre Augen zu seinem Unterleib, wo sich seine Männlichkeit bereits regte. "Massiere mir auch meine Oberschenkel, Konge … Lasse dir Zeit dabei."

Während er neues Öl auf seine Hände träufelte und nun sanft begann, ihre Oberschenkel zu massieren, seufzte Liv leise. Die Berührungen taten ihr nicht nur gut sondern ließen auch leichte Lustgefühle durch sie strömen. Als er sich ihren Hüften näherte wurde sein Atem tiefer. Immer wieder verharrte sein Blick an ihren leicht geöffneten Schamlippen.

Liv hob ihren Kopf und sah ihm in die Augen. "Als du deinen Mannbarkeitsritus vollzogen hast … die Sklavin die du damals gestoßen hast … Wie war das für dich, Konge? Wie hast du es getan?"

Er blickte sie schamhaft an. "Ihr Gesicht war verhüllt und ihr Körper ebenso. Nur ihr Unterleib war nackt. Sie bückte sich vor mir … ich habe sie von hinten genommen." Er runzelte nachdenklich seine Stirn. "Es war einfach nur der Ritus. Ich war schnell fertig und sie richtete sich danach auf und ging … Es hat mich befriedigt aber es hat mir irgendwie etwas gefehlt … Ich kann es nicht in Worte fassen, Göttin." Erneut schweifte sein Blick zu ihren Schamlippen, wanderte hoch zu ihren Brüsten und verharrte dort, für einen winzigen Moment."

Liv sah, dass sich seine Männlichkeit langsam weiter aufrichtete. Sie lächelte. Jetzt würde sie bald das bekommen, wonach ihr Körper schrie. Sie legte ihren Kopf zurück und schloss die Augen. "Massiere mir auch den Oberkörper, Konge … lasse keine Stelle dabei aus."

Konge schluckte krampfhaft. Mit zitternden Händen tröpfelte er erneut Öl auf seine Hände. Dann fing er an ihren Bauch zu massieren, ließ seine Hände dann langsam weiter empor wandern. Kurz unterhalb ihrer Brüste stockte er, sah sie fragend an. Liv hob ihren Kopf. "Komm näher zu mir und mache weiter … Ich mache dir etwas mehr Platz." Mit diesen Worten spreizte sie ihre Beine noch weiter.

Langsam rutschte er auf seinen Knien dichter an sie heran. Sein aufgerichteter Penis erhob sich über ihren Schamlippen und er biss sich auf die Lippe. Gefühlvoll fing er an, ihre Brüste zu massieren, starrte dabei voller Faszination auf ihre aufgerichteten Brustwarzen, die ihn fesselten. Wie oft schon hatte er sich ihre unbedeckten Brüste vorgestellt, wenn er alleine in seiner Kammer war und sich selbst befriedigte.

Liv ließ ein leises Stöhnen hören und er verharrte reglos. Sie lächelte ihn an. "Gefallen dir meine Brüste, Konge? Erregen sie dich?" Stumm nickte er. Seine Augen waren wie festgehalten an den Brüsten, über die seine Finger nun strichen. Er fuhr sich mit der Zunge über die Lippen, sah dann Liv an, die ihm zulächelte. Dann, ganz unvermittelt setzte sich sich auf, umfasste seine Hände und drückte diese gegen ihre Brüste.

Ihre Stimme war nur ein Flüstern. "Ich will, dass du meine Brüste küsst. Ich mag das. Ich will deine Lippen und deine Zunge darauf spüren, mein Krieger. Zeige mir, wie sehr deine Göttin dich erregt."

Dann lehnte sie sich wieder Zurück. Konge musste sich jetzt mit seinen Armen abstützen, um diesem Wunsch seiner Göttin nachzukommen. Sehr zaghaft hauchte er einen ersten Kuss auf ihre linke Brust, küsste dann auch die rechte. Er blickte in ihr Gesicht, sah dass sie ihre Augen geschlossen hatte aber lächelte. Mutiger werdend leckte er nun sanft über eine der Brustwarzen. Er glaubte sich fast in einem Traum. Das, wonach er sich so oft gesehnt hatte wurde hier gerade wahr.

Wie ein kleines Kund begann er an den Brustwarzen zu saugen, umfasste eine der vollen Brüste mit der Hand und strich sanft über die dortige Brustwarze. Er fühlte sich fast wie in einem Rausch und bemerkte nicht, wie seine Göttin unter ihm zu stöhnen begann. Was er dann jedoch bemerkte, waren ihre Finger, die sich zu seiner Männlichkeit tastete und diese, sanft aber sehr bestimmt, umfassten. Die Göttin rieb die Spitze seines harten Penis an ihren feuchten Schamlippen, als suche sie etwas. Er spürte ihre Lippen an seinem Ohr und dann hörte er ihre leisen Worte. "Jetzt, Konge … Jetzt schiebe mir deinen Schwanz hinein. Ich will dich in mir fühlen. Ganz tief in mir. Komm in mich, mein Krieger."

Liv hatte seinen Penis direkt vor ihre Luströhre dirigiert. Sie legte ihre andere Hand an seine Hüfte und zog ihn etwas zu sich. Langsam drang er, mit der Eichel in sie ein. Ein wundervolles Gefühl. Liv legte nun auch die andere Hand an seine Hüfte. Mit langsamen Bewegungen zeigte sie ihm, wie weit er in sie eindringen sollte, bevor er sich wieder aus ihr zurückzog. Sie spürte seinen warmen Atem an ihrer Brust, hörte sein leises Stöhnen. Sie spreizte ihre Beine etwas weiter und zog ihn dann ganz an sich heran. Sie hörte sein Keuchen, als er gänzlich in sie eindrang und ließ jetzt selbst ein wohliges Keuchen aus ihren Lippen dringen. Selten war sie derart wunderbar ausgefüllt worden. Ein Gefühl von ungeahnter Lust strömte durch ihren Körper. Fester umfasste sie seine Hüften, gab sich hemmungslos ihren Lustgefühlen hin. Liv gab, mit ihren Händen, die seine Hüften umklammerten, den Takt vor, als er nun anfing sich in ihr zu bewegen. Sie hörte sein leises Keuchen, in dem das Verlangen nicht zu überhören war. Sie küsste sanft sein Ohr, leckte über sein Ohrläppchen. "Jetzt stoße mich tief und fest, Konge. Zeige mir, dass du mein Krieger bist. Zeige mir dein Verlangen und deine Lust."

Konge war nicht in der Lage, diese Gefühle zu beschreiben, die ihn jetzt durchströmten. Dieses Gefühl tief in seine Göttin einzudringen. Seine Männlichkeit von ihr umschlingen zu lassen. Sie war warm, feucht und eng. Umschloss ihn so unbeschreiblich. Er hatte das Bedürfnis, immer weiter in sie zu versinken. Ihr all das zu geben, was sie verlangte und selbst dabei diese Lust auszuleben, die ihn nahezu überwältigte. Glück und Lust vereinten sich in ihm. Er stieß nun tiefer in sie. In diese Wärme, die ihn dort umgab und ihm derartige Lust bereitete. Damals, als er diese namenlose Sklavin gestoßen hatte war es nur ein kurzer, körperlicher Akt gewesen. Hier und heute war es etwas völlig anderes. Seine Gefühle schienen sich zu überschlagen. Sie löste ihre Hände von seinen Hüften und umarmte ihn mit einer Zärtlichkeit, die ihm den Atem nahm.

Er hörte ihr lustvolles Keuchen nahe an seinem Ohr. Hörte, wie ihr Keuchen langsam lauter wurde. Ihre Stimme war voller Zärtlichkeit. "Ja, Konge. So ist es gut. Jetzt schneller … fester … Stoße mich härter, mein großer Krieger. Zeige mir deine Lust." Er kam ihrer Aufforderung nur zu gerne nach, spürte, wie ein Schauer durch sie lief und wie sie ihn jetzt fester umarmte. Sie schob seinen Stößen ihr Becken entgegen. Im Einklang bewegten sich ihre Körper und ihr Atem ging unregelmäßiger. Plötzlich klammerte sie sich fest an ihn. Sie bäumte sich unter ihm auf. Ein wilder, lustvoller Laut kam aus ihrem Mund. Ihr Körper schien zu beben. Dann stieß sie einen leisen Schrei aus.

Konge war nur Augenblicke von seinem ersehnten Orgasmus entfernt. Sein Körper übernahm die Kontrolle, über seinen Geist. Kraftvoll stieß er tief in sie. Dann überrollte ihn die Woge des Höhepunktes. Dieses so wunderbare und erlösende Gefühl. Laut keuchend kam er. Tief in ihr verspritzte er seinen Samen, fühlte dabei, wie sich ihre Luströhre fest um ihn schloss und zu pulsieren schien.

Liv wurde von immer neuen Höhepunkten geschüttelt. Sie fühlte, wie er tief in ihr zu zucken begann und seinen Samen verspritzte. Ein letzter, tiefer und kraftvoller Stoß, von ihm. Schub um Schub drang aus ihm hervor. Kraftvoll waren diese Schübe, mit denen er sie nun überflutete. Seine Bewegungen wurden langsamer. Er sackte auf ihr zusammen, stöhnte wohlig. Sie streichelte seine Haare und seinen Rücken. Genoss es ihn tief in sich zu haben, während ihr Höhepunkt langsam abklang.

Liv verführt Konge

Konge glitt langsam aus ihr heraus und setzte sich auf. Seine Augen waren auf Liv gerichtet, die ihn zuerst anlächelte und sich dann aufsetzte.

155

Sanft legte sie ihm ihre Hände auf die Schultern, beugte sich vor und küsste ihn. Aus dem zarten Kuss wurde langsam aber unabwendbar ein fast schon wildes, feuchtes Zungenspiel. Nach langer Zeit lösten sie sich voneinander. Liv sah seinen Blick. Dieser Blick, der tiefe Begierde und auch bedingungslose Liebe ausdrückte. Erneut strich sie ihm sanft über seine Wangen.

Diese leichte Berührung genügte bereits, um bei ihm ein leises Seufzen auszulösen. Er sah sie an und rang einen Moment nach Worten. Dann schlug er die Augen nieder, als er sie schüchtern ansprach. "Göttin, ich weis nicht, wie ich es sagen soll. Ihr habt all meine Träume wahr werden lassen. Ihr habt mich zu einem Mann gemacht und Dinge mit mir getan, die ich mir nur in meinen wildesten Träumen vorgestellt habe. Ich weis, dass ich eurer nicht würdig bin, denn ich bin nur ein sterblicher Mensch. Ich kann aber nicht anders, als euch zu gestehen, dass ich euch Gefühle entgegenbringe, die es eigentlich nur zwischen sterblichen geben dürfte. Es ist mir egal, wenn ich jetzt in Flammen aufgehen würde, solange mein letzter Blick euer Antlitz sein könnte."

Liv strich ihm erneut über seine Wangen und lächelte ihn liebevoll an. "Du bist der erste Krieger der Göttin, Konge … Was zwischen uns beiden ist, das ist nicht für das Wissen anderer bestimmt. Vergesse das niemals, denn sonst strafen dich die Götter auf eine Art, die du dir nie vorstellen kannst."

Sie näherte sich ihm und küsste sanft sein Ohr. Dann flüsterte sie leise. "Du hast die Bedürfnisse die ich habe gut gestillt, Konge … und ich werde dich noch oft zu mir rufen, um die Lust mit mir zu teilen. Hast du davor Angst? Ist dir das unangenehm?"

Seine Augen leuchteten auf, als er stolz antwortete. "Göttin, ich würde jederzeit eurem Ruf folgen. Was ihr mir gebt, ist mehr als sich ein Mann erträumen könnte. Ihr habt mein Leben in eurer Hand."

Liv kicherte leise. "Ich denke eher, bei deinem nächsten Besuch habe ich hoffentlich etwas anderes von dir in meiner Hand, Konge." Sie schob ihre Hand zwischen seine Beine und strich zärtlich über seinen noch immer erstaunlich großen Penis, umfasste ihn dann und begann ihn sanft zu reiben. Seine Augen leuchteten auf und die Vorfreude war ihm nur allzu deutlich anzusehen. Sie lachte leise, als sie spürte, wie sein Penis sich erneut versteifte. Schmunzelnd drückte sie ihn zurück, bis er auf dem Rücken lag. Dann beugte sich ihren Kopf vor. Langsam und gekonnt ließ sie ihre Zunge über seinen Penis wandern, der sich nun schnell noch weiter versteifte, bis er sich dann, hart und voll aufgerichtet, ihr entgegen reckte. Liv schaute in sein Gesicht. Er hatte seine Augen geschlossen und die Lippen leicht geöffnet, genoss das sanfte Zungenspiel.

Liv widmete sich wieder seinem Unterleib. Sie massierte ihm zärtlich die Hoden schleckte über seine Eichel und ließ ihre Zunge darauf tanzen. Sie spitzte ihre Lippen, küsste seine Eichel und pustete sanft darauf. Dann stülpte sie ihre Lippen über die Eichel, leckte kurz daran und begann ihren Kopf auf und ab zu bewegen. Mit einer Hand massierte sie weiterhin seine Hoden, die anderen hatte seinen Penis umfasst und rieb gekonnt und routiniert daran auf und ab. Konge stöhnte, leise. Seine Hände tasteten nach ihren Schultern, strichen ihr zart über die Haare. Er musste sich bemühen, mit seinem Unterleib keine Stoßbewegungen zu machen, da er nicht wollte, dass sie aufhörte. Lauter wurde sein Stöhnen und er begann hastiger zu atmen. Liv verstärkte ihre Handbewegungen und fühlte bereits, wie seine Hoden sich zusammenzogen. Sie bewegte ihren Kopf schneller, wollte nun seinen Samen noch einmal, an diesem Abend, aus ihm heraus holen. Dann war es soweit. Konge gab einen leisen Schrei von sich und schob ihr den Unterleib entgegen. Liv spürte, wie er in ihrem Mund zu zucken begann, wie sein Samen aus ihm heraus sprudelte. Sie hätte nicht gedacht, dass jetzt noch so viel aus ihm kommen würde. Mehrere Schübe sprudelten in ihren Mund, während sie nun versuchte auch die letzten Reste aus ihm heraus zu saugen. Mit leisem Stöhnen erschlaffte er unter ihr, während sie genüsslich die Reste seines Spermas von seiner Eichel und dem Schaft leckte.

Sie richtete sich auf, sah ihn an und grinste zufrieden. "Genug für heute, Konge … Ich denke, es ist an der Zeit, dass du aufbrichst." Sie kicherte leise und zwinkerte ihm zu. "Du weist ja nun, was dich erwartet, wenn es mich nach dir verlangt. Du hast meinen Erwartungen entsprochen, mein Krieger." Sie lachte leise und liebevoll. Der Abend war so verlaufen, wie Liv es sich erwünscht hatte. Sie war befriedigt worden, wie schon lange nicht mehr.

Nachdem Konge gegangen war badete Liv ausgiebig, bevor sie in ihr Bett schlüpfte. Wohlig räkelte sie sich, kuschelte sich ein und war schon bald eingeschlafen. Ihre letzten, schläfrigen Gedanken befassten sich mit den nächsten Tagen. Morgen würde sie sich mit den nächsten Schritten befassen, um ihre Macht weiter zu stärken und zu festigen.

Der große Audienzsaal des Königspalastes von Tombalku lag an diesem Morgen still in Erwartung. Die kühle Luft der Nacht wich langsam der Wärme des beginnenden Tages, doch in den Mauern der Hauptstadt der Watambi herrschte eine gespannte Ruhe. Die Sonne war noch nicht ganz über das Flachland gestiegen, als die schweren Türen sich öffneten und der erst soeben zurückgekehrte Karawanenführer Kanga eintrat. Staub und Dreck haftete an den Stoffen seiner Kleidung, Spuren einer langen Reise die sichtlich beschwerlich gewesen sein musste. Der schon ältere und ergraute Karawanenführer wurde von einer jungen Frau begleitet, auf deren Arm Kanga sich beim gehen stützte.

Kanga, hochgewachsen, von dunklem Teint und mit einem Bart, der von Silber durchzogen war, trat vor die drei auf dem erhöhten Podest sitzenden Herrschenden. König Chaka, in prächtige Gewänder gehüllt, wirkte wie ein lebendiger Monolith. Sein Gesicht wirkte fast wie in Stein gemeißelt, nur das Zucken seiner Augenbraue verriet Aufmerksamkeit. Neben ihm saß Prinzessin Kisha, jung, schön, klug, mit scharfem Blick und einer Präsenz, die ihr geringes Alter deutlich Lügen strafte. Etwas zurückversetzt, im Halbschatten, thronte Liv .. oder Lilith, wie sie im Reich der Watambi genannt wurde. Liv hatte bereits direkt nach Sonnenaufgang von der Rückkehr der Karawane gehört … und auch davon, dass es anscheinend Probleme gab.

Kanga verbeugte sich mit jener selbstverständlichen Eleganz, die nur aus langer Erfahrung erwachsen konnte. "Majestät, Hoheit, verehrte Lilith", begann er mit rauer, aber fester Stimme. "Ich bringe euch heute Bericht von jenseits der Dünen, aus dem Land der Numidier und von der Reise."

Neben ihm stand reglos das junges Mädchen, kaum älter als achtzehn Winter, in einfacher Tunika aus hellem Leinen. Ihr Kopf war gesenkt, das lange Haar zu einem Knoten gebunden. Livs Blick verweilte nur einen Moment auf ihr … lange genug, um eine Ahnung zu erspüren. Die Art und Weise, wie sie neben Kanga stand und er sich auf ihren Arm stützte war nicht die Art, wie eine Dienerin und ihr Herr miteinander umgingen. Hier gab es deutlich mehr. Das besagte schon der Blick, mit dem die junge Frau Kanga kurz ansah, bevor sie ihren Kopf wieder senkte.

"Sprich", sagte Chaka knapp.

"Die Reise war nicht ohne Mühen. Unsere Karawane durchquerte die Wüstenpfade wie gewohnt, doch schon beim zweiten Mond gab es Anzeichen von Unruhe. Lager wurden hastig verlassen, einzelne Posten der Numidier standen leer oder waren niedergebrannt. Es scheint, als sei die Ordnung dort ins Wanken geraten. Als wir am großen Basar von Tamuq eintrafen, unserem Reiseziel, waren dort kaum noch Händler anwesend, und die wenigen, die wir trafen, sprachen in getuschelten Worten von einem Aufstand."

Chaka runzelte die Stirn, doch er schwieg. Kisha lehnte sich vor, das Kinn auf die Hand gestützt. "Wer führt diesen Aufstand?"

Kanga räusperte sich, als er weitersprach. "Es ist unklar, mein König. Einige sprechen von einem General, der sich vom König abgewandt hat. Andere berichten von einem Seher, der in den östlichen Provinzen Wunder wirkt und die einfachen Leute mit sich zieht. Wieder andere behaupten, Teile des Adels würden sich einem der Prinzen angeschlossen haben, der den Königsthron selbst einnehmen will. Die Ordnung zerfällt. Und auf dem Rückweg wurden wir überfallen."

Ein Murmeln ging durch die anwesenden Berater und Wachen. Livs Blick ruhte wie ein Dolch auf Kanga. "Überfallen?"

Kanga nickte. "Zehn Tagesreisen von den Oasen entfernt, Göttin. Eine Gruppe berittener Krieger … numidisch in Sprache und Kleidung, doch ohne Banner, ohne Insignien. Wir mussten kämpfen. Zwanzig meiner Männer starben. Ich selbst wurde verletzt und wäre fast zu den Göttern gegangen, wenn diese Sklavin, die ich auf dem Basar von Tamuq gekauft habe, mich nicht Tag und Nacht gepflegt hätte …"

Ein Laut des Bedauerns ging durch die Halle, doch Livs Miene blieb regungslos. Ihr Blick glitt erneut zu dem jungen Mädchen neben ihm.

"Sie hat mich gerettet", sagte Kanga schlicht, als hätte er die stummen Gedanken gelesen. "Ich hatte sie auf dem Basar erworben ... eine Waise,

159

sagte man mir, verkauft von einer Familie, die nicht mehr für sie sorgen konnte oder wollte. Ich vermute die Frau wollte sie aus dem Haushalt verschwinden sehen. Ich hatte anfänglich andere Pläne mit ihr, doch als wir überfallen wurden und ich verletzt wurde, blieb sie bei mir. Pflegte meine Wunden. Ließ mich nicht sterben."

Kanga wandte den Kopf und sah zu ihr hinab. Das Mädchen hob den Blick, und für einen Herzschlag begegneten sich ihre Augen. Da war kein Ausdruck von Furcht in ihrem Gesicht. Nur stille Zuneigung ... und ein Funken Trotz. Zweifellos eine Frau, die gewillt war zu kämpfen und nun ein Ziel hatte, welches Kanga hieß. Liv unterdrückte ein Schmunzeln. Kanga würde beizeiten feststellen, dass die Frau ihren eigenen Kopf besaß.

Liliths Stimme schnitt durch das Murmeln. "Du bist verletzt, aber nicht geschwächt, Kanga. Dein Geist ist klar. Und dein Bericht ist von großer Bedeutung. Diese Unruhen bei den Numidiern ... wenn sich ihre Ordnung auflöst, dann ist die Handelsroute nicht mehr sicher. Was schlägst du vor? Du bist unser erfahrenster Karawanenführer und hast die Zustände selbst gesehen."

Kanga zögerte keinen Moment. "Wir sollten sehr vorsichtig sein. Noch herrscht der alte König dort, aber wenn seine Macht schwindet, könnte das Vakuum gefährlich werden, bis sich eine neue Herrschaft etabliert. Nicht nur für Händler, sondern für alle angrenzenden Völker. Ich würde raten, vorerst andere Routen zu wählen."

Kisha nickte. "Das trifft sich mit dem, was wir erwogen haben. An der westlichen Grenze soll eine neue Festung entstehen. Ein Bollwerk ... aber auch ein Tor. Eine Siedlung soll sich daran anschließen, mit einem befestigten Handelsstützpunkt. Es wäre die erste Anlage dieser Art im Grenzgebiet."

Kanga lächelte, trotz der Müdigkeit in seinem Gesicht. Das Interesse in seinem Blick war deutlich zu sehen. "Ein mutiger Schritt. Und auch ein kluger. Ich denke aber, es wird eine Aufgabe sein, die nicht einfach zu bewältigen ist"

Da war es, der Moment, auf den Lilith gewartet hatte. Sie erhob sich langsam von ihrem Platz, der Umhang glitt rauschend über den Marmor, als sie die Stufen hinabschritt und auf Kanga zuging. Die Stille im Saal war jetzt vollkommen. Ihre Stimme war ruhig, fast weich und doch von einer unüberhörbaren Autorität durchdrungen. "Du bist ein Mann mit Erfahrung, mit Weitblick und mit einem Herz, das jenseits von Gold schlägt. Ich sehe, dass du der richtige Mann sein könntest, um diese neue Siedlung zu führen. Nicht nur als Händler ... sondern als Statthalter."

Kanga blinzelte. Überrascht. Nicht abgeneigt, aber sichtlich überrumpelt. "Ich ... bin kein Adliger, Göttin."

Liv lächelte sanft. "Dieser Ort soll unser Handelsknotenpunkt in die fernen Gebiete werden. Von dort aus werden in der Zukunft unsere Karawanen starten und später dorthin zurückkehren. Der Ort soll aber auch verhindern, dass Fremde in das Reich gelangen. Dieser Ort ist die Mauer, die kein Fremder je überschreiten darf. Du bist ein Mann, der weiß, wie man führt. Und der weiß, wie man überlebt. Zudem hast du das Wissen über den Handel und die Karawanen. Mehr braucht es nicht."

Sie trat noch einen Schritt näher. "Stell dir einen Ort vor, an dem du selbst entscheiden kannst, welche Märkte entstehen. Wo du mit Völkern deiner Wahl handeln kannst. Und stell dir vor, auch die junge Frau an deiner Seite könnte dort leben ... frei, sicher, unter deinem Schutz. Das Reich wird dich natürlich nicht ganz alleine lassen. Wir stationieren dort eine kampfstarke Garnison. Letztlich jedoch wirst du der Stadthalter werden und bist somit nur der Krone und mir gegenüber verantwortlich. Vergesse nie, ich verlange deine Treue ebenso, wie sie auch gegenüber der Krone gilt, Kanga."

Kangas Blick wanderte zu dem Mädchen, das ihn jetzt ansah, mit großen, runden Augen. Hoffnung? Vielleicht. Oder einfach das stille Verstehen, dass ihre Zukunft sich in diesem Moment entschied.

König Chaka nickte langsam. "Ich könnte mir, für diese Aufgabe, keinen besseren vorstellen."

Kisha fügte hinzu: "Du würdest nicht allein sein. Wir würden dir Männer zur Seite stellen. Unterstützung. Vorräte."

Lilith trat einen Schritt zurück. Ihr Blick war nun kühl, berechnend. "Aber eines müsstest du entscheiden, Kanga ... Mit wem willst du diesen neuen Handel führen? Die Numidier sind instabil. Wer sonst käme in Frage? Mit wem kann das Reich der Watambi Handel führen, wenn wir die Nubier nicht mehr als verlässliche Handelspartner ansehen können?"

Kanga atmete tief durch. "Es gibt die Garamanten. Ein stolzes Volk, dass viel Handel treibt und weite Gebiete bereist. Verschlossen, ja ... aber wenn man ihnen mit Respekt begegnet, sind sie zuverlässige Partner. Und dann... ist da Karthago. Karthago mit den anderen Städten, die sich der Oberherrschaft von Karthago gebeugt haben."

Ein Murmeln ging durch den Saal. Karthago ... weit im Norden, ein mächtiges Reich, von dem schon viele gehört hatten ... aber nur wenige verstanden Karthago, dessen Macht auf Handel und Reichtum beruhte. Reich, mächtig, und stets auf der Suche nach neuen Wegen in den Süden. Ein Handelspartner, der nicht ungefährlich war.

"Ein weiter Weg", sagte Kisha, nachdenklich.

"Aber sicherer", entgegnete Kanga. "Und lukrativer. Ihre Münzen wiegen schwer. Ihre Nachfrage ist groß. Auch dort werden wir alles kaufen oder verkaufen können, was wir im Reich der Nubier bislang gehandelt haben. Die Entfernung zu den Garamanten oder nach Karthago ist nicht größer."

Lilith lächelte. "Dann also Garamanten. Und Karthago. Wir werden die Zahl unserer Karawanen erhöhen ... auf acht. Und wir werden dich, Kanga, mit dem Aufbau des neuen Außenpostens betrauen."

Er sank auf ein Knie, voller Würde. "Ich bin geehrt, Göttin. Ich gelobe, ich diene mit aller Hingabe."

Die Tage nach Kangas Rückkehr verliefen in Tombalku mit seltener Klarheit. Der Beschluss, eine Grenzfestung zu errichten, fiel wie ein Mühlstein in das ruhige Becken der inneren Ordnung – und die Wellen, die er schlug, waren tief und weitreichend. Im inneren Kreis des Hofes war keine Stimme mehr gegen den Plan zu vernehmen. Die Gefahr, die von den zerfallenden Strukturen der Numidier ausging, war nicht nur real, sie war unberechenbar. Und darin lag der wahre Schrecken und die echte Gefahr.

Die Festung, so wurde beschlossen, würde an der westlichen Flanke des Reiches entstehen. Dort, wo sich die Sandwinde aus dem Süden mit den trockenen Steppenwinden des Nordens vermischten. Dort, wo die Savanne endete und in den Urwald überging. Ein Ort ohne Namen, nur bekannt unter den alten Bezeichnungen der Karawanenführer ... "Kil Hadrun", die Kreuzung der wilden Wege. Er lag strategisch günstig, am Rand alter Handelsrouten, aber zugleich weit genug entfernt von den bestehenden Siedlungen, um als neue Keimzelle zu fungieren. Der Bau sollte in drei Phasen erfolgen. Zunächst die Festung selbst, mit hohen Mauern, Wachtürmen und einem zentralen Versorgungshof. Anschließend die Siedlung, die sich eng an das militärische Herz schmiegen sollte, und schließlich der Handelsstützpunkt, mit Marktplätzen, den Lagerhäusern, Stallungen, und einer Karawanserei. Dieser bislang verlassene Ort, den König Chaka ausgesucht hatte, war wirklich perfekt geeignet für das Vorhaben ... und gut zu verteidigen, wenn es notwendig sein sollte.

Kanga nahm seine neue Rolle ohne Zögern an. In den Tagen nach der Audienz sprach er lange mit Baumeistern, Kartographen und Verwaltern. Immer war die junge Sklavin, mit dem Namen Salina an seiner Seite, unscheinbar vielleicht für das ungeübte Auge, aber nicht für Liv. Sie beobachtete das Mädchen genau. Ihr war bewusst, dass Salina in dieser Phase mehr als nur eine einfache Begleiterin war. Sie war für ihn Anker und auch Antrieb. Kanga schien in ihrer Gegenwart klarer zu denken, entschlossener zu handeln. Lilith war keine Romantikerin, doch sie kannte die Kraft, die von echter Bindung ausging. Und sie wusste, wie selten sie war, in einer Welt, die von Macht und Tauschgeschäften regiert wurde. Hier jedoch schien sich eine Beziehung gebildet zu haben die sehr weit über das Verhältnis eines Herren zu seiner Sklavin hinausging. Liv hatte in Erfahrung gebracht, dass die beiden es miteinander trieben, sobald sie die Möglichkeit dazu fanden ... Das Verlangen danach schien beiderseitig zu sein. Die beiden hätten vom Äußeren unterschiedlicher kaum wirken können. Kanga war bereits im Herbst seines Lebens angelangt. Sein dichtes Haar und der kurze Bart waren großzügig mit grauen Haaren durchzogen. Er wirkte jedoch noch immer sehr zäh und strahlte die Aura eines erfahrenen Mannes aus, der es gewohnt war, dass man seinen Befehlen gehorchte. Seine dunkle Haut wirkte fast wie Leder. Salina hingegen hätte leicht seine jüngste Tochter sein können. Ihre Hautfarbe war ein sanfter Braunton, der zeigte, dass sie ein Mischling war, in deren Adern mehr als nur ein Tropfen Blut aus dem Land der

Pyramiden floss. Sie war kleiner als der hagere und hoch gewachsene Kanga und schien mehr als nur gut genährt zu sein. Das Gewicht war jedoch vorteilhaft verteilt und zog unweigerlich die Blicke der Männer auf sie. Das mochte wohl auch der Grund gewesen sein, warum man sie verkauft hatte. Sie schien jederzeit zu lächeln, wobei ihre Augen stets freundlich blickten. Salina hatte eine natürliche Intelligenz und dazu einen anscheinend unstillbaren Wissensdurst. Die Blicke, die sie Kanga zuwarf, wenn sie glaubte keiner würde es sehen, waren liebevoll und voller Stolz. Liv konnte sich lebhaft vorstellen, wie die beiden verliebten miteinander umgingen. Irgendwann in der Zukunft jedoch, würde Salina dann Kanga ganz klar sagen, was sie wollte und was nicht.

Parallel zu den Vorbereitungen für den Bau begannen die diplomatischen Fäden zu weben, die sich bald weit über die Grenzen der Watambi hinaus spannen sollten. Der erste Bote wurde zu den Garamanten geschickt. Ein erfahrener Mittelsmann namens Bakuru, der bereits vor Jahren Kontakt mit einem ihrer größeren Händler gehabt hatte. Er trug nicht nur Botschaften, sondern auch Geschenke. Fein gewebte Stoffe aus Tombalku, schwarze Salben aus Heilkräutern der Gebirgshänge und zwei seltene Kristalle, die bei den Watambi als Zeichen der Ehrlichkeit galten.

Der zweite Bote machte sich auf eine ungleich gefährlichere Reise. Gen Norden, durch fremde Lande, zu den Toren von Karthago. Er trug eine andere Botschaft. Keine aus Gold oder Stoff, sondern aus Worten. Das Versprechen von Zugang. Zugang zu Rohstoffen aus dem Süden, zu Gewürzen, Gold, Fellen, Elfenbein. Und zugleich das Angebot einer neuen Route, sicherer und freier als die durch die numidischen Lande. Die Botschaft war raffiniert verfasst. Formell, doch dabei von solcher Direktheit, dass sie kaum ignoriert werden konnte. Lilith selbst hatte sie diktiert. Und sie wusste, in Karthago saßen kluge Frauen und Männer. Sie würden den versteckten Unterton hören. Ein neues Fenster hatte sich geöffnet. Und der Wind, der hindurchwehte, roch nach Gold. Lilith hatte lange an dem Text der Botschaft gefeilt und dabei die unschätzbare Hilfe von Prinzessin Kisha genutzt, mit ihr zusammen einzelne Passagen der Botschaft verfasst.

Während diese Schritte in Gang gesetzt wurden, traf sich der innere Rat der Watambi immer häufiger. Chaka, dessen Stimme selten laut war, war bei den Beratungen stets gegenwärtig. Er sprach wenig, aber wenn er es tat, wurde es Gesetz. Kisha hingegen führte, wo ihr Halbbruder schwieg. Lilith selbst hielt sich in diesen Tagen im Schatten. Sie war nie Teil des offiziellen Rates, doch kein Beschluss wurde gefasst, ohne dass ihre Meinung inoffiziell eingeflossen war.

Liv dachte an Kanga. An Salina. An die Garamanten … ein Volk, das die Geheimnisse des Wüstensandes besser kannte als jedes andere. Und an Karthago, das glitzernde, kalte Reich der Händler, Priesterinnen und Strategen. Es war wie ein Spielbrett, das sich ihr hier offenbarte. Und sie setzte die Figuren in Bewegung.

Längst war der Wunsch nach Rache an Asengard und den dort lebenden Menschen etwas anderem gewichen. Liv wollte natürlich auch weiterhin Macht, Reichtum und Einfluss besitzen. Aber sie empfand das Reich der Watambi mittlerweile als ihre neue Heimat. Den selben Status, den sie hier genoss würde sie in Asengard niemals erreicht haben. Das war ihr klar geworden und sie würde alles tun, damit das auch so blieb, wie es jetzt war. Niemals durften die Menschen in Asengard erfahren, wo sie war und was sie tat … und der Kontakt musste unter allen Umständen unterbunden werden.

Sie ließ von den Priestern verkünden, dass der ferne Talkessel nicht nur das Land war, wo Dämonen und böse Geister hausten, sondern auch für alle Zeiten verbotenes Gebiet war. Niemand sollte dorthin gehen. Es wurde den Gläubigen zwar nicht ausdrücklich verboten aber man vermittelte den Eindruck, das betreten des Talkessels würde unweigerlich den Zorn von Göttern, Dämonen und Geistern hinter sich herziehen. Für die abergläubischen Eingeborenen war das wie ein in Granit gemeißeltes Gesetz, aus alter Zeit. Die Kunde verbreitete sich schnell und es wurde leise gemunkelt, die Göttin Lilith wäre nur deshalb dem jungen König Chaka dort erschienen, um ihn vor dem Verderben zu bewahren.

Der junge König war derzeit wieder einmal unterwegs. Er war auf dem Wege in die neue Festung und würde vorher aus den Sklavendörfern rund hundert Sklaven abholen, die man dort vorerst als Arbeitskräfte einsetzen wollte. Begleitet wurde er von einer großen Kolonne von Handwerkern, Soldaten und Karren mit Material, welches dort benötigt wurde. Auch einige mutige Händler aus Tombalku hatten sich entschieden, sich dort

165

anzusiedeln und zogen nun, teilweise mit ihrer gesamten Familie, dorthin. Liv hatte Chaka am Abend vor dessen Abreise auf die übliche Art verabschiedet. Bis zur völligen Erschöpfung hatte sie mit Chaka die Lust geteilt … Eine Erfahrung, die Chaka wohl nie vergessen würde.

Ohne die Unterstützung von Prinzessin Kisha würden all diese Schritte sehr viel langsamer oder auch problematischer verlaufen. Liv und Kisha trafen sich seit der Abreise von Chaka nahezu täglich. An den Abenden, wenn sie ungestört waren, gaben sie sich einander gänzlich ungezügelt hin. Liv genoss es ihre Zeit mit Kisha zu verbringen. Nie zuvor war sie einer anderen Frau auch emotional derart nah gewesen.

Auch heute war Kisha wieder zu Besuch bei Liv. Die beiden hatten eine Weile über Plänen und Karten gesessen und miteinander diskutiert. Kisha hatte den Vorschlag gemacht, von der neuen Festung aus eine starke und gut ausgerüstete Truppeneinheit nach Westen zu entsenden. Diese Soldaten sollten nicht nur die Gegend erkunden, die weiter als fünf Tagesmärsche entfernt von der neuen Festung lag, sondern auch in die Gefilde dahinter vorstoßen, die bislang unbekannt waren. Gab es dort viele Elefanten, dann hatte man neue Jagdgebiete für die Elfenbeinjäger. Gab es dort jedoch kleine Dörfer mit Eingeborenen, die keinem mächtigen König unterstanden, dann sollten diese Dörfer beizeiten erneut besucht werden. Dann jedoch, um die dortige Bevölkerung als Sklaven zu nehmen und in das Reich der Watambi zu führen, wo sich langsam ein gewisser Mangel an Sklaven zeigte. Man hatte Bedarf an billigen Arbeitskräften. Stieß man jedoch auf mächtige Fremde, die als mögliche Handelspartner in Frage kamen, so war auch das willkommen.

Sie diskutierten die Möglichkeiten bei mehreren Bechern mit süßem Wein, bevor sie zusammen das Badebecken aufsuchten. Im Beisein anderer Menschen oder in der Öffentlichkeit waren die beiden stets die wohlwollende Göttin und die unnahbare Prinzessin. Waren sie jedoch alleine, in den Gemächern von Liv, dann änderte sich das schlagartig.

Die Prinzessin sah Liv zwar weiterhin als Lilith an und verehrte sie wie nur eine wahre Gläubige dies tun könnte, sie zeigte Liv jedoch auch, wie sehr sie sich nach der Nähe, den sanften Berührungen und Zärtlichkeiten sehnte. Diese Intimität war völlig frei von allem anderen und Liv gab sich diesen Momenten ebenso ungezügelt hin, wie auch Kisha.

Auch an diesem Abend konnte Kisha es kaum erwarten, den Körper von Liv neben sich zu spüren. Sie hatten zusammen gebadet, sich dabei gestreichelt und geküsst. Liv war erregt, wie selten zuvor und hatte es eilig, Kisha zu folgen. Kaum kam Liv in ihrem Schlafgemach an, da sah sie bereits Kisha, die sich bereits zwischen die weichen Decken gekuschelt hatte und wohlig seufzte. Die langen, dunklen Haare der Prinzessin und ihre fast ebenso dunkle Haut bildeten einen Kontrast, zu der hellen Seide aus denen die Bettdecken bestanden, der unübersehbar war.

Liv trat an das Bett heran und Kisha schlug kichernd die Bettdecke zurück. Liv konnte ebenfalls ein leises Kichern nicht unterdrücken, als sie nun neben Kisha glitt und die Bettdecke dann über sie beide zog. Ihre Finger glitten über den Körper von Kisha. Sie spürte die samtige Haut und roch diesen Duft, den nur Kisha an sich hatte. Dieser ganz eigene Duft der kaum wahrzunehmen war und sie betörte.

Kisha erwiderte die Streicheleinheiten und drängte sich dichter an Liv heran, küsste sie zart auf die Lippen und räkelte sich wohlig unter den Fingern von Liv, die jetzt ihren Bauch streichelten. Liv ließ ihre Finger weiter an Kisha herab wandern, die ihre Beine spreizte, Liv dichter zu sich zog und sie verlangend ansah.

Dieser stumme Blick genügte. Liv wusste, wonach es ihrer Gespielin nun verlangte. Sie legte sich zwischen die gespreizten Beine von Kisha und senkte ihren Kopf. Kisha schloss ihre Augen und genoss, leise stöhnend, die Zärtlichkeiten, die Liv ihr nun schenkte. Sie zitterte vor Lust am ganzen Körper, als die Zunge von Liv erst sanft über ihre Schamlippen glitt und direkt danach über ihre Lustperle fuhr, wie ein sanfter warmer Wind. Die anfangs langsamen und zarten Liebkosungen wurden jetzt etwas schneller und fordernder. Kisha wand sich und drückte den Kopf von Liv gegen ihren Unterleib. Ein erster Vorbote des Höhepunktes glitt gleich einer Welle durch ihren Körper. Voller Entzücken spürte sie, wie sich nun erst ein Finger, dann ein zweiter Finger in sie hineinschob. Liv wusste allmählich genau, wie sie Kisha zu Höhepunkt bringen konnte und genoss es, wenn diese sich unter ihr wand und schließlich ihre Lust herausschrie. Auch heute würde Kisha nicht lange dafür benötigen. Die sanft tastenden Finger von Liv fanden den magischen Punkt tief in Kisha und massierten ihn geschickt. Kisha gab nun unentwegt und ungezügelt laute der Lust von sich. Immer weiter erklomm sie den Gipfel der Lust, zu dem Liv sie trieb. Dann war es soweit. Wie eine unaufhaltsame Welle brandete der Orgasmus durch ihren Körper. Kisha bäumte sich auf und stieß einen schrillen Schrei aus, bevor sie zitternd zurücksank.

Liv hob ihren Kopf, sah zu Kisha empor und lächelte. Sie liebte es, wenn Kisha sich gehen ließ und dann kam. Kisha zog sie empor und schmiegte sich an sie. Zärtlich küssten sie sich. Küsse, die nicht nur von Lust und Verlangen zeugten, sonder von tiefer Zuneigung. Beide hatten in einander etwas gefunden, was sie nie erwartet hätten und waren glücklich, die Zeit miteinander teilen zu können … Hier in den privaten Gemächern von Liv, die von allen Watambi nur als die Göttin Lilith angesehen und auch angebetet wurde.

Für Kisha war Lilith viel mehr, als nur die Göttin, die sie verehrte. Für sie war Lilith die Erfüllung ihres Lebens. Sie lagen sich wortlos in den Armen und tauschten zärtliche Zungenküsse aus. Die Hände von Kisha gingen auf Reise, berührten, streichelten und liebkosten Liv, die ihre Lust ungehemmt in den Mund von Kisha stöhnte. Schon das gemeinsame Bad hatte Liv vorhin ungemein erregt. Jetzt die kundigen, zärtlichen Finger von Kisha zu verspüren genügte vollkommen, um sie innerhalb kürzester Zeit laut schreiend zum Höhepunkt kommen zu lassen.

Kisha war darüber ebenso verblüfft, wie auch Liv. Trotzdem war Liv zufrieden und auch zutiefst befriedigt … Derart schnell war sie nur selten zuvor gekommen. Die beiden kuschelten sich aneinander, genossen die Nähe der Zweisamkeit und das unvergleichliche Gefühl jemanden neben sich zu wissen, dem man zutiefst zugetan war. Lange schwiegen sie und genossen nur den Moment. Es war Liv, die Kisha sanft über die Haare strich, bevor sie ansprach, was sie bereits eine ganze Weile beschäftigte. "Ich habe einige Bedenken, was unseren bevorstehenden Handel und den damit verbundenen Kontakt zu anderen Reichen betrifft, Kisha. Wir sind nicht genügend vorbereitet, wenn es zu Kämpfen kommt. Unsere Soldaten ziehen ohne Rüstung in den Kampf und nur einige der Offiziere besitzen Schwerter oder Dolche aus Eisen oder Stahl. Das müssen wir ändern, sonst ist das Reich der Watambi jedem Angreifer unterlegen."

Kisha sah sie erstaunt und fragend an. "Rüstungen, Lilith? Das weicht von der Tradition ab … und unsere Waffen haben ihren Wert immer wieder bewiesen. Was sollen wir denn ändern?"

Liv schmunzelte. "Als erstes sollten unsere zweifellos tapferen Soldaten dazu gebracht werden, Sandalen zu tragen. Im Urwald mag es zulässig sein, barfuß zu gehen. Was aber, wenn die Soldaten auf Untergrund kämpfen müssen, der aus spitzen Kieseln besteht? Stelle dir nun vor, unsere Truppen würden nicht nur mit einem Lendenschurz un den kampf ziehen, sondern mit einer Rüstung … Die Tempelgarde, meine Leibwache und auch die Leibwache des Königs tragen Lederhemden, auf denen Kupferplättchen oder Bronzeplättchen aufgenäht sind. Die bieten sehr viel mehr Schutz. Wenn wir das nun, für alle Soldaten, durch eine feste Lederrüstung ersetzen, dann hätten wir in einem Gefecht viel weniger Verletzte … und schlussendlich unsere Waffen … Kisha, wir sind bislang noch nicht gegen gut ausgerüstete Truppen in den Kampf gezogen. Die leichten Holzkeulen und Speere mit hölzernen Spitzen taugen nichts gegen echte Rüstungen, die andere Reiche für ihre Truppen benutzen. Dazu brauchen wir Waffen aus Eisen und Stahl. Wir müssen also vordringlich Eisen und Stahl erwerben … und Schmiede, die ihr Handwerk verstehen benötigen wir auch. Ich denke daran Sklaven zu erwerben, die in der Schmiedekunst bewandert sind. Einen anderen Weg sehe ich nicht, sonst wird das Reich der Watambi sehr schnell zu einer Provinz fremder Mächte."

Liv atmete tief durch. "Das werde ich nicht zulassen und alles daran setzen, uns zu beschützen. Ganz alleine könnte dieser wandel jedoch zu lange dauern. Ich brauche also deine Hilfe."

Kisha hatte schweigend zugehört. Jetzt nickte sie, nachdenklich aber entschlossen. "Ich verstehe. Natürlich helfe ich dir … Es ist meine Heimat und ich werde alles tun, um sie zu schützen. Davon abgesehen, was sollte uns beiden noch aufhalten, wenn wir zusammen auf ein Ziel hinarbeiten? Ich denke, wenn wir morgen damit beginnen unsere Armee neu ausrüsten zu lassen oder zumindest die ersten Schritte dafür anzugehen, dann sollte, abgesehen von den Waffen aus Eisen und Stahl, unsere Armee innerhalb von zwei Monden so ausgerüstet sein, wie du es dir vorstellst."

Liv lächelte und legte ihre Arme sanft um Kisha. "Das ist gut. Für heute jedoch will ich keine Gedanken mehr darauf verwenden. Jetzt möchte ich nur deine Nähe spüren und dich im Arm halten."

Kisha lächelte und kuschelte sich an Liv heran. Die beiden Frauen waren erschöpft und so dauerte es nicht lange, bis beide eingeschlafen waren. Kisha würde den Tempel erst nach dem Sonnenaufgang verlassen … So wie zuvor bereits zweimal. Es wurde als normal angesehen, wenn die Prinzessin die ganze Nacht über Rat bei der Göttin suchte. Das war die Prinzessin ihrer Pflicht schuldig, die sie ausübte, um zum Wohle des Reiches handeln zu können.

Kisha und Liv … Geborgenheit und Nähe

Die Tage zogen sich dahin. Überall in Tombalku waren jetzt fleißige

Handwerker damit beschäftigt, die Wünsche von Liv und Kisha zu erfüllen. Es hatte keinen ernsten Widerstand gegen die Einführung der Rüstungen aus dickem Leder und den Sandalen gegeben. Einige Soldaten der Tempelgarde hatten in einigen Übungskämpfen demonstriert, welche Vorzüge dadurch entstanden. Auch konservative Stimmen waren schnell verstummt.

Ein Mond verging, dann ein zweiter und der dritte Mond war auch fast beendet, Als liv die Nachricht erhielt, die neue Festung würde nahezu fertig sein. Auch der dort geplante, angeschlossene Handelsposten und die kleine Ortschaft standen bereits und warteten nun auf die ersten Reisenden. Woher diese kamen war jedoch noch ungewiss.

Liv, die all dies aus der Ferne beobachtete, ließ Berichte anfertigen. Nicht nur über den Baufortschritt, sondern auch über Stimmungen, die dortigen Veränderungen, subtile Verschiebungen der Dynamik.

Gleichzeitig trafen erste Nachrichten von den Garamanten ein. Ihre Antwort war vorsichtig, aber eindeutig. Sie zeigten Interesse. Der dortige Rat hatte Bakuru empfangen und ihm erlaubt, den Markt von Ghadames zu betreten ... ein Zeichen des Vertrauens, das wenigen Außenstehenden zuteil wurde. Dort hatte er mit Kaufleuten gesprochen, die Gewürze aus der Oasenregion, Harze und ein seltenes, blaues Salz feilboten, das in den Bergen westlich ihrer Siedlungen gewonnen wurde. Noch war kein Vertrag geschlossen, doch der Ton war freundlich. Die Garamanten schickten ein Signal ... Wir hören euch, sind euch wohlgesonnen und begrüßen neuen Handel.

Liv und Kisha nahmen diese Nachricht mit stillem Wohlwollen, aber auch Erleichterung auf. Vor allem Kisha war überaus erleichtert. Sie hatte ein Gefühl für solche Dinge. Die Garamanten würden kein Vertrauen verschenken, aber sie respektierten Stärke. Der Bau der Festung, die Stabilisierung der Grenzregion ... all das wurde beobachtet. Sie wusste, wenn Kil Hadrun stand, wenn erste Karawanen von dort in Frieden die Oasen erreichten, würde sich der Weg öffnen. Nicht mit Pomp, nicht mit Fanfaren, sondern in der stillen Art, mit der echte Handelsbeziehungen beginnen ... durch Verlässlichkeit und einen guten Handel.

Aus Karthago jedoch kam lange keine Antwort. Die Monde vergingen.

Die Hitze nahm zu, und mit ihr die Unruhe. Der Gesandte war längst überfällig. Dann, an einem trockenen, stichigen Tag, an dem selbst die Palmen im Hof des königlichen Gartens träge wirkten, traf ein einzelner Bote ein ... zerschunden, ausgemergelt, aber lebendig. Die Karthager hatten ihn nicht getötet. Doch sie hatten ihn festgehalten, geprüft, befragt, und schließlich zurückgeschickt. Mit einem Brief auf dickem Pergament, versiegelt mit schwarzem Wachs, ohne Namen, ohne Gruß.

Liv öffnete das Pergament eigenhändig. Die Nachricht war so elegant wie kühl. "Euer Angebot wurde zur Kenntnis genommen. Der Handel ist denkbar ... unter bestimmten Bedingungen. Wir erwarten, dass eure neue Siedlung beweist, was eure Worte versprechen. Wir sind bereit zu beobachten und erwägen ersten Handel um zu sehen ob ihr zuverlässig seid."

Nicht feindlich. Aber auch nicht einladend. Doch Liv und Kisha lasen zwischen den Zeilen. Es war eine Einladung zur Prüfung. Karthago war ein Raubtier ... es bewegte sich nur, wenn Beute lohnenswert erschien. Kil Hadrun, die Grenzfestung mit dem Handelsposten, war nun die Bühne. Die Watambi hatten sich sichtbar gemacht. Jetzt mussten sie liefern.

Kisha lachte, als sie die Nachricht las. "Wir sind also jetzt ein Theater für die Punier." Liv hingegen sagte nichts. Sie blickte lange auf das Siegel aus schwarzem Wachs. Und dann murmelte sie nur: "Dann sorgen wir dafür, dass sie uns nicht vergessen."

Die Entscheidung, die Zahl der Handelskarawanen auf acht zu erhöhen, wurde noch am selben Tag formalisiert. Zwei sollten ausschließlich den Weg zu den Garamanten nehmen, den Bewohnern der Wüste und der Savanne. Zwei weitere nach Süden, in das Territorium der wilden Stämme, um Alternativen zu den numidischen Routen zu suchen. Es war bislang noch nicht gelungen dort Handelspartner zu finden, die einen wirklich lohnenden Handel ermöglichen würden. Dort gab es zumeist nur kleinere Dörfer und die drei kleinen Städte, die man entdeckt hatte, boten außer Elfenbein kaum etwas lohnendes für den Handel. Irgendwann würde sich das möglicherweise ändern aber derzeit waren die Profite aus dem dort möglichen Handel sehr überschaubar.

Die übrigen vier Karawanen sollten den Handel mit Karthago und dessen angeschlossenen Städten betreiben. Chaka hatte den Vorschlag gemacht, bei den Garamanten Kamele und auch Pferde zu erwerben. Die Watambi würden diese Tiere benötigen, denn bislang war die Anzahl der Kamele und Pferde sehr gering, über die man im Reich der Watambi verfügte.

Die Karawane, der Chaka sich angeschlossen hatte würde den weiteren Weg nach Westen nehmen. Diese Karawane würde nicht nur zu den dortigen, weit entfernten Siedlungen reisen sondern hatte auch einen ganz bestimmten Auftrag, der nicht mit dem friedlichen handel zu tun hatte. Deshalb wurde sie auch von fast hundertzwanzig Soldaten und der Leibwache des Königs begleitet.

Auf dem Rückweg würde Chaka, mit seinen Soldaten die ihn begleiteten, zwei relativ dicht gelegene, kleine und zudem ärmliche Dörfer in der Savanne plündern und deren Bewohner als Sklaven mitnehmen. Liv und Kisha hatten den Entschluss gefasst derart zu verfahren. König Chaka hatte dem Plan sofort zugestimmt. Es dürstete ihn danach sich als ein erfolgreicher Feldherr einen Ruf zu erwerben und er wollte sehen, wie sich seine Truppen schlugen, wenn er sie führte. Zudem benötigte man, in Kil Hadrun, dringend die neuen Sklaven und deren eigene Wünsche oder Träume waren Liv völlig egal. In diesen Zeiten lagen das Licht und der Schatten dicht beieinander. Nicht nur hier, am Rande des Urwaldes sondern überall dort, wo Menschen lebten. Es herrschte das Recht des stärkeren.

Liv hatte sich lange mit Kanga unterhalten, bevor dieser nach Kil Hadrun aufgebrochen war. Bislang bestand die Armee der Watambi nur aus Fußsoldaten. Ganz im Gegensatz zu den Truppen der Garamanten, Nubier oder aus Karthago, die bekannterweise sehr viel mehr Augenmerk auf gut ausgebildete Reitertruppen legten.

Im Urwald jedoch waren Reitertruppen wertfrei. Hier kam ein Soldat am besten auf den eigenen Beinen weiter. Dort außerhalb des Urwaldes lagen die Dinge jedoch anders. Kanga hatte vorgeschlagen, eine Reitertruppe aufzustellen, die dann in Kil Hadrun stationiert werden sollte. Dort, wo der Urwald endete und in die Savanne überging würde eine derartige Truppe von Vorteil sein, zumal man schnelle Kundschafter benötigte, die dann die Gegend vor Kil Hadrun im Auge behielten.

173

Die Nacht in Tombalku war wie ein dunkler Samtteppich über die Stadt gebreitet. Der Himmel spannte sich klar und unendlich über die Türme, Dächer und Palmen der Hauptstadt der Watambi und ein seltener, kühler Wind hauchte durch die Gassen. Liv saß auf auf der luftigen Dachterrasse, auf einem niedrigen Diwan und schaute empor zu den Sternen, die funkelnd am Himmel standen. Sie war barfuß, nur in ein lose fallendes, kurzes Gewand aus dunkelblauer Seide gehüllt, das ihre Bewegungen mit einem leisen Rascheln. Kein Schmuck, kein Gold, keine Juwelen zierten sie in dieser Nacht. Sie brauchte keinen Prunk, wenn sie mit Kisha zusammen war. Nur sich selbst, Kisha und die Ruhe, die sie beide wollten.

Ein leises Geräusch, der schwere Klang einer Tür und kurz darauf das kaum hörbare Rascheln von Stoff kündigte Kisha an. Die Prinzessin trat barfüßig auf die Terrasse, ebenfalls schlicht gekleidet. Ihr Gewand war in einem tiefen Weinrot gehalten, das ihre dunkle Haut beinahe glühen ließ. Ihre Haare fielen offen über die Schultern und in ihren Augen lag ein Ausdruck von Müdigkeit ... grenzenloser Liebe und Freude.

"Ich habe dich erwartet", erwiderte Liv mit einem kaum sichtbaren Lächeln und streckte eine Hand aus. Kisha trat näher, nahm sie, ließ sich neben sie nieder. Kein Hofprotokoll, keine Titel. Hier, unter dem Mond, waren sie nur zwei Frauen. Verbunden durch Nähe, Begehren, Vertrauen und ein gemeinsames Schicksal.

Kisha lachte leise. "Wir sind ein gutes Gespann."

Bestätigend nickte Liv. "Das sind wir wirklich … In jeder Hinsicht."

Eine Weile sprach keine von beiden. Die Geräusche der Stadt wurden leiser, als ob auch Tombalku selbst den Atem anhielt und sich auf die Nacht vorbereitete. Dann fragte Liv: "Machst du dir auch Sorgen wegen der Numidier?"

Kisha nickte. "Mehr als ich zeigen wollte. Was in ihrem Reich geschieht, ist mehr als ein Bürgerkrieg. Der König der Nubier hat in seinen zentralen gebieten bereits die Oberhand zurückerlangt. In den Grenzregionen gehen die Kämpfe jedoch weiter, berichten unsere Späher. Es ist ein Zerfall. Ihre Clans bekämpfen sich nicht nur, sie vergessen, wer sie waren. Und das ist gefährlich. Ein Feind, der weiß, was er will, kann verhandeln. Aber ein Krieger, der nichts mehr zu verlieren hat … der raubt, verbrennt und tötet ohne einen Grund dafür zu haben."

Liv sah nachdenklich zum Himmel empor, als sie leise antwortete. "Weil das alles ist, was ihm bleibt. Der Gedanke an Rache und Beute, bevor diese Krieger aus ihrer Heimat in andere Gebiete ziehen, wo sie der Zorn ihres Königs nicht treffen kann."

Lisha nickte. "Ja."

Liv lehnte sich zurück, ihre Finger ruhten noch immer in Kishas. "Unsere Karawanen sind verwundbar. Auch mit mehr Wachen, auch mit besserem Stahl. Wenn versprengte Numidier sich in der Steppe sammeln, als Räuber, dann sind sie keine Armee ... sondern ein Schatten. Sie greifen nicht an, sie lauern. Und wir wissen nicht, wo sie zuschlagen. Wir dürfen diese Gefahr nicht unterschätzen."

Kisha nickte stumm und bestätigte die Gedanken von Liv.

Sie sahen sich an. Zwischen ihnen flackerte das Licht einer Öllampe. Es zeichnete ihre Silhouetten auf den Boden, zwei Gestalten ... verschieden, aber eins. Wie Licht und Schatten. Dann, ohne ein weiteres Wort, schloss Kisha die Distanz, legte eine Hand an Livs Wange und küsste sie. Es war ein leidenschaftlicher Kuss, nicht wild, sondern einer voller Zuneigung.

Als sie sich lösten, sagte Liv mit einem sanften Lächeln: "Unser Plan geht einen langen und weiten Weg. Das Reich muss stark werden aber wir haben so viele dinge, die uns im Wege stehen … Wenn wir verlieren, verlieren wir gemeinsam."

Kisha lächelte zärtlich. "Und wenn wir gewinnen, schreiben sie unsere Namen in Stein."

Liv kicherte. "Ich würde lieber in deiner Erinnerung stehen als auf einer Tafel." Nun kicherte auch Kisha und zwinkerte ihr dabei zu. "Du kannst beides haben. Du bist eine Göttin … und mein ganzes Leben."

Sie lachten leise und umarmten sich. Für einen Moment war alles andere völlig nebensächlich. Numidier, Garamanten, Karthago, Kil Hadrun. Für diesen einen Moment zählte nur das gemeinsame Hier.

9.

Pläne, Unfälle und Entscheidungen

Der Dschungel vor Asengards Mauern war kein Ort für Unvorsichtige. Er war wild, uralt und voller Leben ... in allen seinen Formen. Dem sichtbaren, dem schönen aber auch dem lauernden, dem tödlichen. Wenn das Sonnenlicht durch das hohe Blätterdach brach, malte es goldene Muster auf den Boden, auf Lianen, auf knorrige Wurzeln und das schimmernde Fell jener Kreaturen, die sich vorsichtig im Unterholz bewegten. Asengard, die stolze Stadt im Schatten der Berge, hatte sich mit dem Dschungel arrangiert. Aber ihn nie gezähmt.

König Baldur, der in der letzten Ratsversammlung mit ruhiger Stimme verkündet hatte, dass eine neue Handelsgruppe nach Swenu aufbrechen würde, hatte zugleich ein anderes Ziel gesetzt ... die Jagd. Nicht aus Gier oder zum Zeitvertreib, sondern aus Notwendigkeit. Die Raubtiere waren zahlreich geworden. Zu zahlreich. Panther, Schlangen und vor allem die Krokodile, die sich erneut an den Bachläufen angesiedelt hatten, waren eine ständige Bedrohung ... für alle, die die Stadt verließen.

An diesem Morgen, als der Dschungel noch kühl war und der Nebel sich wie ein grauer Schleier durch das Geäst zog, sammelten sich fast achtzig Männer und Frauen am Tor. Krieger, Jäger, Späher. Alle waren erfahren, mit Speeren, Bögen oder scharfen Langmessern bewaffnet. Auch Hela war unter ihnen. Sie trug ein eng anliegendes Ledergewand, das Beweglichkeit erlaubte und ihr langes Haar war zu einem praktischen Knoten gebunden. Sie hatte sich freiwillig gemeldet. So wie jeder Mann und jede Frau, die heute hier stand.

Die Jagd begann früh. Die Gruppen zogen in Formationen aus fünf bis sieben Personen in verschiedene Richtungen. Einige folgten dem östlichen Pfad entlang des Seitenbachs, andere durchquerten das sumpfige Gebiet westlich der Stadtmauer. Die meisten hielten sich südlich, in der Nähe des Hauptflusses. Dort, wo die Krokodile am zahlreichsten waren. Dort, wo der Boden weich und von vielen Tieren durchwühlt war, traten sie besonders vorsichtig. Nicht nur wegen der

Tiere, sondern auch wegen der Fallen, die die Natur selbst bereithielt. Hela war in einer gemischten Gruppe unterwegs. Zwei Kriegerinnen, ein älterer Späher, ein junger Bogenschütze und sie selbst. Sie hatte sich mit stiller Entschlossenheit ihren Platz gesichert und bewegte sich mit angehaltenem Atem durch das Gestrüpp. Der Urwald lebte, knisterte, rief, kreischte. Affen, Vögel, das weit entfernte Grollen eines Flusspferds. Hela sog all das auf wie Feuer den Wind. Sie war bereit. Sie wollte etwas leisten. Sie wollte gesehen werden und auch hier ihren Wert beweisen. Nicht nur den anderen, sondern auch sich selbst.

Und dann geschah es. Es war kein spektakulärer Moment. Kein Raubtier, kein Kampf. Nur ein Schritt. Ein einziger falscher Schritt. Sie hatte sich von ihrer Gruppe ein wenig gelöst, um einen besseren Blick auf den Flusslauf zu erhaschen. Der Boden war dort moosbedeckt, von Wurzeln durchzogen. Sie trat vorsichtig auf ... doch was wie festes Erdreich ausgesehen hatte, war in Wahrheit ein mit Laub bedecktes Loch, ein alter Bau oder ein geplatztes Erdloch, durch Regen und Tierpfade ausgehöhlt.

Sie stürzte. Ihr Schrei war kurz und wurde fast vom Knacken übertönt. Ihr Bein knickte ein, ihr Körper folgte. Schmerz explodierte in ihrem rechten Schienbein, scharf und heiß. Es war nicht das erste Mal, dass sie fiel. Aber es war das erste Mal, dass sie beim Aufkommen spürte, wie etwas in ihr nachgab. Sie versuchte sich aufzurichten und schrie erneut auf. Diesmal lauter und voller Schmerz.

Die Gruppe war binnen Sekunden bei ihr. Der Späher erkannte sofort die Lage. "Nicht bewegen", sagte er, kniete sich neben sie. "Dein Bein ... Es ist gebrochen."

"Es ist nur verstaucht", murmelte Hela, blass. Aber sie wusste selbst, im gleichen Moment, dass sie log.

Jemand wurde zurückgeschickt, um Jasamin zu holen. Es dauerte eine halbe Stunde, ehe die Heilerin eintraf, mit flinken Schritten und festem Blick. Sie kniete sich wortlos neben Hela, tastete vorsichtig das Bein ab, ließ sich von deren Schmerzen nicht ablenken. Dann richtete sie sich auf. "Der Knöchel ist verrenkt. Das Schienbein gebrochen. So wie es aussieht, ein sauberer Bruch. Sie kann nicht gehen."

Hela schluckte. "Ich kann es versuchen. So schlimm kann es nicht sein."

Jasamin hob eine Braue. "Versuch es. Und ich werde dir zusehen, wie du fällst und das Bein ganz verlierst. Ich muss das Bein fixieren und dich in die Stadt bringen. Es wird dauern, bis das ausgeheilt ist … Du hast noch einmal Glück gehabt, denke ich. Genaueres kann ich aber erst sagen, wenn wir das im Krankenhaus genauer angesehen haben. Hier ist zu viel Dreck." Schweigen. Dann gab Hela auf. Atmete aus. "Was jetzt?"

Izwischen war eine andere Gruppe herbei gekommen und umringte der Schauplatz. "Wir bauen eine Trage", sagte der Späher. "Zwei Männer bringen dich und Jasamin zurück zur Stadt. Ich übernehme heute deine Aufgaben."

Hela sagte nichts. Ihre Finger gruben sich in den Boden. Enttäuschung, Zorn, Schmerz, Frustration. Alles vermischte sich.

Die Trage war bald gebaut. Aus Ästen, Lianen und einem Umhang. Die Träger, kräftige Krieger mit ernsten Gesichtern, hoben sie behutsam an. Hela sagte nichts mehr. Sie schloss die Augen. Ihre Ehre war nicht zerbrochen, aber sie fühlte sich schwächer als der Knochen, der unter ihrer Haut knackte.

Jasamin hatte sie im Krankenhaus auf einen hohen Tisch legen lassen und das Bein mit sauberem Wasser gewaschen, bevor sie und Anschi sich daran machten, den gebrochenen Knochen in die richtige Lage zu drehen und das Bein danach in einer festen Lederhülle zu fixieren. Hela hatte bei dem Prozedere mehrfach fast vor Schmerz geschrien. Ihr Gesicht war mit Schweiß überströmt und sie atmete hastig.

Jasamin hatte zumeist geschwiegen. "Es wird mindestens zwei Monde dauern", sagte sie, während sie das Bein vorsichtig schiente. "Du wirst das Bein ruhigstellen müssen. Kein Gehen. Kein Marsch."

"Und Swenu? Die Reise dorthin?", fragte Hela mit trockener Stimme.

Jasamin schüttelte ihren Kopf. "Swenu kann warten. Du nicht. Wenn du das nicht richtig heilen lässt, dann wirst du für den Rest deines Lebens hinken … Willst du das etwa?" Hela schluchzte fast. "Ich muss mit!"

Jasamin schüttelte entschieden ihren Kopf. "Nein, keinesfalls. Du wirst nicht mitgehen, Hela. Diesmal nicht. Du wirst hier in Asengard warten müssen. Ich sehe keinen anderen Weg."

Hela lag in einem der kleinen Räume im Krankenhaus und blickte aus der Fensteröffnung. Ihr Bein war geschient und fest umwickelt worden. Jasamin hatte sie darauf hingewiesen, dass sie nach der Heilung erst langsam wieder das Gehen üben musste. Das war notwendig, da die Muskulatur sich erst wieder daran gewöhnen musste. Immer wieder musste Hela mit den Tränen kämpfen. Sie fühlte sich hilflos. Ihr ganzes Leben war sie die starke Frau gewesen, der kein Wagnis zu hoch war. Und jetzt? Hilflos, wie ein kleines Kind.

Ein Gesicht erschien in der Türöffnung. Olov. Tiefe und fast ängstliche Sorge stand in seinem Gesicht. Hela sah ihn und fing an, hemmungslos zu weinen. Mit einigen schnellen Schritten war er bei ihr. Er kniete sich neben das Bett, nahm sie in den Arm und hielt sie wortlos, während sie leise schluchzte. Sanft strich er ihr über das Haar, während sie an seiner Schulter leise weinte. "Hela … Ich hatte solche Angst, um dich. Ich habe nur gehört, du wärest verletzt und bin sofort gekommen. Jasamin hat mir schon alles erzählt. Götter, warum musste das geschehen."

Er nahm ihren Kopf zwischen seine Hände und küsste sie sanft auf die Stirn. Dann sah er sie an und wirkte sehr ernst. "Du musst jetzt alles tun, was Jasamin. Anschi und Mailin dir sagen, damit du wieder völlig gesund wirst. Versprichst du mir das, Hela?"

Sie nickte, während ihr die Tränen über das Gesicht liefen. "Natürlich werde ich das alles tun, Olov. Ich bin ja nicht dumm und weis genau, dass die drei sich mit der Heilkunst weit besser auskennen, als alle anderen Menschen, in Asengard. Ich könnte schreien vor Frustration und Wut über mich selbst, weil ich nicht achtsam genug war ... Ich bin so schrecklich enttäuscht, weil ich jetzt nicht mit nach Swenu reisen kann. Solche Reisen sind doch meine Aufgabe und Bestimmung. Verstehst du das, Olov? Ich bin jetzt nutzlos. Ich habe keinen Wert mehr für unseren Clan und Asengard."

Olov sah sie ernst an. "Rede nicht solch einen Unfug, Hela. Du hast nur Pech gehabt und kannst lediglich diese eine Reise nicht mitmachen. Ich würde wetten, dass Baldur bereits eine Idee hat, wie er dich hier in Asengard einsetzt, um deine Fähigkeiten auszunutzen. Du kennst ihn doch. Er lässt niemals eine Gelegenheit aus, um dem Clan der Asen und Asengard Vorteile zu verschaffen."

Eine ganze Weile später verließ Olov die nun etwas ruhiger gewordene Hela. Sie hatte sich langsam wieder gefangen und die erste Phase des Schreckens und der Enttäuschung fast schon überwunden. Olov war zuversichtlich, dass Baldur sie mit Aufgaben überschütten würde. In der Stadt gab es mehr als genug zu tun und Baldur brauchte dafür jede Hand, die geeignet war.

Er wollte das Krankenhaus gerade verlassen, als sich ihm Jasamin in den Weg stellte und ihn fragend ansah. "Wie ist es gelaufen? Weint sie immer noch? Weist du eigentlich, dass sie nach ihrer Ankunft im Krankenhaus dreimal nach dir gefragt hat, Olov?"

Er legte Jasamin beruhigend die Hand auf die Schulter. "Sie braucht nur etwas Zeit, um den Unfall zu verarbeiten. Viel wichtiger ist jedoch die Frage, wird sie wieder völlig gesund, Jasamin?"

Jasamin nickte zuversichtlich, als sie antwortete. "Mache dir keine Sorgen, Olov. Sie wird wieder gesund. Hela ist jung, hat einen starken Körper und einen noch stärkeren Geist. In einem Mond kann sie aufstehen und sich auf Krücken bewegen. In drei Monden können die Schienen und die Lederbandagen endgültig entfernt werden. Anschi und Mailin werden sich ganz besonders um sie kümmern. Ich selbst werde dann ja auf dem Wege nach Swenu sein ... Ebenso wie du auch, Olov. Wenn wir zurückkommen, dann ist sie wieder ganz die alte Hela, die wir beiden kennen und lieben."

Sie sah ihm in die Augen und trat etwas näher zu ihm. "Ich würde dich gerne heute am Abend sehen, mit dir reden und dann mit dir ..."

Er grinste und umarmte sie zärtlich. "Jederzeit, Jasamin ... ich werde auf dich warten und freue mich schon darauf. Jetzt muss ich mich eilen. Baldur wird schon auf mich warten. Ich soll ihm berichten, wie es Hela geht."

König Baldur saß, zusammen mit seiner Gefährtin Omoru und Ephimos, in seinem Arbeitszimmer. Sie beugten sich über eine Karte, auf der man den Weg nach Swenu sah und hatten einen Stapel von gebrannten Tontafeln neben sich liegen. Baldur blickte auf, als Olov in den Raum trat und sah ihn fragend an. "Kommst du von Hela? Wie schlimm ist es?"

180

Olov fasste sich kurz und gab das wieder, was Jasamin ihm über den Zustand, die voraussichtliche Heilung und deren Dauer erzählt hatte. Als er geendet hatte grübelte Baldur einen Moment, sah dabei Ephimos und Omoru an und wandte sich dann zu Olov. "Das ist ärgerlich aber sie hat noch einmal Glück gehabt. Ich denke, wir werden sie am Anfang damit beschäftigen, dass sie sich mit der Verwaltung von Asengard befasst, wo auch Skald und Matumba beschäftigt sind … Schau nicht so erstaunt, Olov. Hela wird irgendwann deine Gefährtin werden. Das ist für mich klar erkennbar und wird sich auch nicht ändern. Wenn sie deine Gefährtin ist und du selbst einst die Krone trägst, dann brauchst du eine Frau an deiner Seite, die sich mit den verzwickten Problemen der Verwaltung auskennt. Ich selbst habe Glück gehabt und Omoru gefunden … Sobald Hela sich wieder besser bewegen kann, soll sie sich, zusammen mit Orm, um die Ausbildung unserer jungen Krieger und Schildmaiden kümmern. Die beiden sind, von dir abgesehen, die besten Kämpfer in der Stadt und vor allem die jungen Schildmaiden verehren Hela zutiefst. Damit sollte Hela ausgelastet sein und hat eine Aufgabe, die ihrem Können gerecht wird."

Der Abend legte sich sanft über Asengard. Die goldene Stunde, in der das letzte Licht der Sonne die Dächer in flammendes Kupfer tauchte, war vorüber. Nun lag ein kühler Hauch über den Wegen der Stadt, über den Mauern und den Gärten.

Mailin saß auf der Fensterbank, die Beine unter sich gezogen, das Haar noch feucht vom abendlichen Waschen. Sie trug ein leichtes Gewand aus Leinen, das lose über ihre Schultern fiel und sah hinaus in den dunkler werdenden Garten. Dort stand Anschi, die Hände in der Erde eines kleinen Beetes, das sie beide pflegten. Minze, Eberraute, Eisenkraut. Heilpflanzen, aber auch einfach schön. Es war eine stille Liebe, die sie nur zeigten, wenn sie ungestört waren. Dann jedoch lebten sie all ihre Gefühle, Bedürfnisse und die Lust aus. einander. Mailin nahm Anschis Hand und hielt sie fest. "Du bist heute stiller als sonst."

Anschi nickte. "Ich denke an Hela." Ein tiefer Atemzug. Mailin ließ ihren Kopf auf Anschis Schulter sinken. "Ein unglücklicher Unfall. Es hätte schlimmer sein können. Den Göttern sei dank wird sie heilen. Sie ist wichtig für die Stadt … und ich mag sie."

Mailin drehte sich zu ihr, sah ihr in die Augen. "Du bist so mitfühlend, Anschi. Und stark. Und dabei oft so selbstlos. Du denkst beständig an Asengard und die Bewohner hier. Du tust alles, um jedem Menschen hier zu helfen und bist vielen ein Vorbild damit ... mir auch."

Ein Lächeln huschte über Anschis Lippen. "Ich liebe es, wenn du so zu mir sprichst."

Mailin legte eine Hand an ihre Wange. "Ich liebe dich. Immer." Der Moment blieb, schwebend und zart. Dann küsste sie sie, leicht, wie ein Hauch aber mit einer liebe, die fast wie eine helle Flamme brannte. Es war, als würde sich für einen Augenblick alles verlangsamen ... der Wind, der durch die Kräuter fuhr, selbst die Geräusche der Stadt in der Ferne.

Sie standen auf, schlossen das Fenster, löschten das Licht. Nur eine kleine Kerze blieb an, auf dem niedrigen Tisch neben dem Bett. Die Schatten tanzten an den Wänden, während sie sich nebeneinander auf das breite Lager legten ... nicht zum Schlafen, noch nicht. Sie lagen einander zugewandt, sprachen leise weiter, flüsterten sich Zärtlichkeiten zu und genossen die Gegenwart der Gespielin.

Sie kannten einander und machten sich manchmal fast einen Spaß daraus vorherzusagen, wie die Gegenüber nun reagieren würde. Die Schwächen, die Stärken, die kleinen Eigenheiten. Mailins Neigung, bei Anspannung die Lippen zusammenzupressen. Anschis Vorliebe, im Schlaf das linke Bein über die Decke zu werfen. Die Art, wie sie lachten, wenn sie sich unbeobachtet fühlten.

Mailin blickte Anschi an, strich ihr über die Wange. Ein langer Kuss, diesmal voller Verlangen. Anschi zog Mailin näher zu sich, ihre Körper verschmolzen und die Decke des Raumes wurde zur Grenze einer Welt, die nur ihnen gehörte. Alles andere trat zurück, wie ein Vorhang, der sich schließt, um den Mittelpunkt des Stückes zu enthüllen ... zwei Menschen, die einander fanden. Immer wieder. Jede Nacht aufs Neue.

Nicht lange danach drangen Laute der Lust aus dem Haus und zeugten davon, dass sie sich gegenseitig die Erfüllung gaben, die sie begehrten. Jede Nacht gaben sie sich dem ungehemmten Liebesspiel hin, konnten es am Tage teils kaum erwarten, wieder ungestört zu sein. Sehr viel später schliefen sie eng umschlungen ein. Zufrieden, befriedigt, erschöpft und in dem Wissen nicht alleine zu sein. Anschi schlief als erste ein und Mailin warf noch einen letzten Blick auf sie, bevor sie selbst ihre Augen schloss. In der vergangenen Zeit hatte sie festgestellt, dass Anschi an einigen Tagen schier unersättlich war. Mailin lächelte müde und gähnte dann. Ihr war das durchaus recht, denn sie selbst spürte das geradezu überwältigende Verlangen nach Anschi, sobald sie nur in deren Nähe war.

Jasamin stieg die Stufen zu den Gemächern von Olov empor. Der Weg war ihr bereits so gut bekannt, dass sie ihn auch in völliger Dunkelheit gefunden hätte. Voller Vorfreude dachte sie daran, Olov an diesem Abend endlich ungestört für sich haben zu können. Den ganzen Tag über hatte sie bereits dieses Verlangen verspürt, welches ihr Körper ihr beständig signalisierte. Sie hatte kurz nach dem Sonnenhöchststand kurz mit ihm gesprochen, als er Hela im Krankenhaus besuchte. Schon sein Blick sagte ihr, dass er ein ähnliches Verlangen verspürte. Jasamin lächelte, als sie an der Tür zu seinen Gemächern angelangte und daran klopfte.

Nur wenige Augenblicke später öffnete sich die Tür und sie stand Olov gegenüber. Sie sah sein Lächeln und schmiegte sich an ihn, während er sie sanft umarmte und ihr über die Haare strich. "Ich habe dich vermisst, Olov … Ich hoffe, dass dir das zumindest ein ganz klein wenig ähnlich geht und du mich auch vermisst hast."

Er lachte leise und zog sie in den Raum, bevor er die Tür schloss. "Ich würde lügen, wenn ich sage es wäre nicht so, Jasamin." Er schaute sie an und schmunzelte. "Ich habe mir gedacht, du wirst heute noch nicht viel gegessen haben. Deshalb steht ein wenig kalter Braten, Käse und Brot bereit … Etwas Bier aus der Brauerei unserer neuen Schenke habe ich ebenfalls besorgt. Ist dir das Recht?"

Jasamin lachte zufrieden. "Natürlich ist mir das recht, Olov … Ich glaube, ich könnte einen halben Elefanten essen, so hungrig bin ich."

Die beiden setzten sich auf die Terrasse, wo ein kleiner Tisch mit den Speisen und Getränken auf Jasamin wartete. Jasamin schmunzelte und sah Olov dankbar an, der sie nun fröhlich anlächelte. Er freute sich, dass diese Überraschung gelungen war und sah Jasamin zu, während diese hungrig von dem Braten und dem Käse nahm.

Während sie mit vollem Mund kaute und ab und zu einen Schluck Bier nahm, sah sie Olov nachdenklich an. "Wie weit sind die Vorbereitungen, für die Reise nach Swenu? Ephimos hat den Großteil der Vorbereitungen ohne mich getan, weil ich im Krankenhaus sehr ausgelastet gewesen bin. Du hast Ephimos doch bei den Vorbereitungen geholfen. Du müsstest es doch wissen."

Olov nickte bestätigend und lehnte sich auf seinem Schemel zurück, als er antwortete. "Wir werden in zwei Tagen aufbrechen. Zwölf Wagen mit jeweils zwei Pferden, dazu acht Ersatzpferde und fünfzig ausgesuchte Leute. Zusätzlich Ephimos, du und ich. Die meisten der Leute haben die Reise bereits mindestens einmal mitgemacht, wissen also, was uns erwartet. Balu hat vorgeschlagen zwei seiner Lehrlinge mitzunehmen. Wir werden versuchen, auf dem Rückweg, einige junge Elefanten zu fangen und mitzunehmen … das Hauptaugenmerk bei dieser Reise sollen Erzbarren, Stoffe und Silber sein. Baldur und Omoru sind bereit, den Großteil unserer Edelsteine dafür zu opfern. Wenn wir die Möglichkeit bekommen, dann werden wir auch einige Schafe erwerben. Sollten wir keine Jungtiere bekommen, dann kaufen wir nur deren Felle, da wir diese für unsere Goldwaschanlage benötigen … Ephimos hat den Vorschlag gemacht, auf der Hinreise Elefanten zu jagen, um an deren Elfenbein zu gelangen. Das Elfenbein ist in Swenu ein begehrter Handelsartikel."

Er zuckte mit den Schultern und grinste dann fast übermütig. "Das ist eigentlich alles. Baldur hat mir empfohlen bei dieser Reise nicht wieder den ganzen Sklavenmarkt in Swenu aufzukaufen … Wir werden sehen, was wir dort vorfinden. Den einen oder anderen kräftigen Krieger oder Handwerker könnte Asengard noch benötigen, wenn ich so höre, was die Frauen untereinander erzählen."

Jasamin kicherte leise. Der einstige so enorm spürbare Männermangel in Asengard hatte sich etwas gelegt. Viele neue Paare hatten sich gefunden und im kommenden Jahr würden noch viel mehr Kinder die Straßen der Stadt bevölkern. Trotzdem wurden noch immer Männer benötigt, denn viele der Frauen hatten bislang noch keinen festen Gefährten … auch wenn einige dieser Frauen trotzdem allmählich einen sichtbar dickeren Bauch bekamen. Einige der noch ungebundenen Männer vergaben ihre Zuneigung gerne an einsame Frauen, wenn diese sie dazu aufforderten.

Olov erklärte ihr, was Baldur mit Hela geplant hatte, wie und wo er sie in Asengard einsetzen wollte, bis die Reisegruppe aus Swenu zurück sei. Nachdem er geendet hatte lachte Jasamin schallend. "Hela soll in der Verwaltung arbeiten? Götter, sie wird das zutiefst hassen. Auch wenn es nur für eine gewisse und absehbare Zeit sein soll, so kann ich mir ihre Reaktion darauf lebhaft vorstellen. Die Ausbildung der Schildmaiden und Krieger wird ihr gefallen ... aber die Verwaltung?"

Wieder lachte Jasamin. Dann sah sie Olov ernst an. "Ich kann jedoch die Gedanken von Baldur verstehen ... und ich sage dir, Olov, Hela wird irgendwann deine Gefährtin werden. Da hat Baldur vollkommen richtig gelegen, mit seinen Gedanken. Mag es noch ein, zwei oder drei Sommer dauern, bis sie sich dazu entschließt ... oder auch zehn Sommer ... aber irgendwann wird sie diesen Schritt tun. Baldur plant langfristig. Er will nicht nur eine Kriegerin an deiner Seite wissen, sondern auch jemanden, der versteht, was alles nötig ist, um Asengard erblühen zu lassen."

Sie legte ihren Kopf schräg und zwinkerte ihm kurz zu. "Wenn es soweit ist, dann solltest du dich darauf beschränken entweder Hela oder mich oder uns beide zusammen, zu besteigen. Eine andere Frau wird Hela in dieser Beziehung nicht dulden ... und ich auch nicht. Vergesse das niemals, Olov."

Nachdenklich griff er zu seinem Becher und trank einen Schluck Bier. Er schaute anerkennend auf den Bierkrug. Das Bier aus der Schenke schmeckte sehr viel besser, als das Bier was bislang in Asengard gebraut worden war. Er setzte seinen Becher ab und grübelte einen Moment. Er genoss die derzeitige Situation, in der er sich nicht nur mit Hela und Jasamin vergnügen konnte, sondern auch mit Skadi. Das würde sich dann ändern, wenn Hela sich dazu entschloss, sich mit ihm zu binden. Noch waren sie alle ungebunden und konnten tun und lassen, was sie wollten. Er seufzte kurz ... Wenn es irgendwann soweit war, dann würde sich das ändern. Tief in seinem Innern war ihm das bereits lange klar und er würde das auch freudig akzeptieren.

Jasamin trank ebenfalls noch einen Schluck Bier und schaute ihn dann an. Sie stand auf und lächelte. Dieses verheißungsvolle Lächeln, dass er bereits so gut kannte und an ihr liebte. Er stand ebenfalls auf und trat auf sie zu, sah das Verlangen in ihren Augen.

185

Sie legte die Arme um seinen Hals und zog seinen Kopf zu sich, um ihn zu küssen. Sanft und doch voller Begierde glitten seine Hände über ihren Körper, während er den Kuss erwiderte. Ohne den Kuss zu unterbrechen, der nun in wildes Zungenspiel überging, streifte er ihr die Kleidung von den Schultern. Dabei stellte er fest, dass sie auf ihr Lendentuch verzichtet hatte. Eine klare Ankündigung dessen, was sie heute von ihm erwartete. Jasamin seufzte leise, als seine Hände nun über ihre Seiten strichen, den Po streichelten und sich langsam der Vorderseite näherten. Nach einer gefühlten Ewigkeit berührte er ihre Brüste, strich sanft über die bereits aufgerichteten Brustwarzen. Sie stöhnte lustvoll auf.

Eilig öffnete Jasamin seinen Gürtel und sein Lendentuch. Ihre Finger tasteten zwischen seinen Beinen und fanden dann, wonach sie suchte. Geschickt massierte sie seine bereits harte, aufgerichtete Männlichkeit und entlockte ihm damit ein leises Stöhnen. Sie rückte etwas von ihm ab. Ihre Stimme war nicht mehr als ein Flüstern und klang heiser. "Bring mich in dein Bett, Olov. Zeige mir, ob es dich jetzt genauso nach einer lustvollen Nacht verlangt, wie mich."

Er lachte leise und mit funkelnden Augen, hob sie in seine Arme und ging, mit eiligen Schritten, in das Innere der Gemächer. Augenblicke später setzte er Jasamin auf dem Rand seines Bettes ab, und schlüpfte aus seiner Kleidung. Sie blickte zu ihm auf, leckte sich die Lippen, als ihr Blick zu seiner Körpermitte wanderte und stand dann auf. Lange Zeit tauschten sie zärtliche Küsse aus, streichelten einander. Jasamin sank auf die Knie, Sie blickte zu ihm auf und lächelte. Dann küsste sie seine steife Männlichkeit zart auf die Eichel, leckte darüber und spielte mit ihrer Zunge daran, während sie beständig den Blickkontakt zu ihm hielt. Olov atmete schneller. Er genoss ihr Zungenspiel. Nach einer gefühlten Ewigkeit, als sein Atem nun unregelmäßiger wurde erhob sie sich wieder. Rneut küssten sie sich. Diesmal jedoch wild und voller verlangen. Seine Hände glitten über ihren Körper und nun stöhnte sie, als seine tastenden Finger zwischen ihre Beine glitten und sie dort zärtlich und fordern berührten. Jasamin spreizte ihre Beine etwas weiter, spürte wie seine Finger sanft in sie eindrangen. Sie legte den Kopf auf seine Schulter und gab laute des Wohlbefindens von sich, die schnell lauter wurden und von ihrer Lust zeugten, die sie empfand. Ihre Beine fingen an zu zittern und sie klammerte sich an seine Schultern.

Jasamin rückte ein Stück von ihm ab, atmete schwer und küsste ihn noch einmal, kurz auf die Lippen. Dann wandte sie sich um, beugte sich vor und stützte sich mit den Händen auf das Bett. Sie drehte den Kopf zu ihm, sah ihn über die Schulter hinweg an. "Jetzt, hier. Nimm mich, Olov. Ich kann und will nicht mehr warten. Ich will dich in mir haben."

Er trat einen Schritt näher an sie heran, betrachtete ihren Hintern, den sie ihm auffordernd entgegen reckte. Er wusste, was sie erwartete aber er wollte ihr erst noch mehr Zärtlichkeit geben und ihre Lust noch mehr entfesseln. Er sank auf die Knie und vergrub sein Gesicht zwischen ihren weit geöffneten Schenkeln. Zärtlich fuhr er mit der Zunge über die nassen Schamlippen. Sie stöhnte auf, reckte sich ihm entgegen und gab sich ganz seinem Zungenspiel hin. Olov ließ sich Zeit. Langsam strömten die ersten warmen Wellen der Lust durch ihren Körper und ihre Laute, die sie von sich gab, wurden lauter und unkontrollierter.

Ihre leise Stimme kam keuchend und heiser. "Ihr Götter! Olov warum folterst du mich. Schiebe ihn mir endlich hinein. Ich will dich endlich in mir spüren." Nur Augenblicke später stand er auf, trat dicht hinter sie. Er spürte ihre Hand, die seine Männlichkeit umfasste, sie zwischen die nassen Schamlippen dirigierte und drang ein winziges Stück in sie ein. Ein tiefes Seufzen kam von Ihren Lippen, als sie ihn spürte. Er umfasste ihre Hüften, begann damit, langsam stoßend, weiter in sie einzudringen. Jasamin ließ ihren Kopf hängen. Ihre langen Haare wirkten fast wie ein Vorhang. Sie erwiderte seine langsamen Stöße jetzt mit fordernden Bewegungen ihres Unterleibs.

Jasamin genoss das Gefühl in tief in sich zu spüren, seine Hände an ihren Hüften, die nun begannen ihren Körper an ihn heran zu ziehen, während er sie schneller werdend stieß. Immer, wenn er jetzt wieder in sie stieß, verspürte sie dieses Gefühl des völlig ausgefüllt werden. Dieses wohlige und zugleich so befriedigende Gefühl, dass sie nun langsam und stetig einem Höhepunkt näher brachte. Ein gewaltiger Höhepunkt, der sich immer deutlicher ankündigte. Sie keuchte, bockte ihm ihren Unterleib stärker entgegen, wenn er in sie eindrang. Dann brandete der Höhepunkt über ihr zusammen. Sie vergrub ihr Gesicht in der weichen Bettdecke, schrie ihre Lust ungezügelt heraus. Ihre Beine zitterten. Hätte er sie nicht an den Hüften gehalten, wäre sie wohl gefallen.

Er verharrte in ihr, beugte sich weit vor und küsste ihren Rücken. Nur langsam kam Jasamin wieder zu Atem. Sie rückte ein Stück von ihm ab, richtete sich auf und drehte sich ihm zu. Er lächelte sie liebevoll an. Ein Lächeln, das sie aus ganzem Herzen erwiderte. Sie sank vor ihm auf die Knie, umfasste seine Männlichkeit und begann sie sanft zu reiben. Ihr Blick wanderte zu seinem Gesicht empor, sah das Leuchten in seinen Augen. Sie wusste, wie gerne er dies hatte, wenn sie ihn mit Händen, Zunge und Mund verwöhnte. Ohne den Blickkontakt zu unterbrechen Öffnete sie ihre Lippen und nahm ihn in ihrem Mund auf. Er stöhnte, als ihre weichen Lippen sich fest um ihn schlossen und sie mit energischen, fordernden aber sanften Bewegungen seine Hoden massierte. Er hielt sich an ihren Schultern fest, hatte seine Augen halb geschlossen und keuchte. Jasamin verstand es unglaublich ihn mit Zunge und Händen zu reizen, dem Höhepunkt immer näher zu bringen. Sie spürte, wie seine Hoden sich zusammenzogen, hörte seinen keuchenden Atem … Dann fing er in ihrem Mund an zu zucken. Laut stöhnte Er seinen Höhepunkt heraus. Jasamin mochte es, wenn er in ihrem Mund kam. Wenn die Fontänen aus ihm herausspritzten und er sie seine Lust hören ließ. Es gab ihr dieses Gefühl, in diesem Moment völlig Herrin über ihn zu sein, ihn sich ihr gegenüber hilflos und willenlos ausgeliefert zu wissen. Sie saugte, bis nichts mehr kam, schluckte seine Samenflüssigkeit herunter und entließ seine Männlichkeit dann, mit einem schmatzenden Geräusch aus ihrem Mund.

Langsam stand sie auf und wischte sich mit dem Finger über ihre Mundwinkel. Sie grinste ihn an. Und er zwinkerte ihr zu. Die Nacht würde noch lang werden und am folgenden Tage würden sie beide müde sein. Das wussten sie beide, denn sie hatten es schon öfter erlebt … und genossen.

Die Nacht war schon zur Hälfte vorüber, als sie schließlich erschöpft und befriedigt einschliefen. Eng aneinander gekuschelt, verschwitzt aber mit einem Gefühl der Geborgenheit und des Miteinander. Der Kommende Tag würde für beide wieder voller Arbeit und Aufgaben sein.

10.

Vorbereitungen und Resultate

···

Liv stand in ihrem Arbeitsraum, im Tempel. Ringsum wurde es leiser, als der Abend sich über die Stadt Tombalku legte. Lange hatte sie überlegt, ob die Flüsterparolen, die sie hatte ausstreuen lassen, genügen würden, um zu verhindern dass jemand in den Talkessel gehen würde in dem Asengard sich befand. Asengard, mit seinen Bewohnern, die ihre Macht durch wenige Worte oder Taten zu Staub zerfallen lassen konnten. Wenn jemals den Watambi klar werden sollte, dass sie nur ein normaler Mensch war, dann wären die tage ihrer macht gezählt.

Dies wollte sie unter allen Umständen verhindern. Wie aber konnte sie dies tun? Der einzige Weg, der ihr eingefallen war, bestand darin, den Zugang zum Talkessel unpassierbar zu machen. Der schmale Durchgang, den auch sie genommen hatte, war nicht breiter als fünfhundert Schritte. An den Seiten erhoben sich die felsigen Berghänge und der Durchgang war ein lang gezogener Gebirgspass, der letztlich über einen steilen Hügel den Ausweg aus dem großen Talkessel bot. Diesen Pass galt es zu versperren. Dort, wo es am einfachsten sein würde, direkt hinter diesem Hügel, der dann den Weg in den Urwald ermöglichte, der zum Reich der Watambi gehörte.

Liv hatte in den vergangenen zehn Tagen mehr als dreihundert Sklaven versammeln lassen. Diese sollten die Arbeiten ausführen, die diesen Weg unpassierbar machten. Liv selbst würde die Arbeiten beaufsichtigen. Ihre Leibwache und fünfzig Soldaten der Tempelgarde sollten sie begleiten. Die Sklaven würden durch fünfzig Aufseher und weitere fünfzig Soldaten der regulären Armee bewacht werden. Der Ausgangspunkt für das Unterfangen sollte die alte Stadt der Gomuna sein, die nun langsam vom Urwald überwuchert wurde. Die Sklaven und deren Bewachung sollten in fünf Tagen dort eintreffen. Ein Vorauskommando von zwanzig Soldaten war bereits entsendet worden. Zusammen, mit dem Tross, der notwendig war. Fünfzehn Ochsenkarren mit Lebensmitteln, Ausrüstung, und Werkzeug standen schon jetzt dort bereit und warteten.

Liv schaute ein letztes mal auf den Bauplan, den sie ersonnen hatte. Quer über den Pass sollten mehrere tiefe, breite Gräben ausgehoben werden. Das Erdreich selbst sollte am Passende aufgeschüttet werden und eine Barriere bilden. Zwischen den Gräben würde es zahllose, tiefe Fallgruben geben und alles würde mit Dornensträuchern bepflanzt werden, die ein Durchkommen zusätzlich erschwerten. Ganz zum Schluss der Arbeiten würde an den Hängen eine Gerölllawine ausgelöst werden, die dann auf den Teil niederging, der durch den Erdaushub schon einen gewaltigen Wall aus Felsen und Erdreich bildete. Sie nickte zufrieden. Es erschien ihr unwahrscheinlich, dass eine Truppe von gerüsteten Kriegern diesen Weg nochmals nehmen könnte, wenn die Arbeiten erst abgeschlossen waren. Sie gähnte und schritt zu ihrem Schlafgemach. Morgen würde sie aufbrechen.

Kurz nach Sonnenaufgang verließ die Marschkolonne Tombalku. Konge und Liv gingen an der Spitze und schlugen ein schnelles Tempo ein. Von Zeit zu Zeit verfielen sie in einen raumgreifenden Trab, der die Kolonne schnell voranbrachte. Erst am Abend rasteten sie. Während Liv am Lagerfeuer saß ließ sie ihren Blick über die Krieger schweifen. Alle wirkten etwas erschöpft, von dem Tempo welches sie eingeschlagen hatte. Doch niemand murrte. Sie befanden sich auf einer heiligen Mission und begleiteten ihre Göttin. Bereits zwei tage zuvor war ein Gerücht durch die Straßen und Gassen von Tombalku gegangen. Leise flüsterten die Menschen es sich zu. Lilith wollte den Pass unpassierbar machen, der in das Tal der Dämonen führte. Nie wieder sollte von dort ein Dämon in das Land der Watambi gelangen können. Den großen Waldaffen, die allgemein als die niederen Diener der Dämonen angesehen wurden, würde somit ebenfalls der Weg versperrt werden.

Liv lächelte kaum merklich, als sie den Stolz erkannte, der auf den Gesichtern der sie begleitenden Krieger lag. Sie fühlten sich auserwählt, den Willen der Göttin Lilith zu vollstrecken. Zum Wohle der Watambi und zum Ruhm von Lilith … der Göttin, die sie alle verehrten und der sie ihr Leben verschrieben hatten.

Liv streckte sich entspannt aus, zog die Decke über sich und schloss ihre Augen. Die Wachen, die um das Lager herum ihre Runden gingen, würden nicht zulassen, dass irgendetwas der Gruppe gefährlich werden konnte. Hier, inmitten dieser ihr fanatisch ergebenen Krieger, war Liv so sicher, wie in ihren Privatgemächern, im Tempel. Sie gähnte. Morgen würden sie wieder eine weite Strecke zurücklegen ... und in drei Tagen sollte das Ziel erreicht sein. Die Sklaven und das Baumaterial würden dort bereits warten. Dann war es an der Zeit den Plan umzusetzen, von dem Liv sich Sicherheit versprach. Sicherheit davor, dass ihre Lüge erkannt wurde ... von Menschen aus Asengard.

Der Pass in den Talkessel

Die Baustelle wimmelte vor geschäftig herum eilenden Menschen. Liv hatte dem Führer der regulären Soldaten, vor dessen Abreise, einen Plan zukommen lassen, mit den Arbeiten, die bereits begonnen werden sollten. Zufrieden stellte sie fest, dass der Offizier diese Anweisungen nun kompromisslos umsetzte. Die Aufseher gingen keineswegs sparsam mit ihren Peitschen um, wenn die Sklaven ihrer Meinung nach zu langsam waren. Aufmerksam betrachtete Liv das Gelände vor sich und nickte dann zufrieden. Sie war bei dem Planentwurf etwas unsicher gewesen, da sie bei Dunkelheit hier entlang in das Reich der Watambi gekommen war.

Jetzt stellte sie fest, dass ihre Erinnerungen an das Gelände zumindest teilweise zutrafen. Die vorgeschobenen Gräben und Fallgruben würden sich so nicht umsetzen lassen. Das Gelände war dafür nicht geeignet, da der Boden zumeist aus Fels bestand. Einfach nur graben würde also nicht funktionieren. Lange schaute Liv auf das Gelände. Dann ging sie in den pass hinein und folgte ihm, wobei Konge sich beständig einige Schritte hinter ihr befand. Argwöhnisch musterte er die schroffen Felswände an den Seiten und hielt Ausschau nach Bedrohungen.

Vom Fuß des Hügels, der den Abschluss des Passes bildete, bis zur ersten engen Biegung des Passes war es lediglich etwas weniger als eine halbe Wegstunde. Der Boden war hier feucht. Liv schaute nachdenklich, zu den Felswänden an den Seiten empor. Wenn sie hier einen größeren Erdrutsch auslösen würden, dann sollte sich eine Barriere bilden. In Verbindung mit den häufigen Regenfällen würde sich dann in diesem Teil des Passes schon innerhalb kurzer Zeit ein sumpfiges Terrain bilden, welches das Durchqueren zumindest sehr erschweren sollte. Sie nickte sinnend. So würde sie es nun angehen. Sie wandte sich um und ging zurück. Die Sklaven sollten umgehend mit den Arbeiten beginnen.

Einen Viertelmond später war das Werk vollbracht. Der Erdrutsch war an der von Liv geplanten Stelle ausgelöst worden und bildete jetzt eine fast zweihundert Schritt breite, fünfzig Schritt hohe Barriere, die wie ein Damm wirkte. Wasser der Regenfälle hatte sich bereits gesammelt und die Strecke in einen morastigen Sumpf verwandelt. Jetzt arbeitete man an der Abschlussbarriere, die sich über den Hügel am Passende ziehen sollte. Auf der Seite des Passes, zum Talkessel, war Erdreich und Gestein abgetragen worden und auf dem Hügel aufgeschüttet worden. Das Ergebnis war eine sehr steile Hügelflanke, die nahezu dreißig Schritte emporragte. Beiderseits des Hügels liefen bereits die Arbeiten, um hier einen massiven Erdrutsch auszulösen, der dann auf dem Hügel niedergehen sollte und den Pass somit versperrte. Liv fieberte dem Moment entgegen. So viel hing für sie davon ab.

Der Tag, an dem der Pass versperrt werden sollte war gekommen. Liv unterhielt sich mit Konge und dem Offizier der regulären Truppen. Die bisherigen Arbeiten hatten das Leben von vierzehn Sklaven gefordert, die beim Auslösen des ersten Erdrutsches mit in den Tod gerissen worden waren. Derartige Unfälle waren bei Bauarbeiten an der Tagesordnung und kümmerten Liv nicht im geringsten. Plötzlich erschallten, vom Hügel her, laute Schreie. Dann war ein tiefes, wütendes, tierisches Grollen zu vernehmen und die Schreie wurden panischer. Soldaten der Tempelgarde hasteten an ihnen vorüber, in Richtung des Hügels. Liv griff sich einen der Speere, den einer der Tempelgardisten trug und eilte ebenfalls zum Hügel. Was sie sah, ließ ihr einen kalten Schauer über den Rücken laufen. Mehrere Sklaven lagen verkrümmt auf dem Boden. In ihrer Mitte stand, hoch aufgerichtet, ein riesiger Waldaffe … aber kein normaler.

Bislang hatte Liv nur die alten Geschichten gehört, die von den Dämonen kündeten, die aus dem Talkessel kamen und in die Gebiete der Watambi einfielen. Sie hatte die Geschichten für die üblichen Übertreibungen gehalten. Doch nun sah sie dieses Tier selbst. Das Biest war deutlich größer, als die ohnehin schon großen Waldaffen. Sein verfilztes Fell wirkte merkwürdig hell, beinahe hellgrau oder schon weis. Nicht zu übersehen waren seine gewaltigen Muskeln und die fürchterlichen Eckzähne, in seinem weit aufgerissenen Maul. Zwei Soldaten der Tempelgarde drängten sich vor Liv, um sie zu schützen. Sie griffen das riesige Tier an. Mit atemberaubender Geschwindigkeit reagierte die Bestie. Ein Sprung von fast zehn Schritt brachte die Bestie zwischen die beiden Soldaten. Mit unbändiger Kraft schlugen die Arme zu. Der erste Soldat wurde weit zur Seite geschleudert und traf mit einem grässlichen Knacken, das auf brechende Knochen hindeutete, auf einen großen Felsen. Der zweite Soldat wurde am Hals gepackt und dann auf den Boden geschleudert, wo er mit verdrehten Gliedern, zuckend liegenblieb. Zehn Schritte vor dem Biest stoppte Liv und schleuderte ihren Speer, mit aller Kraft. Ein klatschendes Geräusch ertönte, als die Speerklinge tief in den Brustkorb der Bestie eindrang. Die Bestie sah Liv mit funkelnden Augen an und stieß ein wütendes Brüllen aus. Für einen winzigen Moment glaubte Liv in den Augen nicht nur unbändige Wut und Hass erkennen zu können, sondern auch eine Intelligenz, die weit größer war, als die eines Tieres. Einen Wimpernschlag später bohrte sich ein zweiter Speer in die Brust des Tieres. Konge war ebenfalls eingetroffen und sprang schützend vor Liv. Mit einem lauten Schrei erhob er sein kurzes Bronzeschwert.

Jetzt waren die anderen Soldaten der Tempelgarde heran. Mehrere Speere flogen und trafen das vor Wut und Schmerz rasende Tier. Langsam sank es auf seine Knie, blickte noch einmal zu Liv und fiel dann zur Seite. Ein Soldat trat näher und rammte dem Tier seinen Speer in das Herz. Mit einem letzten Zucken starb das riesige Tier. Liv trat näher. Diese Bestie war deutlich größer, als die Waldaffen, die sie bereits kannte. Ein voll ausgewachsenes Männchen der Waldaffen konnte fast die Größe von Liv erreichen. Diese Bestie hingegen war fast doppelt so groß und sah irgendwie anders aus. Nicht nur die Fellfarbe war völlig anders. Liv betrachtete das tote Tier. Es schien ihr beinahe so, als wenn das Tier aus einer viel älteren und wilderen Epoche stammen würde. Sie wandte sich ab und ging nachdenklich einige Schritte. Wenn diese Tiere wirklich im großen Talkessel lebten, wie es die alten Geschichten erzählten, dann würden die ahnungslosen Bewohner von Asengard irgendwann noch eine ausgesprochen unangenehme Überraschung erleben.

Konge trat neben sie. "Die beiden Soldaten sind tot. Der Walddämon hat auch sieben der Sklaven getötet. Ein Sklave der entkommen ist hat gesagt, die Bestie wäre plötzlich aufgetaucht, ohne dass jemand sie vorher gesehen hätte … was sollen wir nun tun, Göttin?"

Liv betrachtete den Kadaver. Das Fell der Kreatur war teilweise nass und verschmutzt. Die Bestie war also durch den Pass gekommen und hatte dabei den teilweise bereits überfluteten Teil durchquert. Sie überlebte einen kurzen Moment. Dann drehte sie sich zu den Soldaten und Sklaven, die auf der Hügelkuppe standen und das tote Tier betrachteten. "Hört mir zu … Wir werden noch heute die Berghänge herabstürzen lassen, damit sich so eine Barriere bildet, die den Pass versperrt."

Liv holte tief Luft, bevor sie weitersprach. "Die toten Sklaven sollen hier liegenbleiben. Begraben unter den Felsen die auf ihnen liegen werden. Ihre Geister sollen für alle Ewigkeiten darüber wachen, dass dieser Wall bestehen bleibt. Der tote Dämon verbleibt ebenfalls hier. Sein Geist wird von seinem Leid klagen und die anderen Dämonen somit abschrecken. Die beiden tapferen Soldaten der Tempelgarde, die in das Reich der Götter gegangen sind, bleiben ebenfalls hier. Ihre Geister werden für alle Ewigkeit hier Wache halten und das Land der Watambi beschützen … Ihr solltet den Geistern der Toten eure Ehrerbietung zeigen, bevor wir die Hügelkuppe verlassen. Wir lösen den Erdrutsch so schnell wie möglich aus, solange das Blut der Gefallenen noch warm ist. Diese Barriere, die wir hier errichten wird das Land der Watambi so lange schützen, bis ein Mensch aus dem Land der Watambi kommt und die Barriere überquert. Das ist ewige der Zauberbann der Kriegsgöttin. Diese Barriere soll für alle Menschen verbotenes Gebiet sein, um den Zauberbann aufrecht zu erhalten. Ich habe gesprochen und so soll es sein. Verkündet meine Worte überall, wo ihr mit anderen darüber sprecht. Jeder soll sie hören!"

Der Erdrutsch war kurz darauf ausgelöst worden. Unmengen von Felsen und Erdreich waren herab gestürzt. Liv stand mehrere hundert Schritte entfernt und hatte das Schauspiel betrachtet. Die Erde hatte gebebt und lange hing eine dichte Wolke von Staub in der Luft. Dann endlich konnte sie klar erkennen, in wie weit der Erdrutsch Erfolg gehabt hatte. Liv hätte vor Freude laut jubeln mögen. Mehr als hundertzwanzig Schritte hoch türmten sich die Massen aus Felsen, Erdreich und Steinen auf. An den Seiten sogar noch fast dreißig Schritte höher. Vereinzelt polterten Steine herab, als sich die Masse nun ihre endgültige Ruhelage suchte. Nun musste sich die Masse aus Erde und Fels senken und zur Ruhe kommen. Liv würde bis zum nächsten Tag warten. Dann wollte sie die hohe, steile Barriere erklimmen und prüfen, wie es auf der anderen Seite aussah.

Sie blickte aus dem Augenwinkel zu Konge, der dicht neben ihr stand. Der bloße Anblick seines muskulösen Körpers genügte, um in Liv dieses ihr nur zu gut bekannte Gefühl auszulösen, dass anzeigte, ihr Körper brauchte dringend Erlösung von der Enthaltsamkeit. Sie lächelte stumm. Morgen würde sich dafür die Gelegenheit bieten. Morgen, wenn sie mit Konge den felsigen Gipfel der Barriere erklomm. Er würde sich ihr nicht verweigern.

Vorher sollten jedoch die Sklaven die felsige Barriere erklimmen und fast unzählige Körbe voller Samen über den Abhang schütten, der dem Pass zugewandt war. Im Volksmund wurde diese Strauchart Nadelbusch genannt, was wirklich bezeichnend für die Stacheln dieser Pflanzen war. Wenn diese Dornensträucher erst einmal anfingen in den unzähligen Spalten der Barriere zu wachsen, so würden sie mit ihren fingerlangen Stacheln wohl jeden der riesigen Waldaffen daran hindern, die Barriere zu erklimmen … und auch Menschen davon abhalten. Der noch relativ lockere Boden und die Regenfälle würden das Wachstum begünstigen.

Zwei Tage waren die Sklaven, immer wieder, auf die Barriere hinauf gestiegen und hatten die Körbe voller Pflanzensamen über den Abhang gekippt. Liv war zweimal ebenfalls hinauf gestiegen und hatte sich vom Fortschritt der Arbeiten überzeugt. Die Aufseher hatten mit scharfen Augen über die Arbeiten gewacht und die Sklaven waren bestrebt, den Auftrag der Göttin auszuführen. Keiner der Sklaven wollte den Zorn der Göttin auf sich ziehen. Vielmehr erhofften sie sich irgendwann in der Zukunft eine Belohnung. Eine Belohnung, wie es auch schon andere Sklaven erhalten hatten … Die Freiheit.

Bevor Liv und Konge den letzten Aufstieg auf die Barriere vollzogen legten sie andere Kleidung an. Liv hatte erklärt, das letzte noch notwendige Ritual erfordere dies. Sie trugen beide leichte Tuniken, hatten aber ihre Speere beim Aufstieg dabei. Liv wollte kein Risiko eingehen. Es war jedoch eher unwahrscheinlich, dass ein weiterer der riesigen Waldaffen nun erscheinen würde. Der Bereich vor der Barriere hatte sich mittlerweile in sumpfiges Gelände verwandelt, welches mit unzähligen kleinen Wasserflächen bedeckt war … und die Barriere war nahezu unmöglich zu erklimmen, ohne Lärm zu verursachen. Unbemerkt würde einer der Waldaffen keineswegs auf die Barriere gelangen, solange Liv und Konge dort waren. Sollte eines der Tiere dies trotzdem gerade jetzt versuchen, dann konnte man ihn erwarten und töten, sobald er sich dem Gipfelpunkt näherte.

Liv und Konge erklommen vorsichtig die Barriere, die durch den enormen Erdrutsch entstanden war. Oben angekommen blickte Liv sich prüfend um und schritt dann bis kurz vor den Rand, um in den Pass zu blicken. Es erschien ihr unmöglich, dass ein Trupp ausgerüsteter Krieger diese steile Barriere erklimmen und überwinden konnte. Zufrieden nickte sie und ging einige Schritte zurück, zu einer Mulde, die von großen Felsbrocken umgeben war. Hier war der perfekte Sichtschutz. Sie blickte Konge an. Sein muskulöser Körper glänzte in der Mittagssonne und sie verspürte dieses Kribbeln, zwischen ihren Beinen, welches sie bereits seit Tagen quälte. Bisher hatte sie jedoch keine Möglichkeit gehabt, dem Ruf ihres Körpers zu folgen. Das sollte sich aber jetzt ändern. Sie war mit Konge alleine und die nächsten Menschen waren mehr als eine Wegstunde entfernt. Sie lächelte, sanft. "Konge, mein Krieger … Wir müssen das Ritual beenden. Dazu brauche ich deine Hilfe."

Sofort sank er auf ein Knie und beugte seinen Kopf. "Göttin, ich stehe euch zur Verfügung. Sprecht und ich gehorche euch, mit Freuden. Das ist mein Lebenszweck."

Mit einer Handbewegung bedeutete sie ihm aufzustehen. Sie lehnte sich, mit dem Rücken an einen besonders großen Felsen und reckte ihre Brüste heraus. Liv musste ein schmunzeln unterdrücken, als sie seinen Blick sah. In den vergangenen Tagen war er ihr kaum von der Seite gewichen und wenn er sich unbeobachtet fühlte waren seine Augen stets voller Verlangen über ihren Körper geglitten. Das hatte Liv natürlich bemerkt und es hatte ihr geschmeichelt. "Konge, die Kriegsgöttin in mir hat bereits ihren Teil getan. Jetzt muss die Göttin der Lust und der Liebe ihren Anteil tun, um das Ritual zu vollenden."

Sie strich sich über ihre Brüste und die Hüften, sah ihm dabei in die Augen und erkannte das Aufblitzen darin. Sein Begehren war nicht zu übersehen ... Gut so, so wollte sie es. Sie zog ihre kurze Tunika über den Kopf und ließ sie fallen. Augenblicke später folgte ihr Lendenschurz. Wie gebannt blickte er auf ihre Brüste.

Erneut strich sie sich über ihre Brüste, hob sie ihm etwas entgegen und strich mit ihren Fingern langsam über die Brustwarzen, die sich bereits empor reckten.. "Lege deine Kleidung ab Konge ... zeige mir erneut, dass du zu Recht mein auserwählter Krieger bist. Die Göttin der Lust und der Liebe braucht dich jetzt so, wie eine Frau einen Mann braucht."

In Windeseile entledigte Konge sich seiner Kleidung und stand dann abwartend vor ihr. Liv leckte sich voller Vorfreude die Lippen. Seine Männlichkeit ragte bereits steil empor. Sie winkte ihn heran. Als er so dicht vor ihr stand, dass seine Männlichkeit sie bereits berührte, zog sie seinen Kopf zu sich und küsste in zart auf die Lippen. Erst zögernd, dann voller Begierde erwiderte er den Kuss, tastete nach ihr und ließ dann seine Finger über ihren Körper streichen. Liv seufzte leise. Sie genoss es, endlich wieder einen Mann für ihr Verlangen zu haben. Ihre tastenden Hände fanden seine harte Männlichkeit, umschlossen sie und begannen sanft daran zu reiben. Sie hörte sein leises Stöhnen und konnte ein ähnliches Geräusch nicht unterdrücken, als er ihre Brüste streichelte und sie dabei sanft in die Brustwarzen zwickte. Ein wohliger Schauer durchlief sie.

197

Liv schob ihn ein Stück von sich weg und ging auf die Knie. Direkt vor ihrem Gesicht ragte seine Männlichkeit empor. Liv beugte sich etwas vor und hauchte einen sanften Kuss auf die Eichel, umfasste dann den harten Schaft und begann zart daran zu reiben, während sie mit der anderen Hand seine Hoden massierte. Konge hielt sich an ihren Schultern fest und gab leise Laute der Lust von sich.

Sie schaute zu ihm empor, zog die Vorhaut straff zurück und ließ ihre Zuge über seine Eichel gleiten. Völlig gebannt sah Konge zu ihr herab, betrachtete ihr Zungenspiel und genoss diese Zärtlichkeit. Liv erhob sich und drückte ihn an seinen Schultern sanft herab. Als er vor ihr kniete spreizte sie ihre Beine und lehnte sich mit dem Rücken an den Felsblock hinter sich. Es bedurfte keiner Worte. Konge sah ihre leicht geöffneten Schamlippen vor sich, die bereits feucht glänzten und hauchte einen kuss darauf. Seine Zunge glitt über die Schamlippen, verharrte für einen Moment und umkreise dann ihre Lustperle. Liv legte ihren Kopf zurück und schloss ihre Augen. Sie gab sich ganz den Gefühlen hin, die durch ihren Körper strömten, während er ausdauernd mit seinem Zungenspiel ihre Lust steigerte. Wie aus weiter Ferne verspürte Liv erste Wellen der Lust durch ihren Körper gleiten. Sie schob ihn von sich und sah ihn verlangend an. Dann drehte sie sich um, beugte sich weit vor und schob ihm ihren Unterleib entgegen. Dabei stützte sie sich mit ihren Händen an dem Felsblock ab und wandte ihm dann ihren Kopf zu. "Komm in mich, Konge. Stoße mich von hinten."

Er umfasste mit einer Hand ihre Hüfte während er nun mit der anderen die spitze seiner Männlichkeit über ihre Schamlippen streichen ließ. Liv stöhnte leise auf, als sie endlich verspürte, wie erst seine Eichel, dann auch der Schaft in sie eindrangen. Nun hielt er sich mit beiden Händen an ihren Hüften fest. Liv gab einen grunzenden Laut von sich, als er nun völlig in sie eindrang und anfing langsame Stoßbewegungen zu machen. Das Gefühl ihn tief in sich zu fühlen, war berauschend. Nicht lange und sie schob ihren Unterleib seinen Stößen entgegen, die nun kräftiger und auch schneller wurden. Ihr lustvolles Stöhnen feuerte ihn an und verstärkte seine Begierde noch. Er keuchte lustvoll, klammerte sich an ihre Hüften und stieß kraftvoll, dabei doch zärtlich zu. Immer stärkere Wellen der Lust, ausgehend von ihrem Schoß, flossen durch den Körper von Liv. Sie stöhnte nun laut und ungehemmt.

Die Beine von Liv begannen zu zittern. Unaufhaltsam näherte sie sich ihrem Höhepunkt, der nun nicht mehr weit entfernt war. Sie keuchte voller Lust und Hingabe. "Stoße fester, Konge. Tiefer und härter. Ich komme gleich. Spritze mir deinen Saft tief hinein … Ja, so ist es gut. Das machst du gut. Du hast so einen wunderbaren Schwanz. Ich spüre dich ganz tief in mir … ich komme gleich … Ja, JA, JAA … Spritz mich voll, mein Krieger!"

Ihr ganzer Körper erbebte und sie stieß einen spitzen Schrei aus. Konge kam im selben Moment. Sie spürte ihn tief in sich zucken und fühlte auch die kräftigen Fontänen, die nun aus ihm heraus schossen. Ihre Worte waren alles gewesen, was er noch benötigt hatte. Keuchend hielt er sich an ihren zuckenden Hüften fest und machte jetzt nur noch leichte Stoßbewegungen. Dann verharrte er, streichelte jedoch sanft die Hüften und den Hintern von Liv. Nach einer Weile spürte Liv, wie er seine Härte verlor und aus ihr heraus rutschte. Ein dünnes Rinnsal Flüssigkeit tropfte aus ihr heraus, auf den steinigen Boden. Sie richtete sich auf und drehte sich zu Konge um, gab ihm einen langen und zärtlichen Kuss. "Damit ist das Ritual beendet. Lasse uns nun wieder herabsteigen, mein Krieger."

Sie zwinkerte ihm gut gelaunt zu und gab ihm einen leichten Klaps auf seinen nackten Hintern. "Ich bin überaus zufrieden Konge. Du hast deinen Anteil am Ritual zu meiner Zufriedenheit geleistet … Ich denke, wenn wir wieder in Tombalku sind, dann werden wir in der Zukunft noch sehr oft zusammen den Umgang mit den Waffen und den Waffenlosen Kampf üben."

Konges Augen leuchteten auf, bei ihren Worten. "Jederzeit, oh Göttin. Ihr braucht nur rufen und ich werde sofort zu euch eilen." Liv schmunzelte und gab ihm erneut einen Kuss.

Liv streifte sich ihre Kleidung wieder über und wartete bis auch Konge soweit war. Dann wandte sie sich dem Punkt zu, an dem sie diesen Teil der Barriere erklommen hatten, die hier fast dreißig Schritte breit war. Während des langsamen Abstiegs dankte sie allen Göttern, dass die Barriere auf der Seite, die in Richtung des Talkessels lag, so viel steiler war. Genau so hatte sie es sich erhofft. Hier, wo sie und Konge die Barriere erklommen hatten, war das Gefälle nicht so steil. Trotzdem waren die Sklaven fast einen ganzen Tag damit beschäftigt gewesen, einen Pfad anzulegen, über den man auf die Barriere heraufkommen konnte. Etwa zehn der Sklaven hatten sich bei dieser Arbeit verletzt. Teils durch herabfallendes Gestein, teils durch Unaufmerksamkeit.

Sobald Liv und Konge den Boden erreicht haben würden sollte Konge ein Hornsignal geben. Dann würden die Sklaver herbeikommen und damit beginnen, diesen Pfad ebenfalls unpassierbar zu machen. Er hatte seinen Zweck erfüllt und musste nun ebenfalls beseitigt werden. Niemand sollte diesen künstlichen Wall aus unzähligen Felsen, Geröll und Erdreich überwinden … und dieser Pfad stellte praktisch eine Einladung dazu da. Deshalb sollte er beseitigt werden. Liv wollte alle Risiken minimieren.

Die Sklaven waren eingetroffen und waren eifrig damit beschäftigt, den steilen, schmalen Pfad zu beseitigen. Die Aufseher trieben sie unerbittlich an. Liv sah ihnen dabei gedankenverloren zu. Sie war zufrieden. Sie hatte im Land der Watambi nicht nur Macht, Einfluss, Ansehen und Gold gewonnen, sondern auch Menschen gefunden, mit denen sie ihre Lust ungezügelt ausleben konnte. Sie unterdrückte mühsam ein Lächen, als sie kurz an Kisha dachte … Zwischen ihr und Kisha hatte sich etwas entwickelt, was Liv nicht für möglich gehalten hätte. Bei dem Gedanken an die Prinzessin fühlte Liv ein warmes und wohliges Gefühl. War das etwa Liebe? Liv seufzte und dachte an ihre eigenen Gemächer, in Tombalku, die sie so gerne bewohnte. Ein kurzer Blick auf die Sklaven, die sich hier abmühten, ließ sie ihre Lippen verächtlich verziehen. Licht und Schatten lagen in diesen Tagen dicht beisammen. Morgen würden sie sich, bei Tagesanbruch, auf den Rückweg machen.

Die regulären Soldaten, die Aufseher und die Sklaven sollten damit beginnen, die Niederlassung zu errichten, die zwischen Tombalku und den Dörfern lag. Zuerst musste dort das Land gerodet werden, dann sollten einige Plantagen vorbereitet werden und zeitgleich auch die Unterkünfte für die Sklaven und die Wachmannschaft errichtet werden. Es gab derzeit keinen Zeitdruck. Diese Ansiedlung diente dazu, den Sklaven zu vermitteln, sie könnten sich möglicherweise an diesem Ort die Freiheit erkaufen … Mit Treue, Arbeitseifer und der Loyalität gegenüber den Watambi und der Göttin. Es war jedoch nur eine Geste und ein Hoffnungsschimmer. Eine ernüchternde, kalte Tatsache, die den

Sklaven jedoch verborgen blieb. Derzeit benötigte das Reich der Watambi jeden Sklaven, den man hatte und das würde sich wohl auch so schnell nicht ändern.

Weit entfernt, in Asengard, hatte die Handelskolonne die Stadt bereits verlassen. Olov, der neben Jasamin an der Spitze der Kolonne schritt hing seinen Gedanken nach. Würde Hela bereits völlig gesund sein, wenn er nach Asengard zurückkehrte? Würde sie ihn in der Zwischenzeit so vermissen, wie er sie bereits jetzt vermisste? Was mochte diese Reise wohl bringen und was würden sie in Swenu erleben? Olov hatte ein merkwürdiges Gefühl, welches er nicht beschreiben konnte. War es eine Vorahnung?

Er konzentrierte sich wieder auf den Weg, den sie einschlugen. Drei Späher gingen ihnen, im Abstand von vierzig Schritten voraus. Unter allen Umständen wollte man unliebsame Überraschungen vermeiden. Etwas, was hier in den Tiefen des Urwaldes sehr schnell unangenehme Fogen haben könnte. Stets musste man die Umgebung im Auge behalten und Aufmerksam sein. Das hatte auch der Unfall von Hela erst kürzlich bewiesen. Olov seufzte und blickte aus dem Augenwinkel zu Jasamin.

Er schmunzelte verhalten. Wenn sie erst in Swenu waren, dann sollte es sich bestimmt einrichten lassen, dass er einige Abende mit ihr verbringen konnte. Er freute sich bereits darauf.

Zuversichtlich schritt er weiter aus und summte eine alte Melodie, die er noch aus seiner Kindheit kannte. Ein uraltes Lied, welches von Kriegern und deren Taten erzählte.

Die Saga der vergessenen Stadt geht weiter in

Brennende Leidenschaft

Der Autor

Olaf Thumann, geboren 1966, ist Wirtschaftsfachmann. Er lebt in Norddeutschland. Er schreibt hauptsächlich Romane und Serien, die in den Bereichen SF, Fantasy und Geschichte liegen.

Das Schreiben von Büchern bezeichnet er selbst als sein Hobby. Unübersehbar in seinen Schriften sind seine Erfahrungen und die Kenntnisse aus den Bereichen Militär, Geschichte und Wirtschaft, die mit in die Romane einfließen.

Bisher erschienen:

Werkverzeichnis SPQR-Reihe

SPQR – Der **Falke von Rom (Hauptzyklus)**

Teil 1 – Imperium … von Sascha Rauschenberger

Teil 2 – Die Fackel der Freiheit … von Sascha Rauschenberger

Teil 3 – Ruhm und Ehre … von Sascha Rauschenberger

Teil 4 - Der Preis des Ruhms … von Sascha Rauschenberger

Teil 5 - Dunkle Schatten … von Sascha Rauschenberger

Teil 6 – Der Römer Zorn ... von Sascha Rauschenberger

Teil 7 – Wenn Reiche fallen … von Sascha Rauschenberger

Teil 8 – Mit Feuer und Schwert … von Sascha Rauschenberger

Teil 9 – Pax Romana … von Sascha Rauschenberger

Teil 10 – Die dunkle Zuflucht ... von Sascha Rauschenberger

Teil 11 – Roma Viktor ... von Sascha Rauschenberger

Teil 12 – Schattenspiele … Sascha Rauschenberger

Teil 13 – Legatus (i.V.) … Sascha Rauschenberger

SPQR – **Outback (Nebenzyklen)**

Teil 1 - Ferne Welten … von Olaf Thumann (Lemuria-Zyklus Teil 1)

Teil 2 - Pflicht und Ehre … Olaf Thumann (Lemuria-Zyklus Teil 2)

Teil 3 - Waffengang … Olaf Thumann (Lemuria-Zyklus Teil 3)

Teil 4 – Fremde Himmel (i.V.) … Olaf Thumann (Lemuria-Zyklus Teil 4)

Weitere Romane der Reihe in Vorbereitung

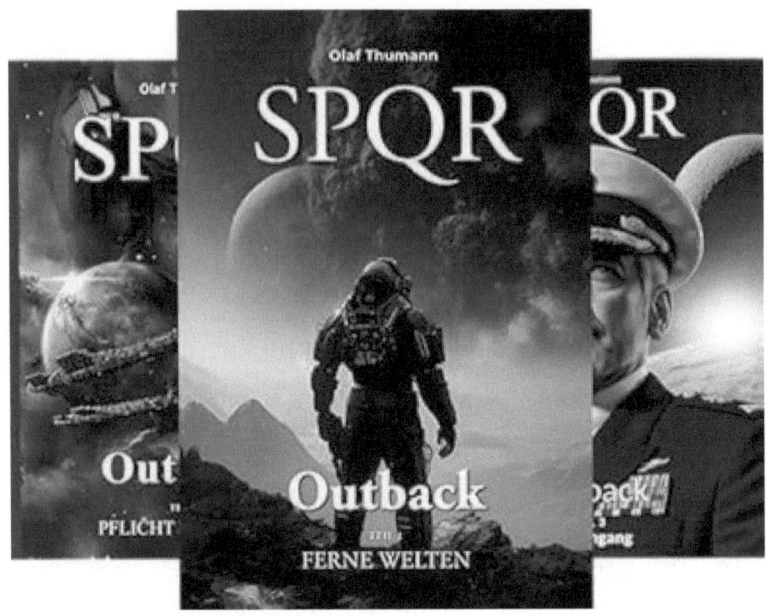

MäcBee (Tuscelan Chroniken)

Teil 1 – Der Weg des Paladins

Teil 2 – Blut und Eisen

Der Zyklus um Nils und Gudrun

Teil 1 - Wikinger

Teil 2 – Die Walküre (in Vorbereitung)

Der Freibeuter von Wismar

(Historischer Roman)

Die Saga der vergessenen Stadt

Teil 1 - Der Clan der Asen

Teil 2 - Asengard

Teil 3 - GÖTTIN

Weitere Romane in Vorbereitung